古典詩歌研究彙刊

第二一輯

龔鵬程 主編

第 6 冊

宋代樂府詩研究（下）

羅　旻　著

國家圖書館出版品預行編目資料

宋代樂府詩研究（下）／羅旻 著 — 初版 — 新北市：花木蘭
文化出版社，2017〔民 106〕
目 4+176 面；17×24 公分
（古典詩歌研究彙刊 第二一輯；第 6 冊）
ISBN 978-986-404-867-0（精裝）
1. 樂府 2. 詩評 3. 宋代

820.91   106000428

ISBN-978-986-404-867-0

9 789864 048670

古典詩歌研究彙刊
第二一輯　第六冊   ISBN：978-986-404-867-0

宋代樂府詩研究（下）

作　　者　羅旻
主　　編　龔鵬程
總 編 輯　杜潔祥
副總編輯　楊嘉樂
編　　輯　許郁翎、王筑　美術編輯　陳逸婷
出　　版　花木蘭文化出版社
社　　長　高小娟
聯絡地址　235 新北市中和區中安街七二號十三樓
　　　　　電話：02-2923-1455／傳眞：02-2923-1452
網　　址　http://www.huamulan.tw 信箱 hml810518@gmail.com
印　　刷　普羅文化出版廣告事業
初　　版　2017 年 3 月
全書字數　272335 字
定　　價　第二一輯共 22 冊（精裝）新台幣 33,000 元

宋代樂府詩研究（下）

羅旻 著

目
次

下　編

第五章　宋代禮樂建設與沿革中的
　　　　郊廟朝會歌辭製作

　　宋代處於漫長的禮樂重建過程中，十分重視雅樂「稽古飾治」〔註1〕的功能。郊廟朝會歌辭的製作，本身便是這種「取禮之威儀、樂之節奏，以文飾其治」〔註2〕的禮樂體系的一部份，其儀式化的意義超越了作爲獨立存在的文學作品的意義。本文以「製作」、「撰作」而非「創作」指稱郊廟朝會歌辭的撰寫，便是由於這個緣故。

　　考宋人之樂府分類，並無郊廟朝會歌辭之稱，這一命名，實則出自北京大學古文獻研究所編集《全宋詩》時的總結歸併。現存兩宋郊廟朝會歌辭主要出自《宋史·樂志》與《宋會要輯稿》。其中，《宋史·樂志》的記載「全面地反映了宮廷雅樂實踐的性質」〔註3〕，著錄樂章歌辭的部份，大都按照整套儀式的順序，一環一節地記載。《輯稿》與《樂志》記載重合度較高，歌辭著錄也大體如是。通讀下來，即可概見當時雅樂制度實是樂、詩、舞並用，涉及郊廟歌辭、燕射歌辭，乃至舞曲歌辭中的雅舞部份，共計三類傳統。

───────────────

〔註1〕　《宋史》卷一百三十·樂五，中華書局，1985 年，第 10 冊，3029
　　　　頁。
〔註2〕　晁公武《郡齋讀書志校證》，孫猛校證，上海古籍出版社，2011 年，
　　　　91 頁。
〔註3〕　李方元《宋史·樂志研究》，上海音樂學院出版社，2004 年，175
　　　　頁。

　　然而，宋代雅樂歌辭是依託於禮樂系統，以儀式化的組詩形式呈現的。如果脫離這一實際，強行區分其中何爲郊廟歌辭、何爲燕射歌辭、何爲舞曲歌辭，便覺生硬無謂。宋代郊廟歌辭的製作因襲前朝，「郊」爲祭祀天地的郊宮之樂，「廟」爲祭祀祖先的宗廟之樂，並無疑義。朝會歌辭則與燕射歌辭中涉及朝會儀節的部份相彷彿，既隆君臣之禮，又示親厚之意，如《宋史・禮志》所云：「蓋君臣之際體統雖嚴，然而接以仁義，攝以威儀，實有賓主之道焉」〔註4〕。宋代朝會歌辭主要是大朝會、朝會儀式所用的歌辭，上冊寶、尊號、鄉飲酒、聞喜宴、鹿鳴宴諸儀也可歸屬此類。此外，「雅舞者，郊廟朝饗所奏文武二舞是也」〔註5〕，雅舞樂歌並非獨立使用，而是用於郊廟朝會儀式之中，成爲郊廟朝會所用組詩的一部份。故本文不再將上述歌辭單獨區分，而是列入組詩整體考察，從郊廟朝會歌辭的制度性、儀式性入手，在宋代雅樂實踐的大背景下討論其製作。

　　至於《樂志》所載諸鼓吹樂，在功能上僅作爲典禮前後的隊列導引，並非正式的典禮樂歌；歌辭體式風格方面也與郊廟朝會歌辭的四言齊言迥異，是較爲通俗的雜言，已近於詞體，故暫不列入樂府詩的範疇。

第一節　宋代禮樂建設與郊廟朝會制度演變

　　「禮樂重事，須三四世，聲文乃定。」〔註6〕禮樂制度的建設，是封建王朝立國之初必不可少的要務。禮樂制度的實行不僅是對天地神靈的祈禱，對祖先聖賢的崇拜，更代表對帝王自身的尊崇、王朝正統的承繼與對現行社會秩序的肯定。「自五代以來，喪亂相繼，典章

〔註4〕　《宋史》卷一百一十六・禮十九，中華書局，1985年，第9冊，2743頁。
〔註5〕　《樂府詩集》卷五十二・舞曲歌辭一，中華書局，1979年，第3冊，753頁。
〔註6〕　《宋史》卷一百二十七・樂二，中華書局，1985年，第9冊，2966頁。

制度，多所散逸」〔註7〕，宋代繼於五代亂世之後，面臨禮壞樂崩之境，禮樂重建之任更爲繁重。郊廟朝會樂曲與歌辭製作便是禮樂重建的重要部份。

一、草創樂制：宋初的政治需求

宋初之時，本當以雅正爲宗的宮廷禮樂已經頗爲衰落。「唐爲國而作樂之制尤簡」〔註8〕，且與胡樂相融合，不符中原雅音；五代「後唐莊宗起於朔野，所好不過北鄙鄭、衛而已，先王雅樂，殆將掃地」〔註9〕。加之戰亂不斷，王朝更替頻繁，宮廷禮樂頗多失傳。

宋代之前，五代諸帝已對禮樂重建有所關注，但均由於頻頻改朝換代半途而廢。後晉「天福中，始詔定朝會樂章、二舞、鼓吹十二案」〔註10〕。後周世宗亦「嘗觀樂縣（懸），問宮人，不能答。由是患雅樂淩替，思得審音之士以考正之，乃詔翰林學士竇儼兼判太常寺，與樞密使王朴同詳定，朴作律準，編古今樂事爲《正樂》」〔註11〕。北宋宮廷用樂最初便是在後周的基礎上改作而來。

然有宋一代禮樂重建與製作不同於隋唐五代，自始便有明確的崇文重道的主旨；宋初政治相對清明、文人士大夫活躍於文史哲領域並躋身政壇，更醞釀著禮樂復興的契機。

首先是於歌辭方面突出文治。建隆元年，竇儼受命制定郊廟朝會之雅樂。竇儼在後周世宗年間便有奉旨制樂的經歷，因而上奏道：「洪惟聖宋，肇建皇極，一代之樂，宜乎立名。樂章固當易以新詞，

〔註7〕　《宋史》卷九十九・禮二，中華書局，1985 年，第 8 冊，2438 頁。

〔註8〕　《新唐書》卷二十一・禮樂志十一，中華書局，1975 年，第 2 冊，462 頁。

〔註9〕　《宋史》卷一百二十六・樂一，中華書局，1985 年，第 9 冊，2939 頁。

〔註10〕　《宋史》卷一百二十六・樂一，中華書局，1985 年，第 9 冊，2939 頁。

〔註11〕　《宋史》卷一百二十六・樂一，中華書局，1985 年，第 9 冊，2939 頁。

式遵舊典」〔註12〕，於是在後周雅樂基礎上，改訂宋代雅樂。「儼乃改周樂文舞《崇德》之舞爲《文德》之舞，武舞《象成》之舞爲《武功》之舞，改樂章十二『順』爲十二『安』，蓋取『治世之音安以樂』之義。」〔註13〕雖然尚處於建國之初的北宋，財力、物力、人力不足以大規模制定新樂，竇儼制定雅樂，只能採取這種承襲前代之樂的方式，並未涉及樂曲旋律的更易，但是，改變樂歌的題名，並重制相應歌辭，卻有其不可忽視的政治意義，便是宣告文治建國。「治世之音安以樂」，出自《禮記・樂記》。《樂記》云：「凡音者，生人心者也。情動於中，故形於聲。聲成文，謂之音。是故治世之音，安以樂，其政和。亂世之音，怨以怒，其政乖。亡國之音，哀以思，其民困。聲音之道，與政通義。」〔註14〕治平之世，其音樂安靜而歡樂，此音既出於民心，亦出於君政，因此樂章取「安」爲名，以表示以文治國，政通人和，乃君心所屬，民心所向。這一樂章命名範式終兩宋而少有更易，顯然反映出宋代最高統治者的治國理念。

其次是於音律方面強調中和。太祖、太宗兩朝，主要的制樂活動還多體現在校定律準方面。自收復荊南湖湘、平定後蜀後，國力始強，因此乾德年間開始制樂活動。太祖認爲「雅樂聲高，近於哀思，不合中和」〔註15〕，判太常寺和峴將律呂之尺較之西京洛陽古製石尺，短四分，遂依古法另造新尺，以定音律。太宗年間，爲雅樂致中和，還詔令嘗試樂器改造。太宗嘗言：「雅樂與鄭、衛不同，鄭聲淫，非中和之道。朕常思雅正之音可以治心，原古聖之旨，尚存遺美。琴七絃，朕今增之爲九，其名曰君、臣、文、武、禮、樂、正、民、心，

〔註12〕 《宋史》卷一百二十六・樂一，中華書局，1985年，第9冊，2939頁。

〔註13〕 《宋史》卷一百二十六・樂一，中華書局，1985年，第9冊，2939頁。

〔註14〕 孔穎達《禮記正義》卷三十七・樂記，北京大學出版社，1999年，1077頁。

〔註15〕 《宋史》卷一百二十六・樂一，中華書局，1985年，第9冊，2941頁。

則九奏克諧而不亂矣。阮四絃，增之爲五，其名曰：水、火、金、木、土，則五材並用而不悖矣。」〔註16〕可見宋代最初的統治者所關注的主要是禮樂的政治教化意義，而並非僅僅關注其形式，而這正合於古代聖賢制定禮樂的目的。帝王的倡導，無疑爲宋代禮樂復興奠定了政治基礎。《宋史‧樂志》與《宋會要輯稿》都記載了郊廟朝會樂歌的變動，其傾向便是追求律準的合度、聲調的諧和，追求樂曲的雅音。北宋諸朝多次校定律準，都是本自對「中和」、「諧和」、「雅音」的追求：「去沾滯靡曼而歸之和平澹泊，大雅之音，不是過也。」〔註17〕

　　再次是於制樂方面嘗試作曲歌頌昇平。宋初郊廟朝會所用之樂，許多是從前朝舊有樂曲改制而來。國初兩朝，「惟天地、感生帝、宗廟用樂，親祀用宮縣，有司攝事，止用登歌，自餘大祀，未暇備樂」〔註18〕。至國家穩定後，自太祖朝便開始下詔制樂，然而樂曲製作數量不多。樂曲製作切實見於記載者，僅乾德年間《神龜》、《甘露》、《紫芝》、《嘉禾》、《玉兔》五瑞曲，《瑞文》、《馴象》、《玉烏》、《皓雀》四瑞樂章，太平興國年間《祥麟》、《丹鳳》、《河清》、《白龜》、《瑞麥》五瑞曲，皆用於朝會登歌；此外有太宗御製《萬國朝天》，《平晉》二曲，都是較小規模的製作。其餘新制樂章則僅錄名目，不知其樂曲淵源。更有甚者，太宗年間和㠓上言，「請取今朝祥瑞之殊尤者作爲四瑞樂章，備郊廟奠獻，以代舊曲」，太宗從此議，下詔制樂，然而「有司雖承詔，不能奉行，故今闕其曲」〔註19〕。這也反映出當時能夠投入制樂的力量不足。

〔註16〕　《宋史》卷一百二十六‧樂一，中華書局，1985 年，第 9 冊，2944 頁。

〔註17〕　《宋史》卷一百二十六‧樂一，中華書局，1985 年，第 9 冊，2938 頁。

〔註18〕　《宋史》卷一百二十六‧樂一，中華書局，1985 年，第 9 冊，2946 頁。

〔註19〕　《宋史》卷一百二十六‧樂一，中華書局，1985 年，第 9 冊，2943 〜2944 頁。

　　最後必須提及的是，太祖朝修定《開寶通禮》〔註20〕，也成爲宋初禮樂復興的一個標誌。「開寶四年五月，命中丞劉溫叟、中書舍人李昉、知制誥盧多遜、扈蒙、詹事楊昭儉、補闕賈黃中、司勳郎和峴、中舍陳鄂以本朝沿革制度，損益《開元禮》爲之」〔註21〕，依據唐代《開元禮》加以損益，修定本朝禮典，即《開寶通禮》二百卷，開寶六年開始頒行。「自《通禮》之後，其制度儀注傳於有司者，殆數百篇。」〔註22〕《開寶通禮》的修訂，奠定了宋代的禮樂制度規模，此後歷朝雖有所損益，但都堅持奉行這一體系：

　　　　嘉祐初，歐陽文忠公知太常禮院，復請續編，以姚闢、
　　蘇洵掌其事，爲《太常因革禮》一百卷，議者病其太簡。
　　元豐中，蘇子容復議以《開寶通禮》及近歲詳定禮文分有
　　司儀注，□（沿）革爲三門，爲《元豐新禮》，不及行，至
　　大觀中始修之，鄭達夫主其事。然時無知禮舊人，書成頗
　　多牴牾，後亦廢。〔註23〕

仁宗時廣修禮樂，在此基礎上續編《太常因革禮》，而議者仍然「病其太簡」；神宗時提出重新詳定禮樂制度，《開寶通禮》也佔據重要地位；至北宋末年，以《開寶通禮》爲基礎的《元豐新禮》成書後，因儀節漫漶，所述相互矛盾，方才廢止。《開寶通禮》的修定，對於北宋的郊廟朝會樂歌製作起到了相當的規範作用。如「眞宗親習封禪儀於崇德殿，覩亞獻、終獻皆不作樂，因令檢討故事以聞」〔註24〕，有

〔註20〕　此書元袁桷《清容居士集》卷四十一、明焦竑《國史經籍志》卷三皆有著錄，至清代則不見於書目記載，按《欽定四庫全書總目》云：「北宋一代典章，如開寶禮、太常因革禮、禮閣新儀，今俱不傳」，則當亡佚於明清之際。
〔註21〕　《玉海》卷六十九・禮儀，江蘇古籍出版社 1988 年影印清光緒浙江書局刻本，第 2 冊，1304 頁。
〔註22〕　《宋史》卷九十八・禮一，中華書局，1985 年，第 8 冊，2422 頁。
〔註23〕　葉夢得《石林燕語》卷一，宇文紹奕考異，侯忠義點校，中華書局，1984 年，8 頁。
〔註24〕　《宋史》卷一百二十六・樂一，中華書局，1985 年，第 9 冊，2947頁。

司所考即爲《開寶通禮》制度。

太祖太宗兩朝，禮樂制度雖然已初具系統，但仍處於草創階段，特別是要恢復與製作唐末五代戰亂期間失傳的禮樂器具，不僅需要時間，還需要人力、財力、物力，不可能一蹴而就。因此宋初並不能形成一套完整的雅樂體系，與之相應，宋初的郊廟朝會歌辭製作也僅敷於郊祀天地、宗廟、朝會等用樂的諸禮使用，一些大祠並未用樂，雅樂體系的規模奠定尙需時日。

至眞宗朝，宋遼締結和約，國本趨於穩定，才有餘力投入到雅樂建設方面，進一步尋求故事，施行舊典，擴大雅樂應用範圍，歌辭製作規模也隨之增益。景德三年，「時既罷兵，垂意典禮，至是詔曰：『致恭明神，邦國之重事；升薦備樂，方冊之彝章。矧在尊神，固當嚴奉。舉行舊典，用格明靈。自今諸大祠並宜用樂，皆同感生帝，六變、八變如《通禮》所載。』」〔註25〕眞宗此詔，令此前不用樂的諸大祠儀式也並用雅樂，不僅擴大了用樂範圍與規模，也引發了此後較大規模的郊廟樂歌製作。

然而，用樂範圍雖然擴大，其樂曲卻大多仍沿用前朝舊樂，少有新作。眞宗朝新樂的製作，見於史書記載的，只是曾「別制天書樂章《瑞安》、《靈文》二曲」，又作「《醴泉》、《神芝》、《慶雲》、《靈鶴》、《瑞木》五曲，施於朝會、宴享」〔註26〕。此外，除祀天地、感生帝、宗廟用樂及親祀用樂等沿用前朝外，眞宗極其看重的封禪大典也未用新樂。例如，咸平年間親郊所用八曲，全同建隆；景德年間所制祀五方帝、朝日夕月、九宮貴神等樂章，皆用《高安》、《嘉安》曲；祀皇地祇、神州地祇等樂章，皆用《嘉安》、《靜安》曲，都在國初十二「安」之列。而大中祥符四年，「時以將行封禪，詔改酌獻昊天上帝《禧安》之樂爲《封安》，皇地祇《禧安》之樂爲《禪安》，飲福《禧安》之樂

<hr />

〔註25〕　《宋史》卷一百二十六·樂一，中華書局，1985 年，第 9 冊，2946 頁。
〔註26〕　《宋史》卷一百二十六·樂一，中華書局，1985 年，第 9 冊，2946 頁。

爲《祺安》……每親行禮用之」。〔註27〕將封禪大典樂曲之名改爲與郊祀異名，本是爲了彰顯封禪之禮的地位；然而封禪大典本應更用新樂，卻只能從權「庶協徽章，特更美號」，將現有郊祀樂章改換題目，應用於封禪的典禮儀式，且「俟封禪禮畢仍舊」，還要改回原題，仍然應用於郊祀典禮。以承襲與通用爲主，當是由於眞宗朝人、財、物力未足，不暇制樂之故。

然而，眞宗一朝由於用樂範圍的擴大，新歌辭製作的規模也超出前代。如祀五方帝、祀皇地祇、祀神州地祇、祀朝日夕月、九宮貴神、祭社稷、蠟祭百神、封禪、祀汾陰、奉天書、祭五嶽、封禪等郊祀典禮，乃至諸宗廟、朝會儀式，皆令諸臣撰作歌辭，總數接近百首，可謂兩宋郊廟朝會歌辭初步的規模奠定。

二、規模底定：仁宗朝的雅樂建設

宋代雅樂體系的規模底定與禮樂觀的確立，在仁宗朝方才大致完成。仁宗朝君臣皆對禮樂建設十分重視，更兼仁宗本人洞曉音律，親自帶頭創作，故而引發了涵蓋制禮、制樂與作辭三方面的雅樂系統修訂。

首先是制禮方面。「在宮廷雅樂活動中，禮的成分，在各種音樂表演中，最爲突出」〔註28〕，仁宗朝廣爲增益典禮，修訂制度，都影響到實際郊廟朝會儀式與樂歌的更動。如南郊四祭中的明堂大禮，北宋初受國力所限，未暇制定，直至仁宗朝方才確立，「自皇祐二年，始制明堂之禮」〔註29〕，其儀節制定參用圜丘、祈穀、雩祀、蠟祭等儀式；至嘉祐七年，「禮官始議改正，設昊天上帝位，以眞宗配……

〔註27〕 《宋史》卷一百二十六・樂一，中華書局，1985 年，第 9 冊，2946 頁。
〔註28〕 康瑞軍《宋代宮廷音樂制度研究》，上海音樂學院出版社，2009 年，198 頁。
〔註29〕 范祖禹《上哲宗論親祀明堂宜極誠敬》，《宋朝諸臣奏議》，北京大學中國中古史研究中心校點整理，上海古籍出版社，1999 年，934 頁。

自是遵行，遂爲故事」〔註30〕。仁宗朝確立的禮樂規模，大多成爲後世的範式，「英宗、神宗聖孝遵承，皆極嚴敬」〔註31〕。其後諸臣上書論禮樂，也多推崇皇祐之禮，如蘇轍向哲宗進言：「謹按國朝舊禮，冬至圓丘必兼饗天地，從祀百神。若其有故不祀圓丘，則行它禮，或大雩於南郊，或大饗於明堂，或恭謝於大慶，皆用圓丘禮樂神位⋯⋯皇祐明堂，遵用此法，最爲得禮之變」〔註32〕，便是對皇祐明堂禮乃至郊祀禮樂系統的全面肯定。

典禮的增益也涉及到配享制度的變革。觀此前的配享情況，「太祖親郊者四，並以宣祖配」〔註33〕，太宗年間，「但以宣祖、太祖更配」〔註34〕，都較爲簡略；至眞宗年間，「冬至圓丘、孟夏雩祀、夏至方丘，請奉太宗配；上辛祈穀、季秋明堂，奉太祖配；上辛祀感生帝、孟冬祭神州地祇，奉宣祖配；其親郊，奉太祖、太宗並配」〔註35〕，雖然初具規模，但尚無樂曲、歌辭的具體情況見於記載。而至仁宗景祐二年，首先對包括南郊四祭、祀感生帝、皇地祇、神州地祇在內的主要郊祀儀式，重新訂立其配享制度，並製作相應歌辭：

> 至日祀圓丘，太祖配，以黃鍾之宮作《定安》以奠幣、
> 《英安》以酌獻；孟春祀感生帝，宣祖配，以太簇之宮作
> 《皇安》以奠幣、《肅安》以酌獻；祈穀祀昊天，太宗配，
> 作《仁安》以奠幣、《紹安》以酌獻；孟夏雩上帝，太祖配，
> 以仲呂之宮作《獻安》以奠幣、《感安》以酌獻；夏至祭皇
> 地祇，太祖配，以蕤賓之宮作《恭安》以奠幣、《英安》以

〔註30〕　曾肇《上哲宗議明堂祀上帝及五帝》，《宋朝諸臣奏議》，北京大學中國中古史研究中心校點整理，上海古籍出版社，1999 年，935 頁。

〔註31〕　范祖禹《上哲宗論親祀明堂宜極誠敬》，《宋朝諸臣奏議》，北京大學中國中古史研究中心校點整理，上海古籍出版社，1999 年，934 頁。

〔註32〕　蘇轍《上哲宗請復用皇祐典禮》，《宋朝諸臣奏議》，北京大學中國中古史研究中心校點整理，上海古籍出版社，1999 年，933 頁。

〔註33〕　《宋史》卷九十九·禮二，中華書局，1985 年，第 8 冊，2438 頁。

〔註34〕　《宋史》卷九十九·禮二，中華書局，1985 年，第 8 冊，2438～2439 頁。

〔註35〕　《宋史》卷九十九·禮二，中華書局，1985 年，第 8 冊，2439 頁。

酌獻；季秋大饗明堂，眞宗配，以無射之宮作《誠安》以
奠幣、《德安》以酌獻；孟冬祭神州地祇，太宗配，以應鍾
之宮作《化安》以奠幣、《韶安》以酌獻。〔註36〕

按眞宗朝七祭之中，太宗配享三次，太祖配享兩次，是太宗地位隆於
太祖；景祐年間的改定，則以太祖配位三次，太宗配位兩次，宣祖、
眞宗各配位一次，尊隆太祖「受命開統」、「始基帝業」〔註37〕的地
位。仁宗更御製樂章，太祖配位奠幣用《定安》云：「翕受駿命，震
疊群方。侑祀上帝，德厚流光」，酌獻用《英安》云：「誕受靈符，肇
基丕業。配享潔尊，永隆萬葉」〔註38〕，其內容也都爲渲染太祖定國
功業之作。

與此同時，又提出以太祖、太宗、眞宗三聖配位之制。「景祐二
年郊，詔以太祖、太宗、眞宗三廟萬世不遷。南郊以太祖定配，二宗
迭配，親祀皆侑。」〔註39〕親郊以三聖並侑，其配位奠幣《信安》云：
「祖功宗德啓隆熙，嚴配交修太室祠。圭幣薦誠知顧享，木支錫羨固
邦基」，酌獻《孝安》云：「藝祖造邦，二宗紹德。肅雍孝享，登配圓
極。先訓有開，菲躬何力！歆馨錫羨，保民麗億」〔註40〕，讚頌太祖
的開國之功，太宗、眞宗的承業紹德之力。皇祐五年，復「詔自今圜
丘，三聖並侑」〔註41〕，再次強調這一三廟配享的制度。

然而至嘉祐六年，這種「三聖並侑」的配享之法又遭到了質疑。
「諫官楊畋論水災緣郊廟未順。禮院亦言：『對越天地，神無二主。
唐始用三祖同配，後遂罷之。皇祐初，詔三聖並侑，後復迭配，未幾
復並侑，以爲定制。雖出孝思，然頗違經典，當時有司失於講求。』

〔註36〕 《宋史》卷一百二十六·樂一，中華書局，1985 年，第 9 冊，2954
～2955 頁。
〔註37〕 謝絳《上仁宗論宣祖配侑》，《宋朝諸臣奏議》，北京大學中國中古史
研究中心校點整理，上海古籍出版社，1999 年，936 頁。
〔註38〕 《全宋詩》，北京大學出版社，第 71 冊，44842 頁。
〔註39〕 《宋史》卷九十九·禮二，中華書局，1985 年，第 8 冊，2439 頁。
〔註40〕 《全宋詩》，北京大學出版社，第 71 冊，44868 頁。
〔註41〕 《宋史》卷九十九·禮二，中華書局，1985 年，第 8 冊，2440 頁。

下兩制議，翰林學士王珪等曰：『推尊以享帝，義之至也。然尊尊不可以瀆，故郊無二主。今三后並侑，欲以致孝也，而適所以瀆乎享帝，非無以寧神也，請如禮官議。』七年正月，詔南郊以太祖定配。」〔註42〕至此，北宋郊祀配享獨尊太祖，方成定局。即便南渡後重整禮樂，如建炎初祀昊天上帝樂歌，其中太祖配位奠幣用《定安》，酌獻用《英安》，也是對前述皇祐故典的依循。

　　其次，禮樂同源，制樂活動直接受到禮制修訂變更的影響。「宋代雅樂之所以有超過前代的影響和成績，是與朝廷對樂律制度建設的重視以及全面的整頓和努力分不開的」〔註43〕，而僅在仁宗朝，便出現了兩次大規模的「按古合今，調諧中和」〔註44〕，審定聲律，詳定大樂的活動。第一次發生在景祐年間。景祐元年，「帝御觀文殿取律準閱視，親篆之，以屬太常」〔註45〕，又下詔訪求雅樂之人，「能曉達古今雅樂製做法度，及考證鍾律、音調得失，灰琯測候次第，並許稱薦」〔註46〕，顯示了整頓雅樂的決意，也成為仁宗一朝全面制樂的開端。景祐二年，開始根據集賢校理李照之請，依神瞽律法校定律準，鑄造編鐘，改制大樂。繼而「既改制金石，則絲、笙、匏、土、革、木亦當更制」〔註47〕。仁宗皇帝還「親製樂曲……作《景安》之曲，以祀昊天。更以《高安》祀五帝、日月，作《太安》以享景靈宮，罷舊《真安》之曲。……《興安》，以獻宗廟，罷舊《理安》之曲。《景安》、《興安》惟乘輿親行則用之……《祐安》之曲，以酌獻五帝……

〔註42〕　《宋史》卷九十九・禮二，中華書局，1985 年，第 8 冊，2440 頁。

〔註43〕　李方元《宋史・樂志研究》，上海音樂學院出版社，2004 年，第 303 頁。

〔註44〕　《宋史》卷一百二十七・樂二，中華書局，1985 年，第 9 冊，2966 頁。

〔註45〕　《宋史》卷一百二十六・樂一，中華書局，1985 年，第 9 冊，2948 頁。

〔註46〕　《訪曉雅樂人》，《宋大詔令集》，司義祖整理，中華書局，1962 年，549 頁。

〔註47〕　《宋史》卷一百二十六・樂一，中華書局，1985 年，第 9 冊，2949 頁。

《寧安》之曲，以祭地及太社、太稷，罷舊《靖安》之曲」〔註48〕；
同時又下詔「皇帝入出作《乾安》，罷舊《隆安》之曲」〔註49〕，等
等。這次制樂，包括音律、樂器與樂曲的全面更易，其中尤為重要的
是變更國初草創的十二「安」系統，製作本朝雅樂。北宋定國以來，
首次出現如此大規模的制樂活動，原本處於草創階段的宋代雅樂系統
也因而廣為增益，並得到進一步確立。

　　然而李照新樂在音律方面引發了許多爭議，如「造樂不依古法，
皆率己意別為律度」〔註50〕，「樂與器自相矛盾」〔註51〕等，被視為
「無所考據」〔註52〕，不合古制，於是在皇祐年間又形成了第二次大
規模的考證樂書、恢復古制的制樂活動，「中書門下集兩制、太常官，
置局於秘閣，詳定大樂」，其目的乃是「按古合今，調諧中和，使經
久可用，以發揚祖宗之功德」〔註53〕，將雅樂音高的調整與政治理念
相關聯，以致中和之德，定國祚之本。這段時期內，仁宗又多次親自
制樂，如皇祐二年六月，「內出御撰明堂樂八曲，以君、臣、民、事、
物配屬五音……及御撰鼓吹、警嚴曲、合宮歌並肄於太常」〔註54〕，
同時又有「御撰黃鐘五音五曲」〔註55〕；七月，「御撰明堂無射宮樂
曲譜三，皆五十七字，五音一曲，奉俎用之；二變七律一曲，飲福

〔註48〕　《宋史》卷一百二十六·樂一，中華書局，1985 年，第 9 冊，2954
　　　　頁。
〔註49〕　《宋史》卷一百二十六·樂一，中華書局，1985 年，第 9 冊，2954
　　　　頁。
〔註50〕　《宋史》卷一百二十七·樂二，中華書局，1985 年，第 9 冊，2961
　　　　頁。
〔註51〕　《宋史》卷一百三十一·樂六，中華書局，1985 年，第 10 冊，3055
　　　　頁。
〔註52〕　《宋史》卷一百二十七·樂二，中華書局，1985 年，第 9 冊，2961
　　　　頁。
〔註53〕　《宋史》卷一百二十七·樂二，中華書局，1985 年，第 9 冊，2966
　　　　頁。
〔註54〕　《宋史》卷一百二十七·樂二，中華書局，1985 年，第 9 冊，2962
　　　　頁。
〔註55〕　《宋會要輯稿》樂二，中華書局，1957 年影印本，第 1 冊，301 頁。

用之；七律相生一曲，退文舞、迎武舞及亞獻、終獻、徹豆用之」〔註56〕。制新樂的過程中，仁宗也多次召群臣觀樂。皇祐二年九月，「帝服韡袍，御崇政殿，召近臣、宗室、館閣、臺諫官閱雅樂，自宮架、登歌、舞佾之奏凡九十一曲遍作之，因出太宗琴、阮譜及御撰明堂樂曲音譜，並按習大樂新錄，賜群臣」〔註57〕；皇祐三年十二月，「召兩府及侍臣觀新樂於紫宸殿」〔註58〕；皇祐五年六月，「帝御紫宸殿，奏太常新定《大安》之樂，召輔臣至省府、館閣預觀焉」〔註59〕；九月「御崇政殿，召近臣、宗室、臺諫、省府推判官觀新樂並新作晉鼓」〔註60〕。這些活動都體現出仁宗皇帝對制定大樂的格外重視，對當時的雅樂製作無疑起到了推動作用。

最後，禮樂制度既然獲得全面修訂，相應的歌辭製作活動也隨之興起。仁宗帶頭御製歌辭，「親祀南郊、享太廟、奉慈廟、大享明堂、祫享，帝皆親製降神、送神、奠幣、瓚祼、酌獻樂章⋯⋯至於常祀、郊廟、社稷諸祠，亦多親製」〔註61〕；此外，也多次詔令館閣諸臣製作新的樂章歌辭。如景祐二年「親製郊廟樂章二十一曲，財成頌體，告於神明，詔宰臣呂夷簡等分造樂章，參施群祀」〔註62〕，至和四年「帝自制迎神、送神樂章，詔宰臣富弼等撰《大祚》至《采茨》曲詞

〔註56〕　《宋史》卷一百二十七・樂二，中華書局，1985 年，第 9 冊，2966 頁。

〔註57〕　《宋史》卷一百二十七・樂二，中華書局，1985 年，第 9 冊，2965 頁。

〔註58〕　《宋史》卷一百二十七・樂二，中華書局，1985 年，第 9 冊，2967 頁。

〔註59〕　《宋史》卷一百二十七・樂二，中華書局，1985 年，第 9 冊，2969 頁。

〔註60〕　《宋史》卷一百二十七・樂二，中華書局，1985 年，第 9 冊，2969 頁。

〔註61〕　《宋史》卷一百二十六・樂一，中華書局，1985 年，第 9 冊，2948 頁。

〔註62〕　《宋史》卷一百二十六・樂一，中華書局，1985 年，第 9 冊，2955 頁。

十八」〔註63〕等，可謂君臣共襄盛舉。

　　終仁宗一朝，樂曲到歌辭的製作方面都建樹頗多，對宋代雅樂的發展可謂有奠基開拓之功。仁宗朝所制的新樂中，如郊祀迎送神用《景安》、《寧安》，朝獻景靈宮迎送神用《太安》，皇帝升降用《乾安》，酌獻用《彰安》等，大多直至南宋年間仍被沿用，可見這次雅樂製作的影響相當深遠。

　　仁宗朝在考證故典、建立樂制的過程中，還形成了宋代君臣遠溯聖傳、滌除鄭聲、復興雅樂的禮樂觀。仁宗一朝是宋代文史哲基本達到頂峰的朝代，於禮樂制定方面，也彰顯了宋代君主與士大夫的禮樂觀。

　　一是體現在宋祁、歐陽修等修纂的《新唐書·禮樂志》中的批判型禮樂史觀。慶曆五年，仁宗詔宋祁、歐陽修等修纂《新唐書》，至嘉祐五年成書。其《禮樂志》中明確地表達了對三代之後至唐前樂史的否定看法：「三代既亡，禮樂失其本，至其聲器、有司之守，亦以散亡。自漢以來，歷代莫不有樂，作者各因其所學，雖清濁高下時有不同，然不能出於法數。自漢、魏之亂，晉遷江南，中國遂沒於夷狄。至隋滅陳，始得其樂器，稍欲因而有作，而時君褊迫，不足以堪其事也。……而終隋之世，所用者黃鐘一宮，五《夏》、二舞、登歌、房中等十四調而已。」〔註64〕在對前代禮樂的總結與評論中，反映出宋代文人士大夫的禮樂史觀，「一是堅守雅樂的周代傳統；二是體現禮崩樂壞，禮樂亡缺的雅樂意識」〔註65〕。這與宋初古文運動與儒學復興的思潮是一致的。

　　一是體現在濂、洛、關諸學中的以樂修養心性、宣化風俗的理想

〔註63〕　《宋史》卷一百二十七·樂二，中華書局，1985年，第9冊，2971
　　　　　頁。
〔註64〕　《新唐書》卷二十一·禮樂志十一，中華書局，1975年，第2冊，
　　　　　460頁。
〔註65〕　李方元《宋史·樂志研究》，上海音樂學院出版社，2004年，177
　　　　　頁。

型禮樂觀。周敦頤於其《通書》中論述了禮樂的形成與作用。就禮樂關係而言，他言道：「禮，理也；樂，和也。陰陽理而後和」，「故禮先而樂後。」〔註66〕就樂的形成與作用而言，他言道：「古者聖王制禮法，修教化，三綱正，九疇敘，百姓大和，萬物咸若。乃作樂以宣八風之氣，以平天下之情。故樂聲淡而不傷，和而不淫。入其耳，感其心，莫不淡且和焉。淡則欲心平，和則躁心釋。優柔平中，德之盛也；天下化中，治之至也。是謂道配天地，古之極也。後世禮法不修，政刑苛紊，縱欲敗度，下民困苦。謂古樂不足聽也，代變新聲，妖淫愁怨，導欲增悲，不能自止。故有賊君棄父，輕生敗倫，不可禁者矣。嗚呼！樂者古以平心，今以助欲；古以宣化，今以長怨。不復古禮，不變今樂，而欲至治者遠矣！」〔註67〕「樂聲淡則聽心平，樂辭善則歌者慕，故風移而俗易矣。妖聲豔辭之化也，亦然。」周敦頤所論，代表了當時文人士大夫對於禮樂的比較普遍的看法。張載、程頤等還提出了制定律法的原則，便是傚法自然，求得中和。張載認為，「古樂不可見，蓋為今人求古樂太深，始以古樂為不可知。只此《虞書》『詩言志，歌永言，聲依永，律和聲』求之，得樂之意蓋盡於是」、「聲音之道，與天地同和，與政通」，因此「律呂有可求之理，德性深厚者必能知之。」〔註68〕程頤認為，音律必須「以天地之氣為準」，然後「有知音者，參上下聲考之，自得其正。」〔註69〕然則學者所嚮往之理想與所倡導之原則，與實際操作尚有距離，正如張載所言，「先王之樂，必須律以考其聲，今律既不可求，人耳又不可全信，正惟此為難。」〔註70〕有鑒於此，理想型的禮樂觀念在實踐中必須變通。但

〔註66〕　周敦頤《通書》，《周敦頤集》，陳克明點校，中華書局，2011 年，25 頁。

〔註67〕　周敦頤《通書》，《周敦頤集》，陳克明點校，中華書局，2011 年，29～30 頁下同。

〔註68〕　《張載集》，章錫琛點校，中華書局，2010 年，262～263 頁。

〔註69〕　《宋史》卷一百三十一‧樂六，中華書局，1985 年，第 10 冊，3056頁。

〔註70〕　《張載集》，章錫琛點校，中華書局，2010 年，263 頁。

理想型的禮樂觀于堅守雅音雅樂、防止縱情縱慾有著不可或缺的導向作用。

　　一是體現爲仁宗皇帝本人「按古合今，調諧中和」以「薦上帝、配祖考」的應用型禮樂觀。仁宗皇祐二年曾於詔書中言：「朕聞古者作樂，本以薦上帝、配祖考。三、五之盛，不相沿襲。然必太平，始克明備。」〔註71〕認爲三皇五帝之時，禮樂並不沿襲；且自周至漢唐，歷代受命至大樂告成，都要經歷三四代人，「是知經啓善述，禮樂重事，須三四世，聲文乃定」；本朝自太祖至眞宗，雖對律法屢加按核，然「《樂經》久墜，學者罕傳」，雖「博加訪求」，「嘗爲更改」，卻未合意。因此尙需眾臣審定聲律，「按古合今，調諧中和，使經久可用，以發揚祖宗之功德」〔註72〕。仁宗皇帝作爲君主，亟需體系化、規模化的禮樂制度運用，因此其禮樂觀具有實用色彩，但其「按古合今，調諧中和」的主張卻對於推動雅樂的發展有其不可忽視的作用。

　　上述帝王、館閣之臣與學者的禮樂觀雖因關注點不一而有所不同，但在滌除鄭聲、崇尙雅音、追求中和、宣化天下等禮樂定位與目的作用方面，其觀念則基本一致，三者共同奠定了宋代禮樂觀的基礎。此後的制樂活動，也大抵是在這一禮樂觀主導下進行的，甚至南渡之後南宋政府重整雅樂規模，亦是以仁宗朝的制度爲本。

三、大樂之變：北宋中後期的禮樂改制

　　「禮樂道喪久矣，故宋之樂屢變，而卒無一定不易之論」〔註73〕。經歷了晚唐五代的亂世之後，宋代郊廟雅樂的再度訂立與完善，是個相當漫長的過程。包括了律準音高、儀式節度等方面的禮樂制度建設

〔註71〕　《訪樂詔》，《宋大詔令集》，司義祖整理，中華書局，1962 年，550 頁。

〔註72〕　《訪樂詔》，《宋大詔令集》，司義祖整理，中華書局，1962 年，550 頁。

〔註73〕　《宋史》卷一百二十六・樂一，中華書局，1985 年，第 9 冊，2938 頁。

活動，自建隆至崇寧年間，幾乎貫穿了整個北宋，在仁宗朝奠定雅樂系統規模後，英宗、神宗、哲宗、徽宗諸朝，在此規模上都各有修訂，而其中又以徽宗朝為主。

英宗朝稍微增加樂歌規模，如以「仁宗配饗明堂，奠幣歌《誠安》，酌獻歌《德安》」〔註74〕等等。神宗朝則考訂樂律，言大樂有八音不諧、金石奪倫、舞不像成、樂失節奏等七失，為正禮樂之道，「如景祐故事，擇人修制大樂」〔註75〕，詔劉幾、范鎮等制樂，至元豐六年春正月御大慶殿時，便初用新樂。在這個重制大樂的過程中，又制訂祀昊天舞名，「初獻曰《帝臨嘉至》，亞、終獻曰《神娭錫羨》，太廟初獻曰《孝熙昭德》，亞、終獻曰《禮洽儲祥》」〔註76〕；並增加「入景靈宮及南郊壝門」奏《乾安》環節。至哲宗元符元年，「詔登歌、鐘、磬並依元豐詔旨，復先帝樂制」〔註77〕，也是沿用神宗朝之例。

通觀英、神、哲三朝禮樂修訂，直接增加的樂歌並不多，大多是儀節調整與樂曲應用兩方面的細節問題。如神宗熙寧九年禮官言宗廟降神之樂「均聲未齊，短長不協……請以一曲為一變，六變用六，九變用九，則樂舞始終莫不應節」〔註78〕，為對樂曲應用的調整；而如元豐二年言朝會儀式「合樂在前、登歌在後，有違古義」〔註79〕，則是對儀式環節的修訂。

〔註74〕　《宋史》卷一百二十七・樂二，中華書局，1985年，第9冊，2973頁。

〔註75〕　《宋史》卷一百二十八・樂三，中華書局，1985年，第9冊，2981頁。

〔註76〕　《宋史》卷一百二十八・樂三，中華書局，1985年，第9冊，2988頁。

〔註77〕　《宋史》卷一百二十八・樂三，中華書局，1985年，第9冊，2996頁。

〔註78〕　《宋史》卷一百二十七・樂二，中華書局，1985年，第9冊，2973頁。

〔註79〕　《宋史》卷一百二十七・樂二，中華書局，1985年，第9冊，2974頁。

　　至於徽宗朝，則下詔言：「朕惟隆禮作樂，實治內修外之先務，損益述作，其敢後乎？其令講議司官詳求歷代禮樂沿革，酌古今之宜，修爲典訓，以貽永世，致安上治民之至德，著移風易俗之美化，迺稱朕咨諏之意焉」〔註80〕，其觀念雖仍是應用型禮樂觀的延續，然而在禮樂修訂方面，則極力翻新規模，甚至因而修改國朝大樂之名。徽宗於崇寧四年詔云「昔堯有《大章》，舜有《大韶》，三代之王亦各異名。今追千載而成一代之制，宜賜新樂之名曰《大晟》，朕將薦郊廟、享鬼神、和萬邦，與天下共之。其舊樂勿用。」〔註81〕此詔援引三代之樂異名之例，將國朝大樂之名由《大安》改爲《大晟》，由是設大晟府，「考定音律，以正中聲」〔註82〕，製造一整套新樂，「帝親製《大晟樂記》，命太中大夫劉昺編修《樂書》」〔註83〕，以紀其樂律校準、禮儀規模。「元豐改制以後，北宋宮廷音樂制度最大的變動就是大晟府的設立」〔註84〕，所言不虛。

　　大晟樂之興，乃至諸典禮儀節的細化，令郊廟朝會所用樂曲頗有增加，特別是重製、新製歌辭，更達百餘首之多。然而大晟府所撰郊廟朝會歌辭，經歷南渡之後，大多不存，目前僅可見祀文宣王釋奠十四章，所涉《同安》、《明安》、《豐安》、《成安》、《文安》、《凝安》諸曲，亦非徽宗朝新制，而是沿用前朝之樂。

　　綜上可知，北宋中後期發展禮樂，更多的是對樂器使用、律準校定、禮儀規章等的討論與規範，尤其是「政和年間以來，宮廷頒定的

〔註80〕　《宋史》卷一百二十八・樂三，中華書局，1985 年，第 9 冊，2998頁。

〔註81〕　《宋史》卷一百二十九・樂四，中華書局，1985 年，第 9 冊，3001～3002 頁。

〔註82〕　《宋史》卷一百二十八・樂三，中華書局，1985 年，第 9 冊，2997頁。

〔註83〕　《宋史》卷一百二十九・樂四，中華書局，1985 年，第 9 冊，3003頁。

〔註84〕　康瑞軍《宋代宮廷音樂制度研究》，上海音樂學院出版社，2009 年，186 頁。

雅樂登歌、宮架樂隊中的各種樂器、規模、樂曲、樂儀等設置，也具有傾向禮儀的『遠樂近禮』的屬性」〔註85〕，其關注重點乃是禮樂制度本身的進一步完善。在樂歌製作方面，主要的典禮儀式如諸郊祀、大朝會樂章，均無大的變動，新制樂章大多為對舊有儀式環節的補充，而如太后升祔、上皇后冊寶等特定典禮所用樂章，更是僅能用於一時，沒有傳續可能，故此處均不再作詳細討論。

四、標舉正統：高宗朝的興亡續絕

「靖康二年，金人取汴，凡大樂軒架、樂舞圖、舜文二琴、教坊樂器、樂書、樂章、明堂布政閏月體式、景陽鐘並虡、九鼎皆亡矣」〔註86〕，國家政權被迫南渡，困窘於一隅，樂器、樂書、樂章等皆在戰火中亡佚，這些都令南宋的禮樂重建面臨著極度的困境。雖然國力衰微，再無餘力於制樂方面發展規模，但南宋政府依然傾整朝之力來重整並保存前朝的禮樂制度，高宗朝便是最重要的時期。「中興天子以好生大德，既定寰宇，乃作樂以暢天地之化，以和神人」〔註87〕，其禮樂重建一方面極力突出盛德教化的意義，一方面又以沿襲前代的做法宣示了皇朝的正統，實有興亡續絕之功。

首先是沿用北宋雅樂，模擬舊典，盡力保全郊廟朝會大典的傳統禮樂。這是由國力不足的現實狀況與宣示正統的政治需求共同決定的。一方面，制樂活動與國家的國力尤其是財政狀況密切相關，仁宗朝廣制新樂時，李兌已上言：「朝廷制樂數年，當國財匱乏之時，煩費甚廣」。〔註88〕北宋時尚且如此，對於持續陷入財政困窘的南宋，

〔註85〕　康瑞軍《宋代宮廷音樂制度研究》，上海音樂學院出版社，2009 年，198 頁。
〔註86〕　《宋史》卷一百二十九‧樂四，中華書局，1985 年，第 9 冊，3027 頁。
〔註87〕　《宋史》卷一百三十‧樂五，中華書局，1985 年，第 10 冊，3034 頁。
〔註88〕　《宋史》卷一百二十七‧樂二，中華書局，1985 年，第 9 冊，2969 頁。

更是難以大規模進行制樂活動。南渡之初「時難備物，禮有從宜，敕戒有司參酌損益，務崇簡儉」〔註89〕，故建炎郊祀所用皆是「東京起奉大樂登歌法物」〔註90〕，其禮樂重建活動主要體現在禮儀細化與歌辭製作等方面；至紹興年間，據宋史言「渡江舊樂復皆毀散」〔註91〕，器用不足，又因國勢稍定，才有餘力涉及部份樂器的製作與聲律修訂。「紹興大樂，多用大晟所造」〔註92〕，即言其在樂理聲律方面仿傚的乃是徽宗朝大晟樂傳統。另一方面，重修禮樂活動的依據則多以仁宗朝所奠定的禮樂系統爲重，兼及其下諸朝。如建炎初祀圜丘以太祖配位，是循仁宗嘉祐年間所立「南郊以太祖定配」之規；觀其用樂，奠幣用《廣安》、酌獻用《彰安》，則是直承景祐年間三聖並侑之制，以示尊崇。紹興年間鑄造景鍾，考訂音律，「命太常前期按閱，仍用皇祐進呈雅樂禮例」〔註93〕。其制金鐘玉磬則循元豐故事，「初，元豐本虞庭鳴球及晉賀循採玉造磬之義，命榮咨道肇造玉磬。元祐親祠，嘗一用之，久藏樂府。至政和加以磨礲，俾協音律，並造金鐘，專用於明堂。……此中興所以繼作也」〔註94〕。此外，紹興年間正旦朝會也「據元豐朝會樂」〔註95〕舊儀制定用樂之流程，都是考辨北宋故典而來。

　　禮樂制度既然依循北宋，樂曲方面更是全面沿用北宋，不事更

〔註89〕　《宋史》卷一百三十・樂五，中華書局，1985 年，第 10 冊，3030
　　　　　頁。
〔註90〕　《宋史》卷一百三十・樂五，中華書局，1985 年，第 10 冊，3029
　　　　　頁。
〔註91〕　《宋史》卷一百三十・樂五，中華書局，1985 年，第 10 冊，3029
　　　　　頁。
〔註92〕　《宋史》卷一百三十一・樂六，中華書局，1985 年，第 10 冊，3050
　　　　　頁。
〔註93〕　《宋史》卷一百三十・樂五，中華書局，1985 年，第 10 冊，3034
　　　　　頁。
〔註94〕　《宋史》卷一百三十・樂五，中華書局，1985 年，第 10 冊，3034
　　　　　頁。
〔註95〕　《宋史》卷一百三十・樂五，中華書局，1985 年，第 10 冊，3033
　　　　　頁。

易，即《樂志》所載「南渡之後，大抵皆用先朝之舊，未嘗有所改作」〔註96〕。而此處的「先朝之舊」，所指乃是國初至仁宗朝所確立的十二「安」系統。如高宗建炎初祀昊天上帝，所用諸曲中，《正安》、《嘉安》、《豐安》皆在國初十二「安」之列，即便在仁宗朝罷舊樂用新樂之時，也未受影響，一直沿用；《景安》、《定安》、《英安》、《肅安》則爲仁宗朝所制新樂。紹興享明堂，《廣安》、《慶安》、《禧安》爲國初之樂，《儀安》、《誠安》、《鎮安》、《憩安》、《歆安》、《孝安》等，則亦爲仁宗康定年間所新制。其餘儀式所用樂曲名目，亦大體因循仁宗朝的系統。

其次是全面詳訂禮樂，增加儀式環節與相應樂歌。自仁宗朝完成禮樂規模奠定之後，其後諸朝的修訂活動，大多只是考辨舊典，在制度層面加以完善，如熙寧、元豐年間分別詳定宗廟、朝會用樂之規模範式等，對具體儀式環節的細化則涉及較少。僅哲宗元符年間，大樂正葉防言：「今祭祀天神、宗廟，無徹豆之曲，請考古以制樂章」〔註97〕，由是方增加徹豆環節，用《熙安》曲，其辭云：「陟彼郊丘，大祀是承。其豆孔庶，其香始陞。上帝時歆，以我齊明。卒事而徹，福祿來成」〔註98〕，是對祀享已畢，撤除祭品的描述；政和親郊，又增配位酌獻《大寧》，在太祖之外，復以順祖配位，等等。這些都只是極小規模的增益，置諸儀式整體中觀之並不顯著，而郊祀儀式的全面細化，環節劇增，則是在南渡之後。

以南郊禮爲例，「高宗建炎二年……是歲冬至，祀昊天上帝，以太祖配」〔註99〕，此時國勢未定，郊祀儀式尚較爲簡易，但其儀式環節與歌辭數量已超出前朝，包括降神、皇帝盥洗、升壇、上帝位奠玉幣、太祖位奠幣、皇帝還位、奉俎、上帝位酌獻、太祖位酌獻、文舞

〔註96〕　《宋史》卷一百二十六・樂一，中華書局，1985 年，第 9 冊，2939頁。
〔註97〕　《宋會要輯稿》樂三，中華書局，1957 年影印本，第 1 冊，319 頁。
〔註98〕　《全宋詩》，北京大學出版社，第 71 冊，44843 頁。
〔註99〕　《宋史》卷九十九・禮五，中華書局，1985 年，第 8 冊，2440 頁。

退武舞進、亞終獻、徹豆、送神、望燎十四個環節，共用樂曲九首，歌辭十七章。較之北宋，整套樂歌中增加了皇帝盥洗、升壇、望燎三個環節，各製相應歌辭，其儀節更爲完備。

　　然而這還只是個開始。紹興年間與金締盟之後，國勢較爲穩定，便開始大規模修訂儀節，增補樂歌。仍以最爲隆重的郊祀圜丘爲例：

表一：建炎、紹興年間圜丘儀式環節、樂歌使用對比

儀式環節	建炎二年圜丘	紹興二十八年圜丘
皇帝入中壝		《乾安》一章
降神	《景安》四章	《景安》一章
盥洗	《正安》一章	《乾安》一章
升壇	《正安》一章	《乾安》一章
昊天上帝位奠玉幣	《嘉安》一章	《嘉安》一章
皇地祇位奠玉幣		《嘉安》一章
太祖皇帝位奠幣	《安定》一章	《廣安》一章
太宗皇帝位奠玉幣		《化安》一章
降壇		《乾安》一章
還位	《正安》一章	《乾安》一章
奉俎	《豐安》一章	《豐安》一章
再詣盥洗		《乾安》一章
再升壇		《乾安》一章
昊天上帝位酌獻	《嘉安》一章	《禧安》一章
皇地祇位酌獻		《光安》一章
太祖皇帝位酌獻	《英安》一章	《彰安》一章
太宗皇帝位酌獻		《韶安》一章
還位		《乾安》一章

入小次		《乾安》一章
文舞退、武舞進	《正安》一章	《正安》一章
亞獻	《文安》一章	《正安》一章
終獻	《文安》一章	《正安》一章
出小次位		《乾安》一章
詣飲福位		《乾安》一章
飲福		《禧安》一章
還位		《乾安》一章
徹豆	《肅安》一章	《熙安》一章
送神	《景安》一章	《景安》一章
望燎	《正安》一章	《乾安》一章
望瘞		《乾安》一章
還大次		《乾安》一章
還內		《采茨》一章

　　如上表對比可清晰看到，較之建炎，紹興祀圜丘的儀式環節可謂繁縟至極。於太祖之外，更以太宗配位，於是增加了太宗位的奠幣、酌獻環節。奠幣、酌獻原本是在一次升壇中完成，此處改爲分別升壇，陞降壇環節也因而增爲兩次。此外，又增加皇帝入中壝、入小次、出小次位、詣飲福位、飲福、望瘞、還大次、還內等環節。這些都直接導致了儀式用樂歌的增加。紹興圜丘儀式總共多達 31 個環節，其樂歌也達 31 章，其餘諸郊廟、朝會典禮所用儀節及樂歌也更爲繁複。至此，郊祀儀式的細化已經達到極致。

　　其三，翻新郊廟朝會歌辭，形成空前的歌辭製作規模。高宗一朝，既是南渡之後全面重製歌辭的時期，也是兩宋郊廟朝會歌辭製作最多的時期。一方面，靖康難後，北宋雅樂歌辭大體散佚，南宋王朝爲了延續正統，重興禮樂，恢復舊有的規模自是義不容辭。另一方面，南宋國力衰微，經濟困窘，難以在制樂方面再現北宋盛況，只能

對禮樂制度予以全面細化，並全面重製樂章，以渲染中興之盛德。如建炎祀圜丘降神用《景安》，在北宋時僅用一章歌辭，「六變辭同」，至此則改爲圜鐘爲宮三奏，黃鐘爲角一奏，太簇爲徵一奏，姑洗爲羽一奏，各有歌辭：

> 蒐講上儀，式修閟祀。日吉辰良，禮成樂備。風馭雲旗，聿來歆止。嘉我馨德，介茲繁祉。

> 我將我享，涓選休成。執事有恪，惟寅惟清。樂既六變，肅雍和鳴。高高在上，庶幾是聽。

> 禮崇禋祀，備物薦誠。昭格穹昊，明德惟馨。風馬雲車，胖蚃居歆。申錫無疆，齎我思成。

> 惟天爲大，物始攸資。恭承禋祀，以報以祈。神不可度，日監在茲。有馨明德，庶其格思。〔註100〕

就其內容而觀，這四首歌辭並非各自獨立成章，而是有一定次序的組詩。首章云「蒐講上儀，式修閟祀。日吉辰良，禮成樂備」，是總起之筆，「風馭雲旗，聿來歆止」則是渲染神將至之態。次章「樂既六變，肅雍和鳴」，則承上篇所述禮成樂備之況，進而描寫奏樂以達神之聽的場景。三章中「風馬雲車，胖蚃居歆」，則是寫神降之態；末章「惟天爲大，物始攸資。恭承禋祀，以報以祈」，則點明祭天之主旨，加以收束。

至紹興年間，「國步漸安，始以保境息民爲務，而禮樂之事浸以興矣」〔註101〕，國勢稍定，便立刻著手重興禮樂，其中也包括大量的歌辭製作。「紹興十三年，初舉郊祀，命學士院製宮廟朝獻及圜壇行禮、登門肆赦樂章，凡五十有八。至二十八年，以臣僚有請改定，於是御製樂章十有三及徽宗元御製仁宗廟樂章一，共十有四篇。餘則分命大臣與兩制儒館之士，一新撰述，並懿節別廟樂曲凡七十有四，

〔註100〕《全宋詩》，北京大學出版社，第 71 冊，44843～44844 頁。
〔註101〕《宋史》卷一百三十·樂五，中華書局，1985 年，第 10 冊，3030頁。

俱彙見焉。」〔註102〕所述郊祀、宗廟等歌辭，除仁宗廟樂章是沿用徽宗所製之外，都是高宗及諸臣所新製。而這145首歌辭，還遠非高宗朝歌辭的全貌，凡較爲重要的郊廟、朝會典禮，如祈穀、雩祀、祀五方帝、祀感生帝、祀皇地祇、祀神州地祇、享明堂、朝享太廟、朝獻景靈宮、祀太社太稷、祀朝日夕月、享先農等，其歌辭幾乎全爲新製，且幾乎每一典禮的歌辭都達十數首甚至數十首之多。粗略統計，現存高宗朝郊廟朝會歌辭的總數超過500首，南宋的郊廟朝會歌辭系統也由此奠定。

　　亟欲顯示正統，尊隆皇權的郊廟朝會雅樂修訂，是由南宋王朝中興的政治背景決定的。「高宗建炎初，國步尚艱，乃詔有司，天帝、地祇及他大祀，先以時舉。太常尋奏，近已增募樂工，干、羽、簨、虡亦備，始循舊禮，用登歌樂舞」〔註103〕，這一記載頗值得玩味。高宗下詔禮樂「先以時舉」雖是一種體貼國運的姿態，實際施行時卻並非如此，既然太常增募樂工，也就順水推舟，依循舊禮。這種做法，既源自宋代禮樂重建的大背景下，朝廷整體對雅樂的重視；也反映出南渡後的困境之中，南宋君臣需要隆禮樂，體莊嚴，藉以維持國家體面與政治尊嚴的心態。南宋雖少見新制樂曲，禮樂制度卻較北宋豐繁，郊廟朝會歌辭數量亦更多，正是這種心態的具現。

　　高宗朝上承皇祐，重整規模之後，孝、光、寧諸朝，大都沿用這一套郊廟朝會樂歌系統。孝宗淳熙年間「成禮稱賀及肆赦用樂導駕，並用皇祐大饗典故施行……又命有司兼酌元豐、大觀舊典，爲後世法程」〔註104〕，在儀節修訂方面同樣上溯皇祐；然而以崇簡之故，除新制上太上皇及太上皇后尊號、冊寶歌辭爲必要的儀式所需，不得不

〔註102〕　《宋史》卷一百三十二・樂七，中華書局，1985年，第10冊，3072～3073頁。

〔註103〕　《宋史》卷一百三十二・樂七，中華書局，1985年，第10冊，3070頁。

〔註104〕　《宋史》卷一百三十・樂五，中華書局，1985年，第10冊，3040頁。

為之外，「詔除降神、奠玉幣、奉俎、酌獻、換舞、徹豆、送神依曲禮作樂外，所有皇帝及獻官盥洗、登降等樂皆備而不作」〔註105〕，在樂歌應用方面有所節約。光宗朝所增也是上尊號、冊寶樂章。寧宗朝曾重製郊祀、朝享、祀景靈宮等樂章達百餘首，但終不似高宗朝全面重製的規模手筆。至理宗朝國力愈微，「享國四十餘年，凡禮樂之事，式遵舊章，未嘗有所改作」〔註106〕，歌辭也僅稍作增益。至理宗後諸朝，則已不見郊廟朝會歌辭製作的記載。

第二節　兩宋郊廟朝會歌辭主要作者考述

郊廟歌辭的製作，是一個自上而下的過程。而且並非什麼人都具備製作郊廟朝會歌辭的資格，其作者都必須具有相當的政治地位。現存全部宋代郊廟朝會歌辭，或是皇帝御製，或是皇帝詔命館閣諸臣撰作，而又以後者居多。

一、鋪宣德美：皇帝御製歌辭

皇帝御製歌辭，體現最高統治者本身對禮樂建設的重視。這些御製歌辭大多是郊祀、宗廟儀式所用，以示對天地諸神、列祖列宗的尊崇。

其中，太宗御製歌辭，據《輯稿》載：「又有太宗、眞宗聖製《朝天》、《平晉》二曲及聖祖樂章，鋪宣德美，播在樂府」〔註107〕。《樂志》則云大中祥符五年眞宗「聖製薦獻聖祖文舞曰《發祥流慶》之舞，武舞曰《降眞觀德》之舞……取太宗所撰《萬國朝天曲》曰《同和》之舞，《平晉曲》曰《定功》之舞，親作樂辭，奏於郊廟」

〔註105〕《宋史》卷一百三十·樂五，中華書局，1985 年，第 10 冊，3046
　　　　頁。
〔註106〕《宋史》卷一百三十一·樂六，中華書局，1985 年，第 10 冊，3050
　　　　頁。
〔註107〕《宋會要輯稿》樂三，中華書局，1957 年影印本，第 1 冊，312 頁。

〔註 108〕，則可知《輯稿》所言聖祖樂章爲眞宗所撰，太宗僅製《朝天》、《平晉》二曲。然而又據宋代陳暘《樂書》載，太宗即位「悉收河東之地，造《平晉》、《普天》之樂，明年復作《萬國朝天樂》二曲，宴饗用焉」〔註 109〕，則增加了太宗造《普天》樂的記載，且僅云制樂，未及歌辭製作。因上述樂歌僅存其名，歌辭皆已不傳，太宗之製作究竟爲樂曲、歌辭抑或完整的樂歌，亦不能確知，暫且羅列在此，以待來日。

眞宗御製歌辭，則如上所述，有祀聖祖的《發祥流慶》、《降眞觀德》文武二舞歌辭，然而皆已不傳。此外還親製《奉聖祖玉清昭應宮》十一首，載在《樂志》。關於玉清宮樂章的製作，《樂志》云：「聖祖降，有司言：『按唐太清宮樂章，皆明皇親製，其崇奉玉皇、聖祖及祖宗配位樂章，並望聖製。』詔可之。」〔註 110〕一則御製樂章本有傳統，二則皇帝御製能體現典禮之尊崇，故有司援引唐代前例，請眞宗御製玉清宮樂章，眞宗亦依例而行，不但如其所請，製作玉皇、聖祖、太祖、太宗的酌獻樂章，連迎聖、奉香、奉饌、飲福、亞終獻、徹饌、送聖等環節的樂章也都一併製作，形成完整的一套組詩。在此僅列玉皇、聖祖、太祖、太宗的酌獻樂章爲例：

玉皇位酌獻用《慶安》：

　　無體之體，強名之名。監觀萬宇，統治九清。眞期保祐，瑞命昭明。乾乾翼翼，祗答財成。

聖祖位酌獻用《慶安》：

　　於昭靈覜，誕啓鴻源。功濟庶彙，慶流後昆。蘭肴登俎，桂酒盈尊。俯回飆駕，永庇雲孫。

太祖位酌獻用《慶安》：

〔註 108〕　《宋史》卷一百二十六‧樂一，中華書局，1985 年，第 9 冊，2947頁。

〔註 109〕　陳暘《樂圖論》，《樂書》，卷一百五十七，清文淵閣四庫全書本。

〔註 110〕　《宋史》卷一百二十六‧樂一，中華書局，1985 年，第 9 冊，2947頁。

赫赫藝祖，受命高穹。威加海外，化浹區中。發祥宗
祜，錫祐眇沖。欽承積德，勵翼精衷。

太宗位酌獻用《慶安》：

明明文考，儲精上蒼。禮樂明備，溥率賓王。功德累
洽，歷數會昌。孝思罔極，丕祐無疆。〔註111〕

此外，《樂志》載眞宗「取太宗所撰《萬國朝天曲》曰《同和》
之舞，《平晉曲》曰《定功》之舞」，這與《太常因革禮》中「繼孝太
宗皇帝聖製《萬國朝天樂》曲宜曰《同和》之舞，《平晉樂》曲宜曰
《定功》之舞」〔註112〕的記載相合。然而同爲《樂志》所載的歌辭
資料中，則沿用《萬國朝天》與《平晉樂》之名，且前者用於奠瓚，
後者用於亞、終獻，爲祀太廟儀式所用的歌辭，則當爲記載之誤。僅
引眞宗御製《平晉樂》歌辭如下：

五代衰替，六合攜離。封疆竊據，兵甲競馳。天顧黎
獻，塗炭可悲。帝啓靈命，濬哲應期。皇祖丕變，金鉞俄
麾。率土執贄，獷俗來儀。瞻彼大鹵，竊此餘基。獨迷文
告，莫畏天威。神宗繼統，璿圖有輝。尚安蠢爾，罔懷格
思。六飛鳳駕，萬旅奉辭。後來發詠，不陣行師。雲旗先
路，壺漿塞岐。天臨日照，宸慮通微。前歌後舞，人心悅
隨。要領自得，智力何施。風移僭冒，政治淳熙。書文混
一，盛德咸宜。干戈倒載，振振言歸。誕昭七德，永定九
圍。〔註113〕

雖肯定太祖「皇祖丕變，金鉞俄麾。率土執贄，獷俗來儀」的武德
之功，但更著力於刻畫太宗承統繼業，以德行師，廣得人心，「書
文混一，盛德咸宜。干戈倒載，振振言歸」，終於結束五代十國動盪
割據的時局，「永定九圍」的功業。所用樂曲承襲太宗之製作，也是
爲了突出對太宗的尊崇。這也與眞宗朝郊祀以太宗爲尊的配享制度

〔註111〕 《全宋詩》，北京大學出版社，第71冊，44923～44924頁。
〔註112〕 歐陽修《太常因革禮》卷十七，清廣雅書局叢書本。
〔註113〕 《全宋詩》，北京大學出版社，第71冊，44893頁。

－218－

相合。

仁宗朝禮樂興隆，仁宗更是帶頭製作郊廟朝會歌辭，「親祀南郊、享太廟、奉慈廟、大享明堂、祫享，帝皆親製降神、送神、奠幣、瓚稞、酌獻樂章」〔註114〕。而在景祐、皇祐年間的兩次大規模製樂活動中，更是大量御製歌辭，以顯示對制樂活動的重視。

景祐二年四月「御製天地宗廟樂曲、樂章，凡五十一曲」〔註115〕，九月復「親製郊廟樂章二十一曲，財成頌體，告於神明」〔註116〕。這些歌辭多數已經亡佚，所留存的主要是郊祀樂章的部份，而又以配位奠幣、酌獻樂章爲最多。如南郊親祀三聖並侑樂章：

親祀降神用《景安》：

> 無爲靡遠，深厚廣圻。祭神如在，弁冕袞衣。粢盛豐美，惟德馨輝。以祥以祐，非眇專祈。

親祀奠幣用《廣安》：

> 千靈啓運，三後在天。嘉壇並侑，億萬斯年。

常祀酌獻用《彰安》：

> 皇基締構，帝系靈長。躬薦鬱鬯，子孫保昌。

常祀送神用《景安》：

> 馨遺八樽，器空三籩。至祝至虔，穹祇既祉。〔註117〕

此外，仁宗朝變更南北郊配享之制，以太祖、太宗、眞宗、宣祖分別配享郊祀七祭。爲示尊隆，奠幣、酌獻歌辭，皆爲仁宗御製。

冬至圜丘太祖配座奠幣用《定安》：

> 翕受駿命，震疊群方。侑祀上帝，德厚流光。

酌獻用《英安》：

〔註114〕　《宋史》卷一百二十六・樂一，中華書局，1985年，第9冊，2948頁。

〔註115〕　《宋會要輯稿》樂一，中華書局，1957年影印本，第1冊，281頁。

〔註116〕　《宋史》卷一百二十六・樂一，中華書局，1985年，第9冊，2955頁。

〔註117〕　《宋會要輯稿》樂六，中華書局，1957年影印本，第1冊，352頁。

誕受靈符，肇基丕業。配饗潔樽，永隆萬葉。〔註118〕

即《樂志》所載常祀配位歌辭之中的「至日祀圜丘，太祖配，以黃鐘之宮作《定安》以奠幣、《英安》以酌獻」〔註119〕。

孟春祈穀太宗配座奠幣用《仁安》：

天祚以開，文德來遠。祈穀日辛，侑神禮展。

酌獻用《紹安》：

於穆神宗，惟皇永命。薦醴六尊，聲歌千詠。〔註120〕

即《樂志》所載「祈穀祀昊天，太宗配，作《仁安》以奠幣、《紹安》以酌獻」〔註121〕。

孟夏雩祀太祖配座奠幣用《獻安》：

昊天蓋高，祀事爲大。嚴配皇靈，億福來介。

酌獻用《感安》：

龍見而雩，神之來格。犧象精良，威靈赫奕。〔註122〕

即《樂志》所載「孟夏雩上帝地祇，太祖配，以仲呂之宮作《獻安》以奠幣、《感安》以酌獻」〔註123〕。

祀皇地祇太祖配座奠幣用《恭安》：

赫矣淳耀，俶載帝基。一戎以定，萬國來儀。寅恭潔祀，博厚皇祇。威靈攸在，福祿如茨。

酌獻用《英安》：

丕命惟皇，萬物咸皐。卜年邁周，崇功冠禹。有燁炎精，大昌聖祚。酌鬯祈年，永錫繁祜。〔註124〕

〔註118〕 《全宋詩》，北京大學出版社，第 71 冊，44842 頁。

〔註119〕 《宋史》卷一百二十六・樂一，中華書局，1985 年，第 9 冊，2954 頁。

〔註120〕 《全宋詩》，北京大學出版社，第 71 冊，44852 頁。

〔註121〕 《宋史》卷一百二十六・樂一，中華書局，1985 年，第 9 冊，2954 頁。

〔註122〕 《全宋詩》，北京大學出版社，第 71 冊，44853 頁。

〔註123〕 《宋史》卷一百二十六・樂一，中華書局，1985 年，第 9 冊，2954～2955 頁。

〔註124〕 《全宋詩》，北京大學出版社，第 71 冊，44876 頁。

即《樂志》所載「夏至祭皇地祇，太祖配，以蕤賓之宮作《恭安》以奠幣、《英安》以酌獻」〔註125〕。

祀神州地祇太宗配座奠幣用《化安》：

> 削平僞邦，嗣興鴻業。禮樂交修，仁德該洽。柔祇薦享，量幣攸攝。侑坐延靈，神休允答。

酌獻用《韶安》：

> 有煒彌文，克隆宏構。貽此燕謀，具膺多祐。嶰律吹莩，彝樽奠酒。佐乃沉潛，永祈豐秭。〔註126〕

即《樂志》所載「孟冬祭神州地祇，太宗配，以應鐘之宮作《化安》以奠幣、《韶安》以酌獻」〔註127〕。其餘諸常祀的配位奠幣、酌獻歌辭亦爲仁宗親製，但僅存曲名，歌辭已不見於記載。

至皇祐二年修訂大樂，則：

> 內出明堂樂曲及二舞名：迎神曰《誠安》；皇帝升降行止曰《儀安》；昊天上帝、皇地祇、神州地祇位奠玉幣曰《鎮安》，酌獻曰《慶安》；太祖、太宗、眞宗位奠幣曰《信安》，酌獻曰《孝安》，司徒奉俎曰《饎安》；五帝位奠玉幣曰《鎮安》，酌獻曰《精安》，皇帝飲福曰《胙安》；退文舞、迎武舞、亞獻、終獻皆曰《穆安》，徹豆曰《歆安》，送神曰《誠安》，歸大次曰《憩安》；文舞曰《右文化俗》，武舞曰《威功睿德》。又出御撰樂章《鎮安》、《慶安》、《信安》、《孝安》四曲，餘詔輔臣分撰。庚戌，詔：「御所撰樂曲名與常祀同者，更之。」遂更常所用圜丘寓祭明堂《誠安》之曲曰《宗安》，祀感生帝《慶安》之曲曰《光安》，奉慈廟《信安》之曲曰《慈安》。〔註128〕

〔註125〕　《宋史》卷一百二十六・樂一，中華書局，1985年，第9冊，2955頁。

〔註126〕　《全宋詩》，北京大學出版社，第71冊，44880頁。

〔註127〕　《宋史》卷一百二十六・樂一，中華書局，1985年，第9冊，2955頁。

〔註128〕　《宋史》卷一百二十七・樂二，中華書局，1985年，第9冊，2962頁。

這段記載包括製題、製辭兩方面。製題方面，在御製曲名與舊有常祀曲名相同時，則更改常祀曲名，以示所製新題之隆重，如御製迎神曲名《誠安》，與景祐二年御製明堂眞宗配位奠幣《誠安》同題，即改明堂樂名爲《宗安》；御製昊天上帝等酌獻曲名《慶安》，與乾德元年陶穀等所撰祀感生帝奠玉幣用《慶安》同題，即改感生帝奠幣爲《光安》。這些更改，都顯示了對御製新題在雅樂系統中地位的重視。製辭方面，仁宗又御製親享明堂所用奠玉幣《鎭安》、酌獻《慶安》、三聖配位奠幣《信安》、酌獻《孝安》四章歌辭，此處不再贅列。

上述之外，尙有至和元年十月，「內出太廟禘饗樂章並接神曲」，十一月「內出太廟禘祫時饗及溫成皇后廟祭饗樂章、樂曲」〔註 129〕；嘉祐元年八月「御製恭謝樂章」〔註 130〕，四年九月「御製祫享樂舞名……帝自製迎神、送神樂章」，「七年八月，御製明堂迎神樂章」〔註 131〕，等等，然而其辭都已不傳。

仁宗御製歌辭現存雖然不多，難以詳考，然而以史書所載歷次製作略爲估計，其總數當接近百首，可謂製作頗豐。出現在仁宗朝的大規模郊廟朝會歌辭製作，和仁宗本人的重視與引領是分不開的。

徽宗朝更易大樂，新制大晟樂，徽宗本人亦著力於御製歌辭。如崇寧五年下詔云「大樂新成，將薦祖考，其神宗本室與配位樂章，朕當親製，以伸孝思追述之志。可令大晟府先考定譜調聲以進」〔註 132〕，這一做法，既反映出皇帝本人對新制大樂的重視，又能體現純孝之思。此外，「建中靖國元年十一月十四日，大樂局言：『南郊見用樂章自景祐以來通用，其詞及於地祇。今合祭既罷，則當改撰。』於是內出御製親祀南郊樂章降神、送神各一首，付禮部。」〔註 133〕然而上

〔註 129〕 《宋會要輯稿》樂三，中華書局，1957 年影印本，第 1 冊，315 頁。
〔註 130〕 《宋會要輯稿》樂三，中華書局，1957 年影印本，第 1 冊，315 頁。
〔註 131〕 《宋史》卷一百二十七‧樂二，中華書局，1985 年，第 9 冊，2970～2971 頁。
〔註 132〕 《宋會要輯稿》樂三，中華書局，1957 年影印本，第 1 冊，319 頁。
〔註 133〕 《宋會要輯稿》樂三，中華書局，1957 年影印本，第 1 冊，319 頁。

述歌辭皆已亡佚，無從詳考。目前所存的徽宗御製歌辭僅有一首，爲高宗郊前朝享太廟樂章中，仁宗室所用《美成》，其辭云：

> 仁德如天，遍覆無偏。功濟九有，恩涵八埏。齊民受康，朝野晏然。擊壤歌謠，四十二年。〔註134〕

至高宗朝全面重製郊廟朝會歌辭，爲顯示對禮樂重建的重視，御製歌辭的數量亦頗可觀。如紹興二十八年郊祀圜丘樂章中，昊天上帝位奠玉幣《嘉安》、皇地祇位奠玉幣《嘉安》、太祖皇帝位奠幣《廣安》、太宗皇帝位奠玉幣《化安》、昊天上帝位酌獻《禧安》、皇地祇位酌獻《光安》、太祖皇帝位酌獻《彰安》、太宗皇帝位酌獻《韶安》，即都爲高宗御製之作，以示對昊天上帝和太祖、太宗二聖的尊隆。如太祖、太宗配位奠幣、酌獻歌辭：

太祖皇帝位奠幣《廣安》：

> 明明翼祖，並侑泰壇。肇造綿宇，王業孔艱。表正封略，上際下蟠。躬以大報，亦止於燔。

太宗皇帝位奠玉幣《化安》：

> 赫赫巍巍，及時純熙。昊天成命，後則受之。登邁邃古，光被聲詩。有幣陟配，孫謀所貽。

太祖皇帝位酌獻，《彰安》：

> 於赫皇祖，創業立極。肅肅靈命，蕩蕩休德。嘉觴精潔，雅奏金石。丕顯神謨，惟後之則。

太宗皇帝位酌獻，《韶安》：

> 丕鑠帝宗，復受天命。群陰猶黷，一戎大定。奠鬯斯馨，功歌在詠。祐啓後人，文軌蚤正。〔註135〕

此外，紹興十六年復「內出御製郊祀大禮天地、宗廟樂章」〔註136〕；紹興二十八年「御製樂章十有三」〔註137〕等。再如；高宗

〔註134〕　《全宋詩》，北京大學出版社，第71冊，44904頁。
〔註135〕　《全宋詩》，北京大學出版社，第71冊，44846～44847頁。
〔註136〕　《宋史》卷一百三十·樂五，中華書局，1985年，第10冊，3035頁。
〔註137〕　《宋史》卷一百三十二·樂七，中華書局，1985年，第10冊，3073頁。

郊前朝享太廟樂章中，徽宗室所用《承元》；高宗郊前朝獻景靈宮樂
章中，聖祖位酌獻《祖安》；寧宗郊前朝獻景靈宮樂章中，聖祖位奉
玉幣《靈安》、酌獻《祖安》等，亦皆爲高宗御製，不再羅列。

　　宋代皇帝御製歌辭，以眞宗、仁宗、高宗三位之作最爲突出，這
也是與當時的禮樂建設狀況密切相關的。眞宗朝國力初定，有餘力在
諸祠儀式中大規模用樂；仁宗朝兩次修訂大樂，奠定了兩宋雅樂的規
模；高宗朝則在南渡困窘之餘重建禮樂，這三個時段在兩宋禮樂制度
的發展中，都是相當重要的節點。以帝王之尊帶頭製作郊廟朝會歌辭，
更能體現郊廟朝會歌辭「稽古飾治」，乃至確立政權正統地位的功能。

二、參施群祀：諸臣製作歌辭

　　在郊廟朝會歌辭之中，御製歌辭只是其中較小的一部份。皇帝爲
顯示自己對雅樂建設的重視，多半只選擇其中最能體現對天地祖先尊
崇的環節，如奠幣、酌獻等，親自製作歌辭。其餘繁複的儀式環節所
用歌辭，則都由諸臣奉詔製作，且有資格奉詔者都是具備相當政治身
份的館閣之臣。然而這是一種群體性的製作，其成就亦並非歸於個
人，故在史書中，記述詔令、羅列歌辭之時大多不載撰作者之名。現
僅搜羅《樂志》、《輯稿》、《文獻通考》等資料，略考其中有記載的作
者官職、作品如下，以窺其一斑。

　　竇儼，後周世宗時即爲翰林學士，兼判太常寺，「宋初，命儼仍
兼太常」〔註138〕。建隆元年草創樂制，竇儼即上言曰：「洪惟聖宋，
肇建皇極，一代之樂，宜乎立名。樂章固當易以新詞，式遵舊典」，
受詔改後周十二「順」爲十二「安」，在此基礎上撰作南郊親祀樂章
八首，載在《樂志》。據《文獻通考》所載，建隆元年以來祀享太廟
樂章十六首中，有十四首爲竇儼所撰；皇后廟樂章十五首中，三首爲
竇儼所撰，又撰正冬朝會樂章四首，然而具體篇目已不可考。

〔註138〕《宋史》卷一百二十六·樂一，中華書局，1985 年，第 9 冊，2939
　　　　頁。

陶穀，太祖乾德元年時爲翰林學士承旨，「奉詔撰定祀感生帝之樂章、曲名，降神用《大安》，太尉行用《保安》，奠玉幣用《慶安》，司徒奉俎用《咸安》，酌獻用《崇安》，飲福用《廣安》，亞獻、終獻用《文安》，送神用《普安》」〔註139〕。按乾德祀感生帝樂章共十首，陶穀所製爲其中八首，其中送神《普安》樂章已佚，現存爲政和中所作，其餘俱在《樂志》。至於罍洗用《正安》、徹豆用《肅安》二首，則從樂名到歌辭都非陶穀手筆。又，乾德四年復二舞之制，「二舞合用樂章四首，詔翰林學士陶穀、竇儀分撰」〔註140〕，亦即建隆乾德朝會樂章中《玄德升聞》、《天下大定》二舞及六變歌辭共十六首，然而其中何者爲陶穀所撰，已無從考證。據《通考》，又參與撰正冬朝會樂章，其數目已無考。

竇儀，太祖乾德四年時爲翰林學士，與陶穀共製文武二舞樂章。細節俱在上文，不再贅述。

宋白，太宗雍熙年間爲翰林學士，咸平二年，奉詔「撰元德皇太后廟登歌樂章」〔註141〕，已然題辭皆亡。此外據《通考》，祀享太廟樂章二首，皇后廟二首；雍熙享先農樂章六首，亦爲「翰林學士宋白等撰」〔註142〕。

蘇易簡，太宗淳化年間爲翰林學士承旨，「淳化三年正月七日，詔有司講求鄉飲酒故事，命學士承旨蘇易簡等撰樂章三十四，《鹿鳴》六，《南陔》二，《嘉魚》八，《崇三》二，《關雎》十，《鵲巢》六」〔註143〕，今歌辭俱在《樂志》，然而何爲蘇易簡所製已無考。

楊億，眞宗咸平五年時爲知制誥，作太常樂章三十首，分別爲南

〔註139〕　《宋史》卷一百二十六・樂一，中華書局，1985年，第9冊，2940頁。
〔註140〕　《宋會要輯稿》樂三，中華書局，1957年影印本，第1冊，308頁。
〔註141〕　《宋會要輯稿》樂三，中華書局，1957年影印本，第1冊，308頁。
〔註142〕　馬端臨《文獻通考》卷一百四十三，清浙江書局本。
〔註143〕　《玉海》卷七十三・禮儀，江蘇古籍出版社1988年影印清光緒浙江書局刻本，第2冊，1365頁。

郊前一日朝享太廟、南郊大禮、正冬御殿朝會、南郊回御樓等郊廟儀式所用，因素量諸多，此處不一一羅列。景德三年爲翰林學士時又作太常樂章七首，包括祀白帝迎神《高安》、奉幣《嘉安》、送神《理安》；祀朝日迎神《高安》、奉幣酌獻《嘉安》、送神《理安》；以及南郊常祀上公攝事飲福用《廣安》。此外又作正冬御殿上壽樂章八首，包括：皇帝舉壽酒宮懸奏《和安》之曲，皇帝舉第二爵酒登歌奏《祥麟》之曲，賜群臣第一盞酒宮懸奏《正安》之曲，皇帝舉第三爵酒登歌奏《丹鳳》之曲，賜群臣第二盞酒宮懸作《正安》之曲，皇帝舉第四爵酒登歌奏《河清》之曲，賜群臣第三盞酒宮懸作《正安》之曲，禮畢降坐宮懸奏《隆安》之曲〔註144〕，亦皆在《樂志》景德朝會歌辭之列，只是《武夷新集》的題名記錄較《樂志》所載更爲詳盡。此外據《通考》所載，又參與撰作封禪樂章、祗奉天書樂章、天安殿冊五嶽帝樂章、迎奉聖像樂章等，爲兩宋郊廟歌辭作者中所存篇目最多者。

李宗諤，眞宗景德年間爲翰林學士，奉詔作「加上太祖太宗尊諡《顯安》曲，謝太廟奠獻圜臺登歌，亞獻、終獻樂章」〔註145〕。又據《通考》所載，與楊億、晁迥分撰封禪樂章，又撰祗奉天書樂章三首、太廟告享樂章四首、皇后廟樂章一首，此外又參與撰作正冬朝會樂章，然而細節均不可考。

晁迥，眞宗時爲翰林學士，據《通考》所載，參與撰作封禪樂章、祀汾陰樂章、祗奉天書樂章、迎奉聖像樂章、玉清昭應宮上尊號樂章、景靈宮、太極觀奉冊寶樂章等，細節亦不可考。

張禹錫，眞宗時爲太常少卿；宋昂，眞宗時爲司封郎中，據《通考》載，皆參與撰作皇后廟樂章，張禹錫撰二首，宋昂撰一首。

晏殊，仁宗天聖九年時爲資政殿學士，「奉詔撰皇太后御殿樂章

〔註144〕 題名俱見《武夷新集》卷五。
〔註145〕 《宋會要輯稿》樂三，中華書局，1957 年影印本，第 1 冊，309 頁。

十四首」〔註146〕，據製作時間推測，應即明道元年章獻明肅皇太后朝會樂章。然而晏殊集已佚，現存輯稿中不見朝會歌辭著錄，這一推測亦無從求證。

　　呂夷簡，仁宗景祐二年時爲同中書門下平章事、集賢殿大學士，宋綬，時爲參知政事，同奉詔「分造樂章，參施羣祀」〔註147〕。景祐元年，呂夷簡撰白帝酌獻用《祐安》，宋綬撰黃帝配獻用《祐安》、黑帝酌獻用《祐安》；景祐二年，宋綬撰赤帝酌獻用《祐安》、黃帝酌獻用《精安》，其辭俱在《輯稿》。

　　高若訥，仁宗皇祐二年時爲參知政事，文彥博、梁適，時爲昭文館大學士，宋庠，時爲同中書門下平章事，皆參與撰作祀五方帝樂章。其中高若訥撰白帝酌獻用《精安》，文彥博撰青帝酌獻用《精安》，梁適撰黑帝酌獻用《精安》，宋庠撰赤帝酌獻用《精安》，其辭同在《輯稿》。

　　富弼，仁宗至和四年時爲中書門下同平章事，時仁宗「詔宰臣富弼等撰《大祚》至《采茨》曲詞十八」〔註148〕，然而其辭均已不傳。

　　韓琦，仁宗嘉祐二年時爲樞密使，參與撰作祀五方帝樂章，嘉祐七年爲同中書門下平章事，再度參與撰作祀五方帝樂章。嘉祐二年撰青帝酌獻用《精安》、赤帝酌獻用《精安》；嘉祐七年撰黃帝酌獻用《精安》、白帝酌獻用《精安》、黑帝酌獻用《精安》，辭在《輯稿》。

　　王珪，神宗熙寧中爲參知政事，作熙寧朝會上壽歌辭《慶雲》，即《華陽集》卷七所載《皇帝冬至御大慶殿舉第一盞酒奏〈慶雲〉之曲》。此外，《華陽集》中尚有《皇帝冬至御大慶殿舉第二盞酒奏〈嘉禾〉之曲》，其辭云：

〔註146〕　《宋會要輯稿》樂三，中華書局，1957年影印本，第1冊，310頁。
〔註147〕　《宋史》卷一百二十六・樂一，中華書局，1985年，第9冊，2955頁。
〔註148〕　《宋史》卷一百二十七・樂二，中華書局，1985年，第9冊，2971頁。

太平之符，昭發眾瑞。爰有嘉禾，異隴合穗。大田如雲，既獲既刈。野人愉愉，不亦有歲。〔註149〕

然而《宋史・樂志》所載熙寧中朝會歌辭三首，分別爲皇帝初舉酒用《慶雲》，再舉酒用《嘉禾》，三舉酒用《靈芝》；其中《嘉禾》云「彼美嘉禾，一莖九穗。農疇告祥，史牒書瑞。擊壤歡歌，如京委積。留獻春種，昭錫善類」〔註150〕，與王珪所作全然不同。究其原因，當是廣令文臣創作歌辭之後，再從中遴選合乎典禮氛圍者，在朝會儀式上合樂而歌，而王珪之《嘉禾》並未入選。《靈芝》、《嘉禾》兩篇亦當出自當時文臣手筆，然而作者已無從考證。

王安石，神宗時歷翰林學士、參知政事、同中書門下平章事等，作明堂樂章中徹豆用《歆安》、歸大次用《憩安》二首，具體製作時間不詳，但據《樂志》所載，至哲宗元符年間仍被沿用。

蘇頌，哲宗時歷翰林學士承旨、觀文殿大學士等。《蘇魏公集》載《正月一日皇帝御大慶殿受文武百僚朝賀行上壽之儀樂章曲名》三章，其中皇帝舉第一盞酒奏《靈芝》之曲，皇帝舉第二盞酒奏《壽星》之曲，皇帝舉第三盞酒奏《甘露》之曲，即《宋史・樂志》所載元符大朝會歌辭三章。

周麟之，高宗朝歷著作郎、翰林學士兼侍讀、同知樞密院事。《海陵集》卷十二錄《景靈宮樂章》，包括：皇帝還位《乾安》之曲、尚書徹饌《吉安》之曲、皇帝降殿《乾安》之曲、皇帝還大次《乾安》之曲，俱在高宗郊前朝獻景靈宮樂章之列。其《太廟樂章》：皇帝盥洗《乾安》之曲、皇帝還位《乾安》之曲、奉俎《豐安》之曲、皇帝再盥洗《乾安》之曲，俱在高宗郊祀前朝享太廟樂章之列。

沈虛中，高宗紹興十五年時爲權太常少卿。其時「刑部郎官許興古奏：『比歲休祥協應，靈芝產於廟楹，瑞麥秀於留都。昔乾德六年，嘗詔和峴作《瑞木》、《馴象》及《玉烏》、《皓雀》四瑞樂章，以備登

〔註149〕 《全宋詩》，北京大學出版社，1998 年，第 9 冊，5948 頁。
〔註150〕 《全宋詩》，北京大學出版社，1998 年，第 9 冊，44991 頁。

歌。願依典故，制爲樂章，登諸郊廟』」，沈虛中因奉詔循舊典之例，作歌曲「以薦於太廟、圜丘、明堂」〔註151〕。然而按《樂志》載，乾德四瑞樂章實爲朝會登歌所用，則沈虛中所作，或當爲紹興朝會歌辭中，皇帝初舉酒《瑞木成文》，再舉酒《滄海澄清》，三舉酒《瑞粟呈祥》三首，《瑞粟呈祥》之題也與當時「瑞麥秀於留都」之說相合。

　　崔敦詩，孝宗朝歷秘書省正字、學士院權直、中書舍人等；參與撰作郊祀樂章，《崔舍人玉堂類稿》所載《郊祀樂章》，即是爲紹興親享明堂所作歌辭，其中太祖皇帝位酌獻登歌作大呂宮《彰安》之曲，即《樂志》所載太祖位酌獻《彰安》；亞獻宮架奏黃鐘宮《穆安》之樂《威功睿德》之舞，即亞獻《穆安》；送神宮架奏圜鐘宮《誠安》之曲，即送神《誠安》；皇帝還大次宮架奏黃鐘宮《憩安》之曲，即還大次《憩安》。此外，登門肆赦皇帝升御座宮架奏黃鐘宮《乾安》之曲，皇帝降御座宮架奏黃鐘宮《乾安》之曲，皇帝入小次宮架奏黃鐘宮《儀安》之曲，則皆未入選。此外，《玉堂類稿》中載《皇帝上太上皇帝壽樂曲》一套：包括升坐用《聖安》之曲，公卿入門用《禮安》之曲，上壽用《崇安》之曲，太上皇帝初舉酒用《蟠桃》之曲，再舉酒用《大椿》之曲，三舉酒用《瑞鶴》之曲，四舉酒用《祥龜》之曲，五舉酒用《老人星見》之曲，降坐用《福安》之曲，群臣酒三行並用《正安》之曲（三首），酒一行罷用《萬壽無疆》之舞，酒再行罷用《聖德重光》之舞，《樂志》皆不載，亦無相應儀式，當是未曾施行之故。

　　綜上所考，北宋中前期，群臣作者存名尚多，至南宋則大多不記其名，史書中多以「宰執」、「學士院」、「分館職」、「兩省官」、「兩制儒館之士」等概括指代，可知盡是文學之臣。

　　綜上所述，在郊廟朝會歌辭的製作中，尤爲重要的儀式環節，如降神、奠幣、酌獻等，尤其是以歷代先皇配享時，皆不乏皇帝御製之作，以示所祀享者地位之尊隆。如仁宗朝南郊親祀樂章，降神用《景

─────────────────────

〔註151〕《宋史》卷一百三十・樂五，中華書局，1985 年，第 10 冊，3035 頁。

安》、奠幣用《廣安》、酌獻用《彰安》、送神用《景安》，三聖並侑樂
章，奠幣用《廣安》、酌獻用《彰安》，乃至祈穀、雩祭等典禮中，太
祖、太宗、宣祖的配享樂章，皆爲仁宗御製。又如紹興祀圜丘三十首
中，昊天上帝位奠玉幣用《嘉安》、皇地祇位奠玉幣用《嘉安》、太祖
皇帝位奠幣用《廣安》、太宗皇帝位奠玉幣用《化安》、昊天上帝位酌
獻用《禧安》、皇地祇位酌獻用《光安》、太宗皇帝位酌獻用《韶安》
等，都爲高宗御製。

　　這些環節之外，如皇帝陞降、奉俎、上壽、徹饌、還位、盥洗等
樂章撰作，則大多付與群臣共同完成。其中部份組詩是由同一作者獨
力完成的。如建隆郊祀樂章八首，皆爲竇儼所撰；咸平二年元德皇太
后廟登歌樂章，皆爲宋白所撰；天聖九年皇太后御殿樂章，皆爲晏殊
所撰；元符大朝會上壽三首，皆爲蘇頌所撰，等等。然而因郊廟朝會
典禮儀節繁縟，作者諸多，很少由一人獨力完成整套歌辭。如紹興二
十八年高宗即「分命大臣與兩制儒館之士，一新撰述，並懿節別廟樂
曲凡七十有四」〔註152〕。因宋代屢次修訂禮樂，歌辭撰作也大多經
歷了新舊更迭，部份組詩的製作也並非爲同一時期的作者所完成。如
《輯稿》所錄祀五方帝樂章，僅仁宗朝便有四次撰作與修訂，規模既
大，所涉亦廣，更顯隆重。這都是由於在郊廟朝會歌辭的製作中，更
看重撰作者的政治身份而非文學素養之故。

第三節　郊廟朝會雅樂、歌辭的通用性

　　與一般的詩歌不同，在郊廟朝會儀式中，音樂的重要性通常高出
歌辭。在製作之時，郊廟朝會歌辭通常以組詩的形制呈現，一組歌辭
即是切合典禮儀式起承轉合的一套完整樂歌。故而，作爲禮樂系統的
一部份，郊廟朝會歌辭具備兩個特別的要素：樂歌題名與雅樂載體。

〔註152〕《宋史》卷一百三十二・樂七，中華書局，1985 年，第 10 冊，3073
　　　　頁。

一、樂歌題名的承襲

「國朝大樂所立曲名，各有成憲，不相淆雜，所以重正名也」〔註153〕。郊廟朝會樂歌的題目，並非一般的詩題，而是將樂曲之題兼用爲歌辭之題，作爲整個禮樂系統的一部份，承載著祝禱頌聖，政教道德的意義。

宋代郊廟朝會歌辭的立題情況基本可分爲兩大類。其一，循國初所立的十二「安」系統，取「治世之音安以樂」之義，以安爲名，樂曲題目大多對應於某一儀式環節。這一製題的傳統，自竇儼創始後一直沿用，如乾德元年「翰林學士承旨陶穀等奉詔撰定祀感生帝之樂章、曲名，降神用《大安》，太尉行用《保安》，奠玉幣用《慶安》，司徒奉俎用《咸安》，酌獻用《崇安》，飲福用《廣安》，亞獻、終獻用《文安》，送神用《普安》」〔註154〕，都是仿傚竇儼十二「安」的立題方法。

即便是仁宗朝大規模製作新樂，也只是更換樂曲，而未動搖以「安」爲名的傳統。如皇祐二年御製明堂樂曲及二舞名，「迎神曰《誠安》；皇帝升降行止曰《儀安》；昊天上帝、皇地祇、神州地祇位奠玉幣曰《鎮安》，酌獻曰《慶安》；太祖、太宗、眞宗位奠幣曰《信安》，酌獻曰《孝安》，司徒奉俎曰《禧安》；五帝位奠玉幣曰《鎮安》，酌獻曰《精安》，皇帝飲福曰《胙安》；退文舞、迎武舞、亞獻、終獻皆曰《穆安》，徹豆曰《歆安》，送神曰《誠安》，歸大次曰《憩安》」〔註155〕；至和四年「御製祫享樂舞名：……孝惠皇后奏《淑安》，孝章皇后奏《靜安》，淑德皇后奏《柔安》，章懷皇后奏《和安》，迎神、送神奏《懷安》，皇帝升降奏《肅安》，奠瓚奏《顧安》，奉俎、徹豆

〔註153〕　《宋史》卷一百二十八·樂三，中華書局，1985年，第9冊，2991頁。

〔註154〕　《宋史》卷一百二十六·樂一，中華書局，1985年，第9冊，2940頁。

〔註155〕　《宋史》卷一百二十七·樂二，中華書局，1985年，第9冊，2962頁。

奏《充安》，飲福奏《禧安》，亞獻、終獻奏《祐安》，退文舞、迎武舞奏《顯安》，皇帝歸大次奏《定安》，登樓禮成奏《聖安》」〔註156〕等，題名都從「安」。

至於皇祐三年正月，「詔兩制及禮官參稽典制，議定國朝大樂名，中書門下審加詳閱以聞」，王堯臣等即進言，「按太常天地、宗廟、四時之祀，樂章凡八十九曲，自《景安》而下七十五章，率以『安』名曲，豈特本道德、政教嘉靖之美，亦緣神靈、祖考安樂之故。臣等謹上議，國朝樂宜名《大安》」〔註157〕，更是對雅樂以「安」為名的意義作了進一步的發揮與強調。至於南宋，「先朝凡雅樂皆以『安』名，中興一遵用之」〔註158〕，整個雅樂系統都是對北宋的繼承，樂歌題名自然也依循舊例，以示中興之治的正統地位。

其二，從歌功頌德的目的出發立題。如「僖祖奏《大基》，順祖奏《大祚》，翼祖奏《大熙》，宣祖奏《大光》，太祖奏《大統》，太宗奏《大昌》，眞宗奏《大治》」〔註159〕等祫享所用樂歌，都是對歷代先皇的美譽之辭。此外，郊廟朝會所用文武二舞，以及朝會行酒所用的登歌，也多屬此類，其題目淵源，大多或引自典籍之文，或取自祥瑞之兆。

前者如乾德四年和峴上言：「郊廟殿庭通用《文德》、《武功》之舞，然其綴兆未稱《武功》、《文德》之形容……按《尚書》，舜受堯禪，玄德升聞，乃命以位。請改殿宇所用文舞爲《玄德升聞》之舞……周武王一戎衣而天下大定，請改爲《天下大定》之舞」〔註160〕；又

〔註156〕《宋史》卷一百二十七‧樂二，中華書局，1985年，第9冊，2970～2971頁。

〔註157〕《宋史》卷一百二十七‧樂二，中華書局，1985年，第9冊，2966～2967頁。

〔註158〕《宋史》卷一百三十‧樂五，中華書局，1985年，第10冊，3036頁。

〔註159〕《宋史》卷一百二十七‧樂二，中華書局，1985年，第9冊，2970頁。

〔註160〕《宋史》卷一百二十六‧樂一，中華書局，1985年，第9冊，2941頁。

如淳化二年，太子中允、直集賢院和嶸上言：「今睹來歲正會之儀，登歌五瑞之曲已從改制，則文武二舞亦當定其名。《周易》有『化成天下』之辭，謂文德也；漢史有『威加海內』之歌，謂武功也。望改殿庭舊用《玄德升聞》之舞爲《化成天下》之舞，《天下大定》之舞爲《威加海內》之舞」〔註161〕，即是從《尚書》、《周易》、《漢書》等典籍中取材，歌頌帝王功業。仁宗皇祐二年，「文舞曰《右文化俗》，武舞曰《威功睿德》」〔註162〕，至和四年，「文舞曰《化成治定》，武舞曰《崇功昭德》」〔註163〕等，也均屬此類的衍生。

後者則如太祖乾德四年，和嶸上言：「伏見今年荊南進甘露，京兆、果州進嘉禾，黃州進紫芝，和州進綠毛龜，黃州進白兔。欲依月律，撰《神龜》、《甘露》、《紫芝》、《嘉禾》、《玉兔》五瑞各一曲，每朝會登歌，首奏之」〔註164〕，乾德六年，又詔和嶸作《瑞文》、《馴象》、《玉烏》、《皓雀》四瑞樂章；太宗年間，「（太平興國）九年，嵐州獻祥麟；雍熙中，蘇州貢白龜；端拱初，澶州河清，廣州鳳凰集；諸州麥兩穗、三穗者，連歲來上。有司請以此五瑞爲《祥麟》、《丹鳳》、《河清》、《白龜》、《瑞麥》之曲」〔註165〕，都是以本朝所現之祥瑞爲題，歌頌皇帝盛德化育，感於天地之功。其後，眞宗大中祥符元年，「又作《醴泉》、《神芝》、《慶雲》、《靈鶴》、《瑞木》五曲，施於朝會、宴享，以紀瑞應」〔註166〕，仁宗朝「群臣上壽，作《甘露》、

〔註161〕　《宋史》卷一百二十六・樂一，中華書局，1985年，第9冊，2943頁。
〔註162〕　《宋史》卷一百二十七・樂二，中華書局，1985年，第9冊，2962頁。
〔註163〕　《宋史》卷一百二十七・樂二，中華書局，1985年，第9冊，2971頁。
〔註164〕　《宋史》卷一百二十六・樂一，中華書局，1985年，第9冊，2942頁。
〔註165〕　《宋史》卷一百二十六・樂一，中華書局，1985年，第9冊，2943頁。
〔註166〕　《宋史》卷一百二十六・樂一，中華書局，1985年，第9冊，2946頁。

《瑞木》、《嘉禾》之曲」〔註167〕，又作「《玉芝》、《壽星》、《奇木連理》之曲」〔註168〕。雖名目眾多，不一定有切實的瑞應，但也是以祥瑞爲寄託來達到祝禱頌聖的目的。

至南渡後，重整典禮儀節的需求更加迫切，便愈發注重對瑞應的借題發揮。如紹興十五年，「刑部郎官許興古奏：『……昔乾德六年，嘗詔和峴作《瑞木》、《馴象》及《玉烏》、《皓雀》四瑞樂章，以備登歌。願依典故，製爲樂章，登諸郊廟』」〔註169〕。更是援引太祖朝制四瑞樂章的故典，來作爲本朝樂歌題名的依據。

「雅樂之設，允洽於同和；名製有常，非可以輒易」〔註170〕。郊廟歌辭並無單獨題名，而僅以所配樂曲名傳世，大多從題目到歌辭內容都是對相應環節的體現，這也是其儀式性特質所在。

二、雅樂載體的通用及對歌辭使用的影響

製作郊廟朝會樂歌時，制樂與製辭是兩個不同層面上的問題。制樂時所追求的是音聲的雅正中和，這和注重文采的歌辭製作幾乎無涉。然而音樂作爲歌辭的載體，其地位又至關重要，因爲郊廟朝會歌辭最終是通過合樂來實現其功能與價值的，不合樂的歌辭就失去了用於典禮的意義。故而從完善禮樂儀式的視角來看，音樂的重要性超出歌辭本身。

宋代雅樂的使用具有承襲性與通用性。因郊廟朝會典禮諸多，每一典禮的儀式環節亦十分繁多，故而不可能屢屢重製新樂，其典禮用樂，多有沿用前代者。這種做法一方面固然是爲了體貼國力，另一方面也有依循國朝舊典，宣示禮樂傳承的意味。以國初十二「安」樂曲

〔註167〕 《宋史》卷一百二十六·樂一，中華書局，1985 年，第 9 冊，2946
頁。

〔註168〕 《宋史》卷一百二十六·樂一，中華書局，1985 年，第 9 冊，2948
頁。

〔註169〕 《宋史》卷一百三十·樂五，中華書局，1985 年，第 10 冊，3035
頁。

〔註170〕 《宋會要輯稿》樂三，中華書局，1957 年影印本，第 1 冊，309 頁。

爲例，「祭天爲《高安》，祭地爲《靜安》，宗廟爲《理安》，天地、宗廟
登歌爲《嘉安》，皇帝臨軒爲《隆安》，王公出入爲《正安》，皇帝食飲
爲《和安》，皇帝受朝、皇后入宮爲《順安》，皇太子軒縣出入爲《良安》，
正冬朝會爲《永安》，郊廟俎豆入爲《豐安》，祭享、酌獻、飲福、受胙
爲《禧安》，祭文宣王、武成王同用《永安》，籍田、先農用《靜安》」〔註
171〕，這十二「安」可謂雅樂的核心，大多被普遍運用於同類典禮。

　　其中《高安》、《靜安》樂，廣用爲郊祀迎送神曲，建隆郊祀降神
《高安》云：「在國南方，時維就陽。以祈帝祉，式致民康。豆籩鼎
俎，金石絲簧。禮行樂奏，皇祚無疆」；送神《高安》云：「倏兮而來，
忽兮而回。雲馭杳邈，天門洞開」〔註172〕。咸平郊祀儀制則全同建
隆，迎送神皆沿用《高安》樂，只是改制歌辭。至眞、仁二朝，「郊
祀則降神奏《高安》之曲」，且「更以《高安》祀五帝、日月」〔註173〕。
此外據《樂志》，景德祀九宮貴神、蠟祭百神、熙寧祀高禖等儀式時，
降神送神也全用《高安》。至紹興年間效法皇祐制度，祀五方帝、高
禖、大火等時，其降神亦多見用《高安》樂的記載，其歌辭皆在《樂
志》，不再贅舉。此外如《嘉安》樂廣用爲郊祀、宗廟登歌，用於奠
幣、酌獻環節；至淳熙享明堂時，仍有「登歌《嘉安》之樂」〔註174〕
的記載，可見其上承北宋，淵源久遠。《禧安》樂廣用於祭享、酌獻、
飲福、受胙等環節，天聖年間「登歌奏《禧安》之樂」〔註175〕，至
於南宋淳熙年間，也有「明堂作《禧安》」〔註176〕的記載。

〔註171〕　《宋史》卷一百二十六・樂一，中華書局，1985年，第9冊，2939
　　　　　　～2940頁。
〔註172〕　《全宋詩》，北京大學出版社，第71冊，44840頁。
〔註173〕　《宋史》卷一百二十六・樂一，中華書局，1985年，第9冊，2954
　　　　　　頁。
〔註174〕　《宋史》卷一百三十・樂五，中華書局，1985年，第10冊，3041
　　　　　　頁。
〔註175〕　《宋史》卷一百二十六・樂一，中華書局，1985年，第9冊，2948
　　　　　　頁。
〔註176〕　《宋史》卷一百三十・樂五，中華書局，1985年，第10冊，3041
　　　　　　頁。

　　仁宗朝對十二「安」系統予以修訂，罷其中《眞安》、《理安》二曲，易以《太安》、《興安》，這兩首新樂也因而作爲雅樂的核心，沿用下來，直至南宋，如紹興享太廟「樂凡九成，歌《興安》」〔註177〕，高宗郊前朝獻景靈宮降送神用《太安》等。可見凡在十二「安」之列的樂曲，在雅樂傳承中都具有相當重要的地位，其應用的普適性較高，傳承也十分久遠。

　　北宋諸朝修訂禮樂時所制的其餘新樂，也都各自對應儀式環節，在不同的郊廟朝會典禮上普遍應用。如仁宗朝所制《誠安》之曲，先後用爲景祐大享明堂之眞宗奠幣樂，其辭云「思文聖考，對越在天。侑神作主，奉幣申虔」〔註178〕；嘉祐親享明堂之迎送神樂，其降神辭云「煒煒房心，下照重屋。我嚴帝親，匪配之瀆。西顥沆碭，夕景已肅。靈其來娭，嘉薦芳鬱」〔註179〕；以及熙寧親享明堂之英宗奠幣樂、紹興親享明堂之迎送神樂，等等。而同時所制的《德安》之曲，則先後用於景祐大享明堂之眞宗酌獻樂，其辭云「偃革興文，封巒考瑞。威烈巍巍，允膺宗祀」〔註180〕；熙寧享明堂之英宗酌獻樂，其辭云「英聲邁古，施德在民。允秩宗祀，賓延上神」〔註181〕；以及紹興祈穀之太宗酌獻樂、淳祐祭海神之東海位奠幣樂等。此外，紹興十三年，以乾德年間《瑞木》、《馴象》及《玉烏》、《皓雀》四瑞樂章，「命學士沈虛中作歌曲，以薦於太廟、圜丘、明堂」〔註182〕，也是對前代雅樂的承襲。此外例子甚多，不能盡舉。

　　歌辭與音樂共同構成郊廟朝會樂歌，只有二者相諧，才能達成

〔註177〕　《宋史》卷一百三十・樂五，中華書局，1985 年，第 10 冊，3035頁。

〔註178〕　《全宋詩》，北京大學出版社，第 71 冊，44867 頁。

〔註179〕　《全宋詩》，北京大學出版社，第 71 冊，44868 頁。

〔註180〕　《全宋詩》，北京大學出版社，第 71 冊，44867 頁。

〔註181〕　《全宋詩》，北京大學出版社，第 71 冊，44868 頁。

〔註182〕　《宋史》卷一百三十・樂五，中華書局，1985 年，第 10 冊，3035頁。

雅樂所追求的諧和。宋代郊廟朝會歌辭普遍以四言齊言爲主，與之相應的諸樂曲的體式、節拍等，當也大致相類。至於南宋，則更加有意識地規範同一組樂歌的形式，如祀圜丘奠幣《廣安》、酌獻《彰安》、退文舞迎武舞《正安》、送神《景安》；享景靈宮迎送神《太安》等，其歌辭都由四言四句改爲四言八句，與其餘歌辭長短一致，十分規整。歌辭體式的規整意味著諸儀式環節的用樂節奏趨於齊一，將這樣系統性明顯的樂歌應用於典禮儀式，當可達到令氣氛更爲規整莊肅的效應，使得宋代郊廟朝會雅樂更趨向於一個形式感強烈的整體。

　　與雅樂的實際應用相應，一些歌辭也具有承襲性與通用性的特質。同一儀式環節的樂歌襲用前朝的現象較爲普遍。如《樂志》收錄元符親郊歌辭注云，「凡闕者皆用（咸平）舊詞」〔註183〕，即奠玉幣用《嘉安》，奉俎用《豐安》，酌獻用《禧安》，飲福用《禧安》，亞獻、終獻用《正安》；元符祀感生帝，「帝位奠玉幣同前《慶安》〔註184〕，禧祖奠幣同景祐《皇安》，酌獻同景祐宣祖《肅安》，奉俎同熙寧《咸安》」〔註185〕。從樂曲到歌辭都沿用前朝，以示禮樂正統之傳續。

　　另一方面，在儀節相類，所用雅樂相同之時，同一朝代的樂歌之間也可通用，如哲宗朝圜丘送神用《景安》，即注明：「上辛、雩祀、常祀、明堂同用此」〔註186〕，等等。以南郊禮中的圜丘、雩祀、祈穀爲例，考諸《樂志》、《輯稿》，其歌辭著錄乃是根據圜丘儀式的環節順序依次羅列全部歌辭，如祈穀、雩祭兩祭，都僅增錄了與前朝相異的新制歌辭，其餘則全同圜丘。可知祈穀、雩祀大禮的全貌，實是在祀圜丘的基礎上少許變更配享歌辭而成。

〔註183〕　《宋史》卷一百三十二・樂七，中華書局，1985 年，第 10 冊，3069 頁。
〔註184〕　即乾德以後祀感生帝奠玉幣《慶安》。
〔註185〕　《宋史》卷一百三十二・樂七，中華書局，1985 年，第 10 冊，3095 頁。
〔註186〕　《宋會要輯稿》樂六，中華書局，1957 年影印本，第 1 冊，354 頁。

「開寶中，太祖幸西京，以四月有事南郊，躬行大雩之禮。淳化、至道，太宗亦以正月躬行祈穀之祀，悉如圜丘之禮」〔註187〕，便是因國初樂歌製作較少，故當祭祀規格相似時，樂曲與相應的歌辭都被重複應用。又據《輯稿》記載，仁宗朝雩祭，其降神、盥洗、上帝位奠玉幣、太宗位奠幣、還位、奉俎樂曲、歌辭並同圜丘；升壇樂曲亦同，歌辭「內止易第三句則曰『蒼龍夕見』」〔註188〕，然而樂曲題名、歌辭皆已不載。僅太祖配位奠幣《獻安》、酌獻《感安》歌辭二首為重製。至「哲宗朝，議者謂上公攝事，四祀上帝……而樂章通用」〔註189〕，哲宗朝承仁宗朝之禮樂制度，當時南郊四祭的部份樂歌也完全相同。而如高宗紹興年間祈穀樂歌，據《輯稿》所言，「降神、盥洗樂曲同冬祀圜丘，升壇內止易第三句則曰『三陽交泰』，上帝位奠玉幣、還位、奉俎、文舞退武舞進、亞終獻、徹豆、送神、望燎樂曲並同圜丘」〔註190〕，也就是說，圜丘與祈穀兩祭之中，其降神《景安》、盥洗《乾安》、升壇《乾安》、昊天上帝位奠玉幣《嘉安》、還位《乾安》、奉俎《豐安》、文舞退武舞進《正安》、亞終獻《正安》、徹豆《熙安》、送神《景安》、望燎《乾安》樂歌是完全相同的。此外，祈穀升壇用《乾安》歌辭是從圜丘升壇《乾安》歌辭改制而來，圜丘歌辭云「帝監崇壇，媼神其從。稽古合祛，並侑神宗。升階奠玉，誠意感通。既施鼎來，受福無窮」〔註191〕，祈穀歌辭則僅將「稽古合祛」改為「三陽交泰」，除此都不作更易。

南宋明堂儀式，樂章的通用性也與北宋相似，如孝宗親享明堂樂歌，便多繼承高宗年間所製歌辭，「惟天地位奠幣、酌獻及太祖酌獻、皇帝入小次、還大次、亞獻、送神等篇，各有刪潤。又以太祖奠

〔註187〕《宋史》卷一百‧禮三，中華書局，1985年，第8冊，2456頁。
〔註188〕《宋會要輯稿》，中華書局，1957年影印本，第1冊，356頁。
〔註189〕《宋會要輯稿》，中華書局，1957年影印本，第1冊，356頁。
〔註190〕《宋會要輯稿》樂六，中華書局，1957年影印本，第1冊，356頁。
〔註191〕《全宋詩》，北京大學出版社，第71冊，44846頁。

幣曲改名《廣安》，酌獻改名《恭安》，太宗奠幣改名《化安》，酌獻改名《英安》」〔註 192〕，也是在前代樂歌基礎上修改樂名，變更辭句之舉。

　　但是，隨著樂曲被應用於不同典禮場合，祭祀對象也可能隨之變更，與之相應的歌辭便大多需要重新製作，以貼合於儀式環節，故而歌辭與樂曲的對應並不惟一。例如建隆郊祀八曲，至咸平仍被全面襲用，樂曲與諸儀式環節的對應，甚至歌辭的章句結構，都一般無二，惟有歌辭內容作了全面更迭，無一襲用前朝。在這一層面上說，歌辭在禮樂系統中其實是依附於音樂而存在的，歌辭可隨意更迭，而音樂不常變。

　　另外，同一組儀式樂歌中，相似的環節也會使用同樣的樂曲，包括歌辭。如太祖建隆親郊樂章中，皇帝升降用《隆安》云「步武舒遲，升壇肅祗。其容允若，於禮攸宜」〔註 193〕，便同時應用於祭祀之前皇帝升階與祭祀之后皇帝降階兩個環節。眞宗咸平親郊樂章中，皇帝升降也全用《隆安》樂章：「禮備樂成，乾健天行。帝容有穆，佩玉鏘鳴」〔註 194〕。哲宗元符年間，雖改用《乾安》曲，並重制四言八句樂章：「神靈擁衛，景從雲隨。玉色溫粹，天步舒遲。週旋陟降，皇心肅祗。千靈是保，百福攸宜」〔註 195〕，但仍是一辭兩用。而在上述情況下，因歌辭內容僅爲描繪皇帝行步時雍容之況，故並無不妥之處。直至南渡之後的高宗朝，細化禮樂制度，並大規模新制歌辭，才致力於升降壇時不同細節的刻畫。紹興二十八年祀圜丘樂章中，升壇《乾安》云：「帝監崇壇，媼神其從。稽古合祛，並侑神宗。升階奠玉，誠意感通。旣施鼎來，受福無窮」，渲染祀典開始時的莊穆氛圍，並以「升階奠玉」點明升壇之舉；降壇《乾安》則云：「躬

〔註 192〕　《宋史》卷一百三十三・樂八，中華書局，1985 年，第 10 冊，3109頁。

〔註 193〕　《全宋詩》，北京大學出版社，第 71 冊，44840 頁。

〔註 194〕　《全宋詩》，北京大學出版社，第 71 冊，44841 頁。

〔註 195〕　《全宋詩》，北京大學出版社，第 71 冊，44842 頁。

展盛儀，天步逡巡。樂備禮交，嘉玉既陳。神方安坐，薦祉紛綸。陟
降有容，皇心載勤」〔註196〕，描繪祀典結束後玉幣已獻，禮樂皆成，
皇帝陟降而下的場景。至此，這一陟降時歌辭通用的現象方才告一
段落。

　　主祭者身份的不同也會導致樂歌的微小差異，這多半反映在歌
辭字句的更動方面。如上公攝事施行南郊常祀時，有時會直接使用親
郊儀式上的相應歌辭，僅對個別辭句稍事修改，使之符合祭祀規格。
紹興、淳熙年間命分館職撰定的十七首親郊樂章中，盥洗用《正安》
云：「禮經之重，祭典爲宗。上公攝事，進退彌恭。庶品豐潔，令儀
肅雍。百祥萃止，惟吉之從」〔註197〕；而當時的上公攝事常祀七樂
章之中，太尉行《正安》則云：「禮經之重，祭典爲宗。上公攝事，
登降彌恭。庶品豐潔，令儀肅雍。百祥萃止，惟吉之從」〔註198〕。
二者歌辭幾乎完全相同，僅後者將「進退」易爲「登降」。親郊大禮
的主角是皇帝本人，上公只是隨同行事，故用「進退彌恭」；而常祀
由上公攝事，上公成爲祭禮的主角，獲得升壇而拜的資格，故用「登
降彌恭」。一詞之差，不僅描述了儀式實行的環節，也反映出親郊與
上公攝事的不同規格。

三、宋代郊廟朝會歌辭的文本特徵

　　兩宋郊廟朝會歌辭，承隋唐傳統，「詩歌愈富，樂無虛作」〔註199〕。
現存歌辭，主要收錄在《宋史・樂志》第七至第十四，以及《宋會要
輯稿》之中，涉及的典禮儀式包括：郊祀、祈穀、雩祀、祀五方帝、
祀感生帝、明堂大饗、祀皇地祇、祀神州地祇、祀朝日夕月、祀高禖、
祀九宮貴神、太廟常享、禘祫、加上徽號、郊前朝享、皇后別廟、朝

〔註196〕《全宋詩》，北京大學出版社，第 71 冊，44846 頁。
〔註197〕《全宋詩》，北京大學出版社，第 71 冊，44874 頁。
〔註198〕《全宋詩》，北京大學出版社，第 71 冊，44854 頁。
〔註199〕《宋史》卷一百三十一・樂六，中華書局，1985 年，第 10 冊，3054
　　　　頁。

謁玉清昭應宮、謁太清宮、朝享景靈宮、封禪、祀汾陰、奉天書、祭九鼎、祀岳鎮海瀆、祀大火、祀大辰、祭太社太稷、祭風雨雷師、祭先農先蠶、親耕籍田、蠟祭、釋奠文宣王武成王、祭祚德廟、祭司中司命、朝會、御樓肆赦、恭上皇帝皇太后尊號、鄉飲酒、聞喜宴、鹿鳴宴等，其總數達到 1200 首以上。

這些歌辭雖數目眾多，然而在章句風格、遣詞用典等方面，都具備高度的相似性，甚至有相當一部份樂章可以通用於同類儀式之間，而毫無違和之感，可謂是一種程序化的製作而非文學性的創作。這種異曲同工的特質，便是由郊廟朝會歌辭的儀式性特質決定的。

郊廟朝會歌辭的內容、風格等，是由其儀式功能決定的。自漢郊祀歌以降，郊廟雅樂歌辭大都圍於儀式的諸多細節，呈現出明顯的趨同性，在儀式環節的刻畫與莊嚴氛圍的渲染乃至遣詞造句等方面尤為突出。兩宋郊廟朝會歌辭亦未能脫此窠臼。然而，宋代郊廟朝會歌辭畢竟製作頻繁，數量眾多，在整體承襲前朝郊廟歌辭風格之餘，自身也具備一定的特徵。

首先，就樂歌形式而言，宋代郊廟朝會歌辭多是四言齊言的組詩，規格十分整齊。

自漢晉以下，郊廟歌辭組詩的體裁大多是三、四、五、六、七、九言包括雜言並用。如明堂祠五帝，「宋孝武使謝莊造辭，莊依五行數，木數用三，火數用七，土數用五，金數用九，水數用六」〔註200〕，一組歌辭之內，分別按照五行之數以成章句，祀青帝用三言，赤帝則用七言，以此類推。至隋唐五代，雖未沿襲此說，但諸樂章的句法結構也多不相類，如唐中宗祀昊天樂章中，降神《豫和》、送文舞出迎武舞入《舒和》為七言，皇帝行《太和》、登歌《肅和》、迎俎《雍和》、酌獻《福和》皆為四言，告謝樂章、中宮助祭升壇樂章、武舞作《凱安》皆為五言；唐玄宗封泰山樂章中，降神《豫和》六

〔註200〕《南齊書》卷十一・樂志，中華書局，1972 年，第 1 冊，172 頁。

變中，四首爲三言，兩首爲四言，送文舞出迎武舞入《舒和》爲七言，終獻、亞獻《凱安》爲五言，飲福《壽和》更爲雜言體，等等。同一典禮儀式之中，諸環節所用歌辭句法錯落，整體觀之，難免不夠規整。

兩宋郊廟朝會歌辭的風格追求高古，體式較前代更爲統一。其樂歌仿傚《詩經》章句之法，以四言齊言爲主，更形莊嚴齊一。現不厭其煩，列舉明道年間親享先農的一組歌辭爲例：

迎神《靜安》：

稼政之本，民食惟天。甫田兆歲，后稷其先。靈壇既祀，黛秅攸虔。乃聖能享，億萬斯年。

皇帝陞降《隆安》：

冕服在御，壇壝有儀。陟降左右，天惟顯思。

奠玉幣《嘉安》：

將躬黛秅，先陟靈壇。嘉玉量幣，樂舉禮殫。神既至止，福亦和安。千斯積詠，萬國多歡。

奉俎《豐安》：

將迎景福，乃薦嘉牲。籍於千畝，用此精誠。

皇帝初獻《禧安》：

雲罍已實，玉爵有舟。薦於靈籍，佇乃神休。

飲福《禧安》：

神既至享，福亦來酬。申錫純嘏，旨酒維柔。思文后稷，貽我來牟。子孫千億，丕荷天休。

退文舞、進武舞《正安》：

羽葆有奕，文武交相。週旋合度，福祿無疆。

亞獻《正安》：

豆籩雖薦，黍稷非馨。惠我豐歲，歆茲至誠。

終獻《正安》：

歆我嘉薦，錫我蕃禧。多黍多稌，如京如坁。

送神《靜安》：

　　獻終豆徹，禮備樂成。祠容肅肅，風馭冥冥。三時務本，一墢躬耕。人祇胥悅，祉福是膺。〔註201〕

作爲一套組詩，這十章歌辭分步驟展現了親享先農儀式的完整過程，由最初的迎神，到皇帝升壇致祭，包括奠幣、奉俎、飲福以及三次祭獻，終以送神。整套歌辭皆爲四言齊言的體裁，具備十分齊整的形式感。

　　在確立四言齊言句法爲主的同時，兩宋郊廟朝會歌辭的章法也經歷了一個趨於齊一的過程。北宋年間，四言四句的樂章尚較多。如國初建隆郊祀樂章中，皇帝升降《隆安》、奠玉幣《嘉安》、酌獻《禧安》、送神《高安》；雍熙年間享先農樂章中，奉俎《豐安》、亞獻、終獻《正安》、送神《靜安》；淳化年間鄉飲酒歌中《關雎》十章等，皆爲四言四句。景祐年間廣修禮樂，但並未限定歌辭的規格，如仁宗御製郊祀配位歌辭，太祖配位奠幣用《獻安》、酌獻用《感安》；太宗配位奠幣用《仁安》、酌獻用《紹安》等，乃至仁宗朝諸臣先後所製祀五方帝送神用《高安》，也都是四言四句歌辭。其後，元符親享明堂配位酌獻用《德安》、元符祀感生帝樂章中，初獻升降用《保安》、亞、終獻用《文安》、送神用《普安》等，其歌辭仍爲四言四句。至南宋重興禮樂，大規模製作歌辭時，才開始進一步追求章句規格，凡四言齊言歌辭，基本爲八句，其形式感更加齊整鮮明。如紹興年間祀朝日歌辭：

降神《高安》：

　　玄鳥既至，序屬春分。朝於太陽，厥典備存。載嚴大採，示民有尊。揚光下燭，煜燁東門。

　　升暉麗天，陽德之母。率無頗偏，兼燭下土。恭事崇壇，禮樂具舉。頓御六龍，裴回容與。

　　周祀及聞，漢制中營。胖爲是屆，禮神以兄。我潔斯璧，我肥斯牲。神兮燕享，鑒觀孔明。

〔註201〕　《全宋詩》，北京大學出版社，第71冊，44962～44963頁。

屹爾王宮，泛臨翊翊。惠此萬方，豈惟五色。以修陽政，以習地德。雲景杳冥，施祥無極。

酌獻升殿《正安》：

天宇四霽，嘉壇聿崇。肅祗嚴祀，登降有容。仰瞻曜靈，位居其中。既安既妥，沛哉豐融。

奠玉幣《嘉安》：

物之備矣，以交於神。時惟炎精，不忘顧歆。經緯之文，璆琳之質。燦然相輝，其儀秩秩。

奉俎《豐安》：

扶桑朝暾，和氣胏飫。奉此牲牢，爲俎孔碩。芬馨進聞，介我黍稷。所將以誠，茲用享德。

酌獻《嘉安》：

匏爵斯陳，百味旨酒。勺以獻之，再拜稽首。鐘鼓在列，靈方安留。眷然加薦，惟時之休。

亞、終獻，《文安》：

禮磬沃盥，誠意肅將。包茅是縮，冀畢重觴。煥矣情文，既具醉止。熙事備成，靈其有喜。

送神《禮安》：

羲和駕兮，其容杲杲。將安之兮，言歸黃道。光赫萬物，無古無今。人君之表，咸仰照臨。〔註202〕

這也是一組完整的祭祀歌辭，然而與前引的享先農樂章不同，這一組歌辭全爲四言八句，其格式整齊劃一，對形式感的追求已經達到了極致。

當然，也存在極少數非四言齊言歌辭的例外。如建隆御樓樂章中，南郊回仗用《采茨》、升坐用《隆安》，皆是五言歌辭。《采茨》云：

高煙升太一，明祀達乾坤。天仗回峣關，皇輿入應

〔註202〕 《全宋詩》，北京大學出版社，第 71 冊，44962～44963 頁。

門。簪裳如霧集，車騎若雲屯。兆庶皆翹首，巍巍萬乘尊。
〔註203〕

《隆安》云：

> 禋祀畢圓丘，嘉辰慶澤流。天儀臨觀魏，盛禮藹風
> 猷。洋溢歡聲動，氛氳瑞氣浮。上穹垂眷祐，邦國擁鴻休。
〔註204〕

建隆草創禮樂，其制多是循唐五代而來。「按《開元禮》，郊祀，車駕
還宮入喜德門，奏《采茨》之樂」〔註205〕；《隆安》為竇儼所改制的
十二「安」之一，為皇帝臨軒所用，所循舊樂即後周皇帝臨軒所用《治
順》之樂。《治順》辭云：「羽衛離丹闕，金軒赴泰壇。珠旗明月色，
玉佩曉霜寒。黼黻龍衣備，琮璜寶器完。百神將受職，宗社保長安」
〔註206〕，五言八句，《隆安》全從其體。唐代《采茨》舊辭雖已不傳，
惟和峴上言「今太樂署丞王光裕誦得唐日《采茨曲》，望依月律別撰
其辭」〔註207〕，可知也是仿傚前朝歌辭體式而成。

又如建隆、乾德年間朝會樂章中，群臣舉酒用《正安》三首、以
及《玄德升聞》、《天下大定》二舞各二首並六變，則都是五言齊言。

《正安》其一云：

> 戶牖嚴丹宸，鵷鷺篸紫庭。懇祈南岳壽，勢拱北辰
> 星。得士於茲盛，基邦固以寧。誠明一何至，金石與丹青。

《玄德升聞》其一云：

> 治定資神武，功成顯睿文。貢輸庭實旅，朝會羽儀
> 分。偃革千年運，垂衣萬乘君。孰知堯舜力，明德自升聞。

〔註203〕《全宋詩》，北京大學出版社，第71冊，44993頁。

〔註204〕《全宋詩》，北京大學出版社，第71冊，44994頁。

〔註205〕《宋史》卷一百二十六・樂一，中華書局，1985年，第9冊，2942頁。

〔註206〕《樂府詩集》卷七・郊廟歌辭七，中華書局，1979年，第1冊，107頁。

〔註207〕《宋史》卷一百二十六・樂一，中華書局，1985年，第9冊，2942頁。

《天下大定》其二云：

> 伐叛天威震，恢疆帝業多。削平伴肅殺，涵煦極陽
> 和。蹈厲觀周舞，風雲入漢歌。功成推大定，歸馬偃琱戈。

〔註208〕

此外，咸平御樓樂章中，升坐用《隆安》；眞宗奉聖祖玉清昭應宮樂章中，亞、終獻用《沖安》，淳化朝會所用《化成天下》、《威加海內》二舞等；所用也都是五言齊言的歌辭。

再如建隆以來祀享太廟攝事樂章中，送神用《理安》：「神之來兮風肅然，神之去兮升九天。排淩兢兮還恍惚，羽旄紛兮蕭燔煙」〔註209〕；皇祐親享明堂樂章中，奠玉幣用《鎮安》：「乾亨坤慶育函生，路寢明堂致潔誠。玉帛非馨期感格，降康億載保登平」〔註210〕，三聖配位奠幣用《信安》：「祖功宗德啓隆熙，嚴配交修太室祠。圭幣薦誠知顧享，木支錫羨固邦基」〔註211〕；紹興朝會樂章中，三舉酒用《瑞粟呈祥》：「至治發聞惟馨香，播厥百穀臻穰穰。農夫之慶歲其有，禾易長畝盈倉箱。時和物阜粟滋茂，嘉生駢穗來呈祥。自今以始大豐美，行旅不用齎餱糧」〔註212〕，都是七言齊言的歌辭。

再如紹興朝會再舉酒所用《滄海澄清》，則是三言齊言的歌辭：

> 百穀王，符聖治。不揚波，效殊祉。德淪淵，滄海清。

應千秋，敘五行。〔註213〕

祀先蠶亞、終獻用《惠安》，亦爲三言齊言：

> 神之徠，駕蹌蹌。紫壇熙，燭夜光。會竽瑟，鳴球琅。

薦旨酒，雜蘭芳。祐明德，錫百祥。〔註214〕

然而這些非四言齊言歌辭的製作與使用，絕大多數都在北宋時

〔註208〕 《全宋詩》，北京大學出版社，第71冊，44983～44984頁。
〔註209〕 《全宋詩》，北京大學出版社，第71冊，44893頁。
〔註210〕 《全宋詩》，北京大學出版社，第71冊，44867頁。
〔註211〕 《全宋詩》，北京大學出版社，第71冊，44868頁。
〔註212〕 《全宋詩》，北京大學出版社，第71冊，44992頁。
〔註213〕 《全宋詩》，北京大學出版社，第71冊，44992頁。
〔註214〕 《全宋詩》，北京大學出版社，第71冊，44964頁。

期，尤其是北宋中前期；其總數不過三十首上下，置諸千餘首四言齊言的歌辭之中，並不明顯，對於兩宋郊廟朝會歌辭整體的形式感並未造成大的影響。

其次，就奉祀對象而言，在祭祀某一類特定神祇或是人物的郊廟儀式中，遣詞用典都趨於近似。宋代的郊廟祀典與歌辭數量都遠超出前朝，歷代歌辭對比之下，這種重複書寫更為顯著。

如祀五方帝歌辭中，多運用五行四時的象徵。如景德後祀五方帝諸樂章，青帝居東方，象木，時令主春，其降神云「四序伊始，三陽肇新。氣迎東郊，蟄戶咸春」，奠幣、酌獻云「條風始至，盛德在木」，送神云「律應青陽」〔註215〕，其中條風即東方明庶風，三陽、東郊、青陽等語，也都意指東方。赤帝居南方，象火，時令主夏，其降神即云「候正南訛」，奠幣、酌獻云「象分離位，德配炎精」〔註216〕，都扣南方火德。黃帝居中央，象土，其降神云「坤輿厚載，黃裳元吉。宅中居正，含章抱質」，奠幣酌獻云「中央定位，厚德惟新」，送神云「土德居中，方輿配位」〔註217〕，均以《周易》坤卦「厚德載物」、「含章可貞」、「黃裳元吉」之典崇其土德。白帝居西方，象金，時令主秋，其降神云：「西顥騰晶，天地始肅。盛德在金，百嘉茂育，曠弩射牲，築場登穀」〔註218〕，送神云：「金奏繹如，白露溥溥」〔註219〕，除西顥，白露等象徵秋天之語，更提及秋日射牲登穀的活動。黑帝居北方，時令主冬，其降神云「隆冬戒序，歲歷順成」、奠幣、酌獻云「大儀斡運，星紀環周」〔註220〕，則都表達了時序輪轉，至隆冬而成一迴環之意。

這些指向性十分鮮明的事典、描述也同樣應用於其後的諸多歌

〔註215〕　《全宋詩》，北京大學出版社，第71冊，44854頁。
〔註216〕　《全宋詩》，北京大學出版社，第71冊，44855頁。
〔註217〕　《全宋詩》，北京大學出版社，第71冊，44855頁。
〔註218〕　《全宋詩》，北京大學出版社，第71冊，44855頁。
〔註219〕　《全宋詩》，北京大學出版社，第71冊，44856頁。
〔註220〕　《全宋詩》，北京大學出版社，第71冊，44856頁。

辭製作。如紹興以後祀五方帝歌辭，青帝降神云「於神何司，而德於木」〔註221〕，升殿云「在國之東，有壇崇成」〔註222〕等；赤帝降神云「離明御正，德協於火」、「赤精之君，位於朱明」〔註223〕，奠幣云「炎德克彰」〔註224〕，酌獻用「四月維夏，兆於重離」〔註225〕等；黃帝升殿云「民生地中」，奠幣云「孕之育之，誰為此施」〔註226〕等；白帝降神云「素精肇節，金行固藏」、「饗於西郊」，升殿云「素焱諧律，西顯墮靈」，奠幣云「惟時素秋」〔註227〕等，黑帝降神云「北郊迎冬」、「天地閉塞，盛德在水。黑精之君，降福羨祉」〔註228〕，亞、終獻云「萬彙摯斂，時惟冬序。蠢爾黎氓，入此室處」〔註229〕等，所祀對象皆一目了然。

又如祈穀，享先農、祀社稷等涉及農事的歌辭中，則多涉及田畝耕作之辭，乃至后稷、神農等人物故典。現在兩宋祈穀典禮歌辭所存不多，目前僅可見紹興年間有「願均雨暘，田疇之喜」〔註230〕之句，而據《樂志》，雍熙年間祈穀與享先農的歌辭有部份可以通用，可見其內容頗有相類之處。至於享先農，雍熙年間辭云「先農播種，九穀務滋」、「鑒茲躬稼，永賜豐年」〔註231〕，明道年間辭云「稼政之本，民食惟天。甫田兆歲，后稷其先」〔註232〕，紹興年間辭云「時惟后稷，躬稼同功」〔註233〕；祀社稷，景德年間辭云「百穀蕃滋，

〔註221〕　《全宋詩》，北京大學出版社，第 71 冊，44856 頁。
〔註222〕　《全宋詩》，北京大學出版社，第 71 冊，44857 頁。
〔註223〕　《全宋詩》，北京大學出版社，第 71 冊，44857 頁。
〔註224〕　《全宋詩》，北京大學出版社，第 71 冊，44858 頁。
〔註225〕　《全宋詩》，北京大學出版社，第 71 冊，44858 頁。
〔註226〕　《全宋詩》，北京大學出版社，第 71 冊，44859 頁。
〔註227〕　《全宋詩》，北京大學出版社，第 71 冊，44860 頁。
〔註228〕　《全宋詩》，北京大學出版社，第 71 冊，44861 頁。
〔註229〕　《全宋詩》，北京大學出版社，第 71 冊，44862 頁。
〔註230〕　《全宋詩》，北京大學出版社，第 71 冊，44853 頁。
〔註231〕　《全宋詩》，北京大學出版社，第 71 冊，44961 頁。
〔註232〕　《全宋詩》，北京大學出版社，第 71 冊，44962 頁。
〔註233〕　《全宋詩》，北京大學出版社，第 71 冊，44964 頁。

麗乎下土」、「育物惟茂，粒民斯普」〔註 234〕，景祐年間辭云「國崇美穀，民資力稽」〔註 235〕，大觀年間辭云「惟穀之神，函育無窮。百嘉蕃殖，民依厥功」、「神歸降禧，年斯屢豐。倉箱千萬，慰予三農」〔註 236〕等，也都明顯是對職司農時的神祇的讚美。此外如祀岳鎮海瀆、大火、大辰、風雨雷師、先蠶、文宣王、武成王等歌辭，也都指向性明晰。再如兩宋歷代帝王祀享的相關歌辭，則多為讚美帝德，歌頌功業之作。因類目眾多，不再贅列。

此外，南郊四祭的樂章歌辭也可通用。如紹興常祀皇地祇歌辭中奉俎用《豐安》，即上公攝事中司徒奉俎用《豐安》，其辭皆云：「禮崇禋祀，神鑒孔明。牲牷博腯，以烹以烹。馨香蠲潔，品物惟精。錫以純嘏，享茲至誠」。再如常祀皇地祇歌辭中，退文舞迎武舞《威安》有「不愆於儀，容服有章」之句，高宗朝獻景靈宮歌辭中，退文舞迎武舞《正安》有「不愆於儀，容服有赫」之句，也是儀式性樂歌在歌辭製作時相互借鑒的例證。

由此可見，雖然宋代的郊廟朝會歌辭在類目上頗有增長，但同類歌辭之間的區分度仍然很低。在本朝的歌辭之間進行比較，甚至與前代的相應歌辭對舉，都難以區分其文學性的變遷，而只能發原制度性的傳承，寫作的程序化十分明顯。

其三，就描述內容而言，宋代的郊廟朝會歌辭與當時不斷細化的儀式環節十分切合。大多通篇以敘述為主，整體寫實性較強。

在皇帝升降、公卿入門、盥洗，奠幣、酌獻、飲福、上壽、奉俎、徹豆、望燎、冊寶等緊扣典禮程序的方面，歌辭都傾向於描述儀式本身的施行細節，包括樂器的陳設、演奏，奠儀所用的俎豆犧牲，冊封所用的寶冊簡書之類。如皇帝升坐，紹興祀神州地祇樂章中的升殿歌辭通篇云：「崇崇其壇，屹矣層級。佩約步趨，降登中節。左瞻右眄，

〔註 234〕　《全宋詩》，北京大學出版社，第 71 冊，44954 頁。
〔註 235〕　《全宋詩》，北京大學出版社，第 71 冊，44954 頁。
〔註 236〕　《全宋詩》，北京大學出版社，第 71 冊，44955 頁。

祥風藹集。斿旆羽紛，昭鑒翊翊」〔註237〕，先描繪高壇之莊嚴，再
敘皇帝升壇時步履之合度，儀態之雍容，最後則寫旌幡飄拂，渲染氛
圍，端莊肅穆之中又不失祥和。再如「鏗鏘六樂，儼恪千官。皇儀允
肅，玉坐居尊」〔註238〕，「佩玉鏘鏘，其來雍雍。陟降孔時，步武有
容」〔註239〕之類，也大多是對皇帝行止姿儀的讚譽與渲染，莊嚴之
意，自然形於其間。至皇帝降坐，乃是典禮的收束，故而不似敘升坐
時鋪陳渲染，僅以「禮成而退，荷天百祥」〔註240〕，「禮備樂成，永
膺多福」〔註241〕之類，平穩作結之餘，更表達了禮敬神明，祝禱祥
福的主旨。

　　至於其餘的細節，也都十分貼合儀式，華美辭藻信手拈來。如盥
洗云「郁人贊溉，其馨苾苾」〔註242〕，「觀盥之初，惟以潔告」〔註243〕
等，寫淨水之甘馨；奠玉幣云「玉光幣色，璨若其映」〔註244〕，「於
以奠之，嘉玉量幣」〔註245〕等，寫玉幣之嘉美；酌獻云「其降伊何？
椒漿桂酒。再拜斟酌，永御九有」〔註246〕，「玉瓚以酌，瑤觴載盈」

〔註237〕　《全宋詩》，北京大學出版社，第 71 冊，44881 頁。
〔註238〕　建隆乾德朝會樂章皇帝升坐《隆安》，《全宋詩》，北京大學出版社，
　　　　　第 71 冊，44982 頁。
〔註239〕　上冊寶階降《熙安》，《全宋詩》，北京大學出版社，第 71 冊，44918
　　　　　頁。
〔註240〕　景德中朝會降坐《隆安》，《全宋詩》，北京大學出版社，第 71 冊，
　　　　　44990 頁。
〔註241〕　紹興朝會降坐《隆安》，《全宋詩》，北京大學出版社，第 71 冊，44993
　　　　　頁。
〔註242〕　紹興祀嶽鎮海瀆初獻盥洗《同安》，《全宋詩》，北京大學出版社，
　　　　　第 71 冊，44943 頁。
〔註243〕　高宗郊祀前朝享太廟盥洗《乾安》，《全宋詩》，北京大學出版社，
　　　　　第 71 冊，44903 頁。
〔註244〕　紹興祀圜丘皇地祇位奠玉幣《嘉安》，《全宋詩》，北京大學出版社，
　　　　　第 71 冊，44846 頁。
〔註245〕　紹興後祀五方帝青帝奠玉幣《嘉安》，《全宋詩》，北京大學出版社，
　　　　　第 71 冊，44885 頁。
〔註246〕　高宗郊前朝獻景靈宮再詣聖祖位《乾安》，《全宋詩》，北京大學出
　　　　　版社，第 71 冊，44928 頁。

〔註 247〕，「旨酒惟馨，具醉在茲」〔註 248〕等，寫酒漿之芳醇；奉俎、奉饌云「爰潔犧牲，載登俎豆」〔註 249〕，「牲牷告充，雕俎是承」〔註 250〕，「奉盛以告，登茲芳馨」〔註 251〕等；徹豆云「燔薌既升，炳膋以潔」〔註 252〕，「籩豆有踐，爾殽既馨」〔註 253〕等；望燎云「馨香旁達，粢盛既豐。登降有儀，祀備樂終」〔註 254〕，「芳薦既輟，明燎具舉」〔註 255〕等，皆寫肴饌之豐美；冊寶云「文金晶熒，冊玉輝潤」〔註 256〕，「玉簡瑤章，金書煌煌」〔註 257〕等，寫簡冊之貴重。即便在不涉及具體祭祀行爲的其餘歌辭中，也不乏「肅肅清廟，奉祠來詣」〔註 258〕、「犧牲既成，籩豆有楚。摐金擊石，式歌且舞」〔註 259〕，「醴盞在戶，金奏在庭。籩豆有踐，黍稷

〔註 247〕 納火祀大辰大辰位酌獻《祐安》《全宋詩》，北京大學出版社，第 71 冊，44953 頁。

〔註 248〕 紹興釋奠武成王亞、終獻《正安》，《全宋詩》，北京大學出版社，第 71 冊，44979 頁。

〔註 249〕 建炎初郊祀奉俎《豐安》，《全宋詩》，北京大學出版社，第 71 冊，44844 頁。

〔註 250〕 淳祐祭海神奉俎《豐安》，《全宋詩》，北京大學出版社，第 71 冊，44949 頁。

〔註 251〕 高宗郊前朝獻景靈宮奉饌《吉安》，《全宋詩》，北京大學出版社，第 71 冊，44928 頁。

〔註 252〕 紹興祀圜丘徹豆《熙安》，《全宋詩》，北京大學出版社，第 71 冊，44848 頁。

〔註 253〕 紹興冬至、孟春、孟夏、季秋四祀上公攝事飲福《廣安》，《全宋詩》，北京大學出版社，第 71 冊，44965 頁。

〔註 254〕 建炎初郊祀望燎《正安》，《全宋詩》，北京大學出版社，第 71 冊，44845 頁。

〔註 255〕 寧宗郊前朝獻景靈宮詣望燎位《乾安》，《全宋詩》，北京大學出版社，第 71 冊，44934 頁。

〔註 256〕 慶元三年奉上孝宗徽號冊寶升殿《顯安》，《全宋詩》，北京大學出版社，第 71 冊，44902 頁。

〔註 257〕 治平皇太后、皇后冊寶皇帝降坐《乾安》，《全宋詩》，北京大學出版社，第 71 冊，44998 頁。

〔註 258〕 建隆以來祀享太廟迎神《禮安》，《全宋詩》，北京大學出版社，第 71 冊，44890 頁。

〔註 259〕 上冊寶迎神《歆安》，《全宋詩》，北京大學出版社，第 71 冊，44918 頁。

非馨」〔註260〕之類更具全局場面感的描述。所用辭藻大多華贍精潔，具備較高的寫實性之餘，亦不乏渲染鋪陳之感。

此外，「哲宗朝，議者謂上公攝事，四祀上帝，惟明堂以南郊齋宮望祭殿爲化所，而樂章通用，有『夙設圓壇』之句，與禮意不協，遂改定。」〔註261〕亦是力圖令歌辭與儀節貼合的例證。

只有在製作迎神、送神等涉及神祇的部份時，才以想像之筆，渲染神祇之靈蘊。如迎神多云「神之來享，雲車翩翩」〔註262〕，「雲旗飛揚，神光肅然」〔註263〕，「庶幾來止，風馬雲車」〔註264〕，「翠旗羽蓋，雲車風馬。神其來兮，以燕以下」〔註265〕等；送神多云「靈兮將歸，羽旄紛紜」〔註266〕，「神之還歸，鈞天帝居」〔註267〕，「超然而返，眾御如雲」〔註268〕，「雲馭洋洋，既歆既顧」〔註269〕等。雖然是基於想像的發揮，然而筆法較爲節制，並不著力於刻畫神祇形象的細節，而是著重渲染其御風從雲，倏忽而來，倏忽而去，超然中自有莊嚴的儀仗與風度，這類描寫也剛好與郊廟典禮本身的儀式性相契合。

〔註260〕 朝謁太清宮送神《眞安》，《全宋詩》，北京大學出版社，第 71 冊，44926 頁。

〔註261〕 《宋會要輯稿》樂六，中華書局，1957 年影印本，第 1 冊，356 頁。

〔註262〕 大觀祀社稷迎神《寧安》，《全宋詩》，北京大學出版社，第 71 冊，44955 頁。

〔註263〕 大中祥符五岳加帝號迎神《靜安》，《全宋詩》，北京大學出版社，第 71 冊，44940 頁。

〔註264〕 熙寧祀皇地祇迎神《導安》，《全宋詩》，北京大學出版社，第 71 冊，44876 頁。

〔註265〕 寧宗朝享迎神《熙安》，《全宋詩》，北京大學出版社，第 71 冊，44906 頁。

〔註266〕 紹興祀岳鎮海瀆送神，《全宋詩》，北京大學出版社，第 71 冊，44945 頁。

〔註267〕 高宗郊祀前朝享太廟送神《興安》，《全宋詩》，北京大學出版社，第 71 冊，44905 頁。

〔註268〕 熙寧祭風師送神《欣安》，《全宋詩》，北京大學出版社，第 71 冊，44958 頁。

〔註269〕 紹興祀神州地祇送神《寧安》，《全宋詩》，北京大學出版社，第 71 冊，44882 頁。

　　最後，就應用目的而言，任何一組歌辭中，都有祝禱之詞貫穿始終。因宋代郊廟朝會通常爲十數首甚至數十首的組詩，規模既大，這一特質也較爲明顯。

　　其中，較爲寬泛的祈福之辭如「靈來燕娭，降福無疆」〔註270〕，「既至而喜，錫我蕃禧。嘉承天眖，曼壽無期」〔註271〕，「神介景福，億萬斯年」〔註272〕，「錫福無疆，祐此下民」〔註273〕之類，所佔比例較多。此外，隨著奉祀對象的增多，也不乏指向性明確的祝禱。如祀東岳禱云「祐於東方，永施厥仁」〔註274〕，祀風師禱云「惟神之澤，於彼滂沱」〔註275〕，享先農禱云「祈彼豐穰，福流萬國」〔註276〕，享先蠶禱云「黎民不寒，幽顯同樂」〔註277〕，十分切合奉祀神祇的身份。這類禱祝之詞，通常穿插於儀式細節刻畫之間，由豐美的祭儀想像神祇歆享之貌，然後自然而然地發出祝禱與祈願，莊敬而又從容，在敬拜神明之餘，也不失行禮祈禱者的帝王身份。

　　由於上述趨同性的特質，郊廟朝會歌辭形成了有一定之規的製作套路，極大地約束著作者的才力發揮。如楊億、王安石等，皆爲詩歌大家，但他們製作的郊廟朝會歌辭，置諸同組歌辭之中，也幾乎泯

〔註270〕　上冊實迎神《歆安》，《全宋詩》，北京大學出版社，第 71 冊，44918 頁。

〔註271〕　熙寧蠟祭送神《成安》，《全宋詩》，北京大學出版社，第 71 冊，44969 頁。

〔註272〕　元符親享明堂亞獻《穆安》，《全宋詩》，北京大學出版社，第 71 冊，44869 頁。

〔註273〕　熙寧祭風師奠幣《容安》，《全宋詩》，北京大學出版社，第 71 冊，44958 頁。

〔註274〕　熙寧望祭嶽鎮海瀆送神《凝安》，《全宋詩》，北京大學出版社，第 71 冊，44941 頁。

〔註275〕　大觀祭風師送神《欣安》，《全宋詩》，北京大學出版社，第 71 冊，44959 頁。

〔註276〕　雍熙享先農奠玉幣《敷安》，《全宋詩》，北京大學出版社，第 71 冊，44961 頁。

〔註277〕　祀先蠶亞、終獻用《惠安》，《全宋詩》，北京大學出版社，第 71 冊，44967 頁。

然眾人。楊億作皇帝升降用《隆安》：「禮備樂成，乾健天行。帝容有穆，佩玉鏘鳴」〔註278〕，以「乾健天行」喻指帝德，以「佩玉鏘鳴」的細節刻畫皇帝升壇時的容止。王安石作徹豆用《欽安》曲：「穆穆在堂，肅肅在庭。於顯辟公，來相思成。神既歆止，有聞無聲。錫我休嘉，燕及群生」〔註279〕，則渲染祭享之時堂上堂下一派肅穆靜謐的氛圍，並表達了對神明受歆享後降福於世間的期冀，融場景描繪與祝禱於一體，也是郊廟朝會歌辭中常見的寫法。二者雖都可謂端莊雍容，中規中矩，但也如出於一人之手，缺乏個性特徵。

綜上所述，宋代郊廟朝會歌辭的特點可歸結如下：

其一，歌辭依託於禮樂系統，作為典禮儀式的一部份而存在，自身的獨立性並不強。

宋代禮樂重建乃是通過崇古來否定隋唐以來並不純正的雅樂，建立一套本朝的雅樂系統。這一目的，更多地體現在律準的重校、樂歌的重製，而非歌辭的撰作方面。大多數時候，郊廟朝會歌辭的內容與題目甚至沒有一目了然的關聯。

例如在規格相似的儀式中，一些樂歌可以通用，而絲毫無損於典禮的形式感。如景德後祀五方帝，青帝奠幣、酌獻《嘉安》並用同一首歌辭。紹興祀太社太稷，不僅太社位奠幣、酌獻《嘉安》所用歌辭為一，同時的春臘、秋臘兩祭中，太稷、土正、后稷的奠幣、酌獻儀式，也同用此篇。乾道年間恭上太上皇帝、太上皇后尊號，皇帝分別奉太上皇、太上皇后冊寶授太傅，所用《禮安》歌辭完全相同；淳熙年間復上尊號，也循此例。

此外，同樣的典禮，也可沿用前朝之歌辭。如高宗朝即沿用「徽宗元御製仁宗廟樂章一」〔註280〕；寧宗郊前朝獻景靈宮樂章中，皇

〔註278〕咸平親郊皇帝升降《隆安》，《全宋詩》，北京大學出版社，第71冊，44841頁。

〔註279〕元符親享明堂徹豆《欽安》，《全宋詩》，北京大學出版社，第71冊，44870頁。

〔註280〕《宋史》卷一百三十二・樂七，中華書局，1985年，第10冊，3073

帝還位用《乾安》；聖祖位奉玉幣用《靈安》二首，都爲沿用高宗御製，等等。

其二，歌辭缺乏文學個性。由於被儀式全面約束，不同年代、不同作者的作品都沒有明顯的區分度。

郊廟朝會歌辭的內容與其所對應的儀式環節密切相關。撰作者只需以讚美性的辭句，或是描繪典禮的實施步驟，或是表達祝禱之思，便可完成創作儀式組詩的使命。在這種務求切合儀式，崇尚雅正的思路引導下，所作歌辭也充斥著相對固定的意象乃至辭藻運用，如迎神則云「靈斿來下，尸此明禋」〔註281〕，「孔蓋翠旌，降集於庭」〔註282〕之類，言神來之貌；酌獻則云「碩兮斯牲，芬兮斯酒」〔註283〕，「酌彼醇旨，薦此令芳」〔註284〕之類，述筵席之美，等等，因辭章眾多，不能羅列。

這種程序化的寫作，內容相類，文采華贍，用典厚重，即便一組歌辭出自不同人之手，其莊嚴典重的風格也足以一以貫之。雖然在遣詞用典方面都需要相當的文學素養，但始終無法反映出撰作者的才學個性。

其三，章句多用四言之體，風格古雅典重，較少渲染，更不事抒情。

以四言齊言爲主的體裁創作郊廟歌辭，與宋人對《詩經》的推重不無關係。凡郊廟朝會樂歌，大多仿傚《雅》、《頌》之體，風格力求近古，有時甚至直接引用《詩經》之句，如「長髮其祥」、「於昭於天」

頁。
〔註281〕紹興以後蠟祭東方百神降神《熙安》，《全宋詩》，北京大學出版社，第71冊，44970頁。
〔註282〕祀先蠶迎神《明安》，《全宋詩》，北京大學出版社，第71冊，44967頁。
〔註283〕大觀三年釋奠酌獻用《成安》，《全宋詩》，北京大學出版社，第71冊，44975頁。
〔註284〕景祐祭文宣王廟酌獻用《成安》，《全宋詩》，北京大學出版社，第71冊，44975頁。

等。再如淳化年間鄉飲酒樂章中，《嘉魚》八章，章四句，前三句爲四言，末句爲六言，但格式仍較爲整齊。觀其辭，「洋洋嘉魚，佇以芳罟。君子有德，嘉賓式歌且舞」、「相彼嘉魚，在漢之梁。我有旨酒，嘉賓式燕以康」〔註285〕等，更是明顯模擬《詩經》的章法。

在遣詞造句方面，由於郊廟朝會歌辭的內容大多都與儀式活動相切合，故此其手法也以敘述爲主。雖然辭藻不失華美，但多爲白描筆法，渲染描繪都較爲節制，整體格調凝練端方，這也符合儀式樂歌致力於營造莊嚴氛圍的特質。

〔註285〕 淳化鄉飲酒樂章，《全宋詩》，北京大學出版社，第 71 冊，45023 頁。

第六章　祠祀樂歌：地方祠祀規範化背景中的文人化寫作

　　在總結宋前樂府的《樂府詩集》之分類中，並未列出祠祀樂歌一類。這是由於，隨著宋代的地方祠祀被納入封建王朝的全面控制之下，祠祀樂歌的寫作才開始受到文人士大夫的關注，形成一定的規模。本文在宋代樂府的範疇下提出祠祀樂歌的命名，既與從屬於中央政權政治活動的郊廟樂章相區別，也顧及到這類樂府詩的地方性、地域性，以及一定的政治色彩。

　　祠祀樂歌中涉及的祭祀對象，都是受到宋代官方認可的各地自然神與人格神，較之祭祀「雜鬼神」的民間叢祠歌曲，祠祀樂歌的歌辭大多由士大夫自發創作，具備相當的規範化與正統性。由於其享祭神明的儀式性功能，祠祀樂歌與郊廟朝會歌辭一樣，延續了樂府詩的音樂文學特質。然而，較之「朝廷宗廟典章文物，但按故常以為程序」〔註1〕的郊廟歌辭製作，祠祀樂歌的創作又較為靈活，本身即具備相當的文學性。此外，宋代祠祀樂歌通常直接上承《楚辭》的題材、風格，也影響到宋代樂府徒詩的創作，形成了較為普遍的文人化寫作。

〔註 1〕　郭茂倩《樂府詩集》卷一‧郊廟歌辭一，中華書局，1979 年，第 1
　　　　　冊，2 頁。

第一節　王朝對地方祠祀的控制與宋代祠祀樂歌創作

在宋代，政府對地方祠祀加以認可與重視，將之廣泛納入祀典體系，成爲不乏政治性的活動。除了山川土地之神，乃至著名的古代聖賢英傑之外，更多的忠臣義士、修仙隱者，甚至當代事跡卓著者，都獲得了官方的立廟祭祀，這一以禮制教化爲目的的政治行爲，推動了宋代祠祀樂歌的獨立發展與興盛。

一、宋代地方祠祀的規範化

宋代政府對地方祠祀祭典的規範化和體制化投入了相當的關注。「自開寶、皇祐以來，凡天下名在地志，功及生民，宮觀陵廟，名山大川能興雲雨者，並加崇飾，增入祀典。……凡祠廟賜額、封號，多在熙寧、元祐、崇寧、宣和之時」〔註2〕。在天地先皇的郊廟之外，山川土地等自然神以及歷史上的功臣名將，甚至有忠義之行的當代人物，全面受到關注，甚至將神祠加封爵等，「錫命馭神，恩禮有序」〔註3〕。

在官方的認可與控制下，地方祠祀達到了前所未有的繁興。無論是山川之神還是古今人物，只要有功於社稷，或是其賢行義舉得到朝廷的認可，便皆得享廟祀。如《宋史・禮志》所載：「其新立廟：若何承矩、李允則守雄州，曹瑋帥秦州，李繼和節度鎮戎軍，則以有功一方者也；韓琦在中山，范仲淹在慶州，孫冕在海州，則以政有威惠者也；王承偉築祁州河堤，工部員外郎張夏築錢塘江岸，則以爲人除患者也；封州曹覲、德慶府趙師旦、邕州蘇緘、恩州通判董元亨、指揮使馬遂，則死於亂賊者也；若王韶於熙河，李憲於蘭州，劉滬於水

〔註2〕　《宋史》卷一百五・禮志八，中華書局，1985 年，第 8 冊，2561頁。
〔註3〕　《宋史》卷一百五・禮志八，中華書局，1985 年，第 8 冊，2561頁。

洛城，郭成於懷慶軍，折御卿於嵐州，作坊使王吉於麟州神堂砦，各以功業建廟。寇準死雷州，人憐其忠，而趙普祠中山、韓琦祠相州，則以鄉里，皆載祀典焉。其它州縣嶽瀆、城隍、仙佛、山神、龍神、水泉江河之神及諸小祠，皆由禱祈感應，而封賜之多，不能盡錄云。」〔註4〕這類封賜都是自上而下的，代表著宋代封建王朝對地方祠祀的規範與約束。

如崔敦禮《楚州龍廟迎享送神辭》序，即敘述了一次出自敕令的地方祠祀發生的全過程：

> 紹興辛巳，金人來寇，嘗以銳師樓船蔽海而下，欲以奇襲我。將臣李寶受命迎拒，既下海，即沉牲醴酒禱龍神而行。事還，具上神之詭異，以請於朝。天子既推功不居，報禮上下，則惟有神之功厥尤彰灼。下其事淮南漕司，擇傅海地建廟。乙丑三月，楚州鹽城縣告廟成，漕當以上命往祭。某既以漕檄為文，又私自作《迎享送神辭》三章遺縣令，使歲時歌以祀之。〔註5〕

其事在紹興三十一年，金主完顏亮以海軍南下，宋高宗命李寶迎敵。「寶將啟行，軍士爭言西北風力尚勁，迎之非利。寶下令，敢沮大計者斬。遂發蘇州，大洋行三日，風甚惡，舟散不可收。寶忼慨顧左右曰：『天以是試李寶邪？寶心如鐵石，不變矣。』酹酒自誓，風即止。明日，散舟復集。」〔註6〕此事應該就是崔敦禮序中所言「神之詭異」。而那場持續三日的風暴亦被附會成為龍神以堅軍心之功，因而朝廷下令立廟祭祀，這無疑會成為當地的一件大事。

而反過來，一些源於民眾自發的祠祀活動，也會因所祀者的品行功績而獲得朝廷認可。侯贗之義靈廟便是一例。游九言《義靈廟迎享

〔註4〕　《宋史》卷一百五・禮志八，中華書局，1977 年，第 8 冊，2562 頁。

〔註5〕　崔敦禮《楚州龍廟迎享送神辭》序，《全宋詩》，北京大學出版社，1998 年，第 38 冊，23781 頁。

〔註6〕　《宋史》卷三百七十・李寶傳，中華書局，1985 年，第 33 冊，11500 頁。

送神辭》序中，極其詳盡地敘述了其事跡：「宣和二年冬，清溪民方臘嘯聚，首破睦州，二浙震動。知台州趙資道，通判李景淵聞亂憂顧，官吏騷然。獨司戶曹事睢陽滕侯膺力陳備禦，守與丞迫大義，不敢違，然咸無固志。侯乃爲書別父母兄弟，遂議大修城守……三年春，仙居民呂師囊應賊，導之破縣，報至，守、丞遂奔。侯慮惑眾，斬死囚十三，聲言某官以下棄城，皆伏誅矣。師囊水陸並下，蔽塞川野，城上望之，危懼欲變。侯誓於眾曰：城之存亡，即某之死生也，上天監之。乃晝夜乘堞，用寧眾心。」〔註7〕由於侯膺的義舉，「應天之人祠之，名堂清忠。漕淮西，復破敵於蔡州，人祠之，名堂忠惠。……紹熙己酉，適進職者之孫踵來貳郡，乃增繪其祖，更名雙廟。邦人訴於朝，隨即撤去，得正舊像，賜廟號義靈」。

　　而在祭奠山川，廟祀聖賢，旌表忠義的同時，宋朝政府也對民間淫祠加以嚴格的控制，或因擅立祠廟，或因所祀不當之故，禁燬神祠無數。按《禮記·曲禮》云：「非其所祭而祭之，名曰淫祀。淫祀無福。」僅大觀中，即「詔開封府毀神祠一千三十八區，遷其像入寺觀及本廟，仍禁軍民擅立大小祠。」〔註8〕據遷移神像的記載看，即是由於民間擅立祠廟之故。對於所祀不符禮義傳統，容易滋生亂局，毀易風俗的「雜鬼神」之祠，宋代史料中，更多有毀棄記載。如南宋劉宰爲泰興令時，「有殺人獄具，謂：『禱於叢祠，以殺一人，刃忽三躍，乃殺三人，是神實教我也。』爲請之州，毀其廟，斬首以徇」〔註9〕；胡穎「性不喜邪佞，尤惡言神異，所至毀淫祠數千區，以正風俗。衡州有靈祠，吏民夙所畏事，穎撤之」〔註10〕，等等。

〔註7〕　游九言《義靈廟迎享送神辭》序，《全宋詩》，北京大學出版社，1998年，第48冊，30127頁下同。

〔註8〕　《宋史》卷一百五·禮志八，中華書局，1985年，第8冊，2561頁。

〔註9〕　《宋史》卷四百一·劉宰傳，中華書局，1985年，第35冊，12167頁。

〔註10〕　《宋史》卷四百一十六·胡穎傳，同上第36冊，12479頁。

　　一方面禁止淫祠巫風，一方面又以官方列入祀典的方式，對特定的地方神靈加以崇祀。其中，尊崇天地山川之神是出於對社稷民生的關懷，而祭祀古代聖賢、時之忠良，則有推崇教化之功。這樣的趨勢反映在樂府詩的發展中，就是祠祀樂歌的獨立成形。

二、宋代祠祀樂歌創作概況

　　自漢代至南朝，用於祭祀儀式的郊廟歌辭，大多是配合祭祀典禮的樂歌。其祭祀對象若非天神，便是一朝之開國帝王，所謂「赫赫上帝」〔註11〕、「嚴恭帝祖」〔註12〕。而相對地，民間祠祀樂歌如《神絃歌》的祭祀對象，只是不入流的「雜鬼神」，屬於叢祠甚至淫祠的範疇。

　　直至唐代，郊廟樂章中方出現《祀風師樂章》、《祀雨師樂章》、《享孔子廟樂章》之類篇目，將涉及民生的神靈和古代聖賢納入視野。然而這一類作品仍舊極少，僅能附屬於郊廟樂歌，無法自成一類。至於《神絃歌》一系，僅有王維《祠漁山神女歌》二首、段成式《迎神曲》、司空曙《迎神》、《送神》、王叡《祠神歌》二首、皇甫冉《雜言迎神詞》二首、李建勳《迎神》、以及李賀《神弦》、《神弦曲》、《神弦別曲》等寥寥十數首，同樣未成氣候。

　　宋代祠祀樂歌中涉及的地方祠祀，絕大多數是獲得官方承認的祠廟，其神靈主要分為自然神和人格神兩類，在數量上也較前代有了顯著增長。在此各作簡單統計如下。此外亦有部份以描繪民間叢祠景象為主的新題樂府，主旨皆重民間風俗而少及神靈，故暫不列入。

　　涉及自然神的篇目：鮮于侁《九誦》中的《岳神》、《河伯》兩篇、陳之方《祠南海神》、王士元《龍子祠農人享神》、李常《解雨送神曲》三章、釋了元《沂山龍祠祈雨有應》、蘇軾《太白詞》五章、

《河復》、蘇轍《太白山祈雨詩》五章、《舜泉詩》、孔平仲《常山四詩》、李復《樂章五曲》、張耒《龜山祭淮詞》二首、《敘雨》、李新《普州鐵山福濟廟祀神曲》二章、王庭珪《蕭瀧廟迎神詩》、劉才邵《神弦曲》、崔敦禮《楚州龍廟迎享送神辭》三章、以及《九序》中的《正曜》、《華陽洞天》、《中水府》、《下水府》、范成大《神弦》、龔頤正《陳山龍君祠迎享送神曲》三章、曾豐《祀南海神》、高似孫《嶠臺神弦曲》二首、周文璞《水仙廟鼓吹曲》四首、《弔青溪姑詞》、陸壑《享神辭》、黃應龍《迎神詞》、周密《神弦》、趙希鵠《迎享送神歌》、謝翱《伎飛廟迎神引》、陳著《剡縣解雨五龍潭等處送神辭》、牟巘《己巳秋七月不雨人心焦然乃戊午齋宿致城隍清源渠渡龍君鰲山五神於州宅以禱始至雨洗塵自是間微雨輒隨止旱氣轉深苗且就槁要神弗獲某憂懼不知所出越癸亥日亭午率郡僚吏申禱於庭未移頃雨大霆旄穉呼舞皆曰神之賜也某既拜貺又明日以神歸念無為神報者乃作送神之詩七章以侈神功且又以祈焉》、黎廷瑞《送鶴神》。共計 35 題，68 首。

涉及人格神的篇目：范仲淹《釣臺詩》、鮮于侁《九誦》中的《堯祠》、《舜祠》、《周公》、《孔子》、《箕子》、《微子》、《雙廟》，蘇轍《舜泉詩》、張載《虞帝廟樂歌辭》兩篇、鄭昂《剛顯廟》、任續《彭思王廟》、崔敦禮《九序》中的《騷略》、《北山之英》、李洪《迎送神辭》、朱熹《虞帝廟迎送神樂歌辭》六章、龔頤正《泰伯廟迎享送神辭》三章、張栻《公安竹林祠迎神送神樂章》、《謁陶唐帝廟詞》、陳傅良《西廟招辭》、游九言《義靈廟迎享送神曲》三章、曾豐《祀蠶先》、馬之純《祀馬將軍竹枝辭》八首、孫應時《斗南竹林祠歌》、高似孫《九懷》全九章（《蒼梧帝》、《思禹》、《越王臺》、《鴟夷子皮》、《浙水府》、《秦遊》、《江夫人》、《東山》、《嶠山雨》，其中《嶠山雨》已佚）、柯夢得《方公祠堂迎送神曲》、諸葛興《會稽頌》全九章（《大禹陵》、《嗣王》、《二相》、《越王》、《馬太守廟》、《王右軍祠》、《賀監祠》、《城隍龐王》、《曹娥祠》）、劉子澄《澧州群賢堂記並歌》、釋善珍《騷詞》

二首、姜夔《越九歌》全十章（《帝舜》、《王禹》、《越王》、《越相》、《項王》、《濤之神》、《曹娥》、《龐將軍》、《旌忠》、《蔡孝子》）馬光祖《迎享送神》、歐陽守道《吉州顏魯公祠堂迎享送神詩》、馬廷鸞《饒娥廟祀神歌》三首、《益國趙公生祠》、《梓潼帝君祠》、王應麟《配食大成樂章》二首、《吳刺史廟祭神辭》。共計 60 題，83 首。

　　對比統計可知，以地域劃分，祠祀樂歌更多地出現在南方，尤其是楚、越之地。上列諸題中祀自然神者，僅蘇軾《太白詞》作於鳳翔任上，《河復》作於徐州任上，蘇轍《太白山祈雨詩》作於京師，且實為寫鳳翔之事，《舜泉詩》則作於齊州任上，孔平仲《常山四詩》作於密州任上，皆可明確為北方之事；李復居官輾轉南北，《樂章五曲》無序無記，不能定論；鮮于侁《九誦》、張載《虞帝廟樂歌辭》為一般擬作，不涉及真正祠廟之外，其餘都可據小序或內容考證，為在南方之作。一方面，南渡之後，文人士大夫的活動區域基本局限在江淮以南；另一方面，南方地區神祠遍地，祠祀之風較北方更隆。如諸葛興《會稽頌》九章，除《二相》一章之外，都是用於敬拜和當地有關的神靈，可見地域特徵對祠祀樂歌創作的影響。

　　在時間排布上，祠祀樂歌大體呈現出北宋作品較少，南宋作品較多的趨勢。細加分類，涉及自然神的部份，兩宋各 34 首，可謂平分秋色；而涉及人格神的部份，則除范仲淹、鮮于侁、蘇轍、張載、鄭昂五人共計 12 首作品外，其餘 61 首均在南宋之時。究其原因，一方面理學在南宋愈發興盛，敬祀古人，張揚其德，正是儒家教化之風的體現；此外，南渡之後，對歷史的深刻反思與對節義之士的格外尊崇，也使得祠祀樂歌中對人格神的關注度明顯上升。如《義靈廟迎享送神辭》序：「蓋仗義不一，獨台州守貳棄城，身為曹掾，可去而不去，卒以死守。使敵圍京師而見用於朝，不肯以堂堂社稷與人必矣。夷考宣政之末，縉紳最盛，侯僅以一官之微，保全四郡，所活生齒不知算計。彼平時荷寵光，踐中外，艱難之際竟何如乎？……獨深慨當時姦臣盜弄國柄，不過營私，安知積欺不已，馴致靖康之禍，九廟震搖，

萬方流毒，豈特一州而已，寧不痛哉！」〔註13〕借祠忠臣義士之筆痛
斥姦佞，正是以史爲鑒，對靖康之難的沉痛感慨與反思。

通觀宋代祠祀樂歌，自然神皆被賦予人格，而許多歷史人物又獲
得神化。神與人、歷史與現實的界限在某種意義上模糊，而祭祀，尤
其是廣泛的地方性祠祀，則將他們的距離越發拉近。原本高高在上的
神靈和已經逝去的歷史，在文人士大夫的敘述描繪中，獲得了一種眞
切而莊重的現世感。

在宋代之前，承擔祭祀功能的樂府詩，其有記載者，一是歷代郊
廟樂章，二是南朝清商樂中的《神絃歌》一系。前者是歌於宗廟，薦
之上天的典重莊嚴之辭；後者則屬於民間巫祀，無關天地山川。兩者
雖迥然不同，卻都在宋代祠祀樂歌的發展中留下了印記。

在章法結構方面，宋代祠祀樂歌吸納了上述兩者的儀式性。據《樂
府詩集》，「武帝泰始二年，詔傅玄造郊祀明堂歌辭。其祠天地五郊，
有《夕牲歌》、《迎送神歌》及《饗神歌》」〔註14〕，已經明確了郊廟樂
歌中迎、享、送神歌辭的儀式感。而民間叢祠方面，「《神絃歌》在清
商曲中的性質和風格，正彷彿《楚辭》中的《九歌》，二者都是巫覡祀
神的樂曲」〔註15〕，因而也同樣具備端整的儀式性：《宿阿》居最前，
爲迎神之曲，《同生》居最末，爲送神之曲，其間九曲則皆爲享神之用。
由於這些淵源長久的傳統，宋代文人的祠祀樂章，許多都以此爲規模。

在辭句風格方面，宋代的祠祀樂歌通常追求高古雅致之風，這一
特點主要源自郊廟歌辭的影響。郊廟歌辭對樂歌本身及其儀式性的重
視勝過文辭，力求字句古雅端嚴，以示莊敬之意，而祠祀樂歌敬神崇
古的主旨，正與此莊肅典重的風格相近。此外，《神弦》一系的民間

〔註13〕 游九言《義靈廟迎享送神辭》序，《全宋詩》，北京大學出版社，1998
年，第 48 冊，30127 頁。
〔註14〕 郭茂倩《樂府詩集》卷一・郊廟歌辭一，中華書局，1979 年，第 1
冊，10 頁。
〔註15〕 王運熙《神絃歌》考，《樂府詩述論》，上海古籍出版社，2006 年，
169 頁。

祠祀樂歌，至唐多流爲騷體〔註16〕，這一變化也深深影響到宋代祠祀
樂歌的風格。

《神絃歌》作爲民間樂歌，其內容和郊廟歌辭迥異，主要涉及民
俗傳說。「第一，民間所祀之神，無關天地山川之大，只是一些『雜
鬼』。第二，南方風俗，夙尚淫祀，每用巫覡作樂歌舞以娛神。第三，
朝廷視郊祀爲最嚴重之典禮，而一般民眾對之，則無異於一種娛樂之
集會。基此三點，故民間祀神樂章中能夾雜不少有情趣之描寫，與貴
族所用之郊祀歌異其面目。」〔註17〕作爲樂府舊題，《神弦》一系至
宋尚有傳承摹寫，而其描摹民間巫祀的傳統，在宋代文人筆下，便轉
爲以寫實筆觸刻畫民生之作。

第二節　文人化寫作與士大夫精神面貌的彰顯

　　兩宋祠祀樂歌中，雖然不乏入樂歌唱，用於祭祀儀式的篇章，然
而受到宋代樂府全面徒詩化趨勢的影響，也出現了一些以祠祀活動爲
主題，摹仿祠祀樂歌風格的樂府徒詩，形成文人化的創作角度。宋代
士大夫對祠祀樂歌的創作自覺，既符合王朝對地方祠祀的規範化要
求，也融入了他們普遍的社會關懷意識。

一、文人樂府對祠祀題材的關注

　　根據其內容側重，兼及是否入樂歌唱、有無舊題傳承等方面，大
致可將宋代文人所作的祠祀題材樂府分爲如下四類。

　　其一，可歌的祠祀樂章。通常是用於地方祠祀儀式的詩篇，通常
都配合祭祀樂歌，在儀式上演唱。在章節安排上具有明顯的形式感。

　　祠祀樂歌的源起是祀神之樂歌，其創作理應與祭祀儀式緊密結
合。這類敬享神靈之作，很多時候都會在小序中寫明，創作目的是

〔註16〕　曾智安《中晚唐人對吳越神絃歌的接受與楚騷精神的復蘇》，《樂府
　　　　　學》第二輯，學苑出版社，2007 年，177 頁。

〔註17〕　蕭滌非《漢魏六朝樂府文學史》，人民文學出版社，1984 年，224～
　　　　　225 頁。

「使歲時歌以侑神」﹝註18﹞，「俾祝巫歌以侑觴」﹝註19﹞，「使工歌之」﹝註20﹞，等等。同時，創作可歌的詩篇，也是對祭祀儀式的進一步推重，如馬之純所言：「吾聞歲時來祀者，有牲酒而無歌舞之樂章，闕陋已甚。荊楚之人祀神者，有辭曰竹枝，余爲製《竹枝》八首，使歌以侑之」﹝註21﹞。

　　無論是郊廟之禮還是民間之祠，不外乎迎、享、送神三個階段。爲了配合祭典而作的祠祀樂歌，通常在篇幅安排上也依循這樣的格局。故而文人在創作時，通常是以三章爲主的組詩，分別描繪迎神、享神、送神的主題。如李常《解雨送神曲》、崔敦禮《楚州龍廟迎享送神曲》、龔頤正《陳山龍君祠迎享送神曲》、《泰伯廟迎享送神辭》、游九言《義靈廟迎享送神曲》、馬廷鸞《饒娥廟祀神歌》等，都屬此類。以《陳山龍君祠迎享送神曲》爲例：

　　　　海波淵淪兮海山巃嵸，其下潛通兮君之宮。時思其母兮來春容，菖葉生兮杏帶融。君之來兮雷隆隆，雨我田兮秋芃芃，我之懷兮無初終。

　　　　君祝駕兮芬陽斯陳，鼓鐘廣享兮列鼎重茵。君之宮兮屯雲，蕙肴蒸兮芬芬。我黍我稌兮抑亦薦其萍芹，君明其衷兮無吐芳新。

　　　　吹洞簫兮望極浦，君之歸兮雲在下土。十風兮五雨，祐我海邦兮污萊斥鹵。君不來兮使吾心苦，千秋萬歲兮爲民所怙。﹝註22﹞

首章爲迎神之章，描繪想像中的龍君居所，並祈求龍君來降，行雲布

﹝註18﹞ 李洪《迎送神辭》序，《全宋詩》，北京大學出版社，1998 年，第 43 册，27140 頁。

﹝註19﹞ 游九言《義靈廟迎享送神曲》序，同上第 48 册，30127 頁。

﹝註20﹞ 陳傅良《西廟招辭》序，同上第 47 册，29219 頁。

﹝註21﹞ 馬之純《祀馬將軍竹枝辭》序，《全宋詩》，北京大學出版社，1998 年，第 49 册，30982 頁。

﹝註22﹞ 龔頤正《陳山龍君祠迎享送神曲》，《全宋詩》，北京大學出版社，1998 年，第 45 册，27724 頁。

雨，以解民困；次章爲享神之章，鋪陳迎神典禮之隆重，器物之盛，酒肴之美，期望龍君體貼民心，欣然受祭；終章爲送神之章，描繪龍君受祭後歸去之景，並且再作祝禱，期望龍君千秋靈應。三章首尾呼應，展示了完整的祭祀過程，而詩中海波淵淪，雷聲隆隆等細節，也十分切合龍神的身份。

　　另一種常見的格局是承唐人之體，在一題下分列《迎神》、《送神》二章，著重迎送兩祭的描寫。如張耒《龜山祭淮詞》、李新《普州鐵山福濟廟祀神曲》、李洪《迎送神辭》等。而如朱熹《虞帝廟迎送神樂歌辭》，雖迎、送神各有三章歌辭，但整體格局未變，也屬此類。

　　此外，也有將迎、享、送神的過程合爲一章的祠祀樂歌。如趙希鵠《迎享送神歌》：

> 陶峰聳兮髻而藍，縈二水兮秋月環。雲棟起兮鬱松關，侯兮歸來樂且閒。肆維牲兮釃爲醴，達馨香兮薦嘉旨。侯不我吐兮心則喜，歲歲春秋兮受多祉。雲旗驚兮蹡蹡，玉虬駕兮飆之揚。侯雖往兮終返故鄉，欲雨則雨兮暘則暘。〔註23〕

首四句云「侯兮歸來」，兼描繪山中夜月深松之清景，渲染高潔氛圍，是爲迎神；中四句描寫祭祀酒肴豐美，又寫神靈受祀之態，是爲享神；末四句則寫雲動風揚，侯返故鄉，是爲送神。毫無疑問，如逢祭祀儀式，這首祠祀樂歌完全可以分爲中規中矩的三章，加以傳唱。

　　此外，李復《樂章五曲》序云：「鄉民歲秋修祀以報神惠，樂五奏皆有歌，其辭鄙陋，不可以格神。予因其迎神、送神與夫三奠爲曲云」〔註24〕，寫明「三奠」之儀；而孔平仲《常山四詩》分爲迎神、

〔註23〕　趙希鵠《迎享送神歌》，《全宋詩》，北京大學出版社，1998 年，第
　　　　53 冊，33340 頁。
〔註24〕　李復《樂章五曲》序，《全宋詩》，北京大學出版社，1998 年，第 19
　　　　冊，12496 頁。

酌神、禱神、送神四章，蘇軾《太白詞》五章自序爲「迎送神辭」
〔註 25〕，將迎神與送神都分爲兩章來詳細描寫，在每章中，分別以
「神將駕」、「神在塗」、「神既至」、「神欲還」、「神之去」〔註 26〕的敘
述形成明顯的時間感，展現祭祀儀式的過程，也都具有鮮明的祭祀樂
歌印記。

其二，雖不入樂，但內容涉及祠祀，體裁亦仿傚古樂府的詩篇。
其題材通常與祠神、招仙相關，又或是敬慕所祀古人之類，文體、辭
句等方面多追求古雅之風，故而可以視作第一類祠祀樂歌的延伸，是
文人創作的樂府徒詩。

以蘇轍《太白山祈雨詩》爲例，乃是第一類中蘇軾《太白詞》的
和作。雖然兩組詩在章法、句法方面完全一致，其內容主旨卻大有不
同。如蘇軾《太白詞》序云：「岐下頻年大旱，禱於太白山輒應，故
作迎送神辭一篇五章。」蘇軾時任鳳翔通判，太白山求雨祭祀於他乃
是身臨其境，他作這組詩也和祭奠儀式相關。故而《太白詞》通篇著
眼在神，多發揮想像力以描繪神靈之行，如「旌旗翻，疑有無。日慘
變，神在塗。飛赤篆，訴閶闔。走陰符，行羽檄，萬靈集兮」〔註 27〕
（章二），全章寫神降之時風雲變幻，萬靈來集之態；篇中涉及自然
現象之描寫也著重於「雷闐闐，山畫晦」（章一）、「風爲幄，雲爲蓋」
（章三）等，著力渲染降神之氛圍。通篇文辭簡練卻廣爲鋪敘，頗有
古之祭歌風格，即「曉嵐謂訪漢《郊祀》諸歌之作」〔註 28〕。

而蘇轍時在京師，和作之時，他本人並未身臨其境，因而也未如
蘇軾般注重詩篇作爲祠祀樂歌的功能。通觀全篇，其主要著眼點不

〔註 25〕　蘇軾《太白詞》序，《蘇軾詩集》，王文誥注，孔凡禮點校，中華書
　　　　　局，1982 年，第 1 冊，152 頁下同。
〔註 26〕　並見蘇軾《太白詞》，《蘇軾詩集》，王文誥注，孔凡禮點校，中華書
　　　　　局，1982 年，第 1 冊，152 頁。
〔註 27〕　蘇軾《太白詞》，《蘇軾詩集》，王文誥注，孔凡禮點校，中華書局，
　　　　　1982 年，第 1 冊，153 頁下同。
〔註 28〕　《蘇軾詩集》，王文誥注，孔凡禮點校，中華書局，1982 年，第 1
　　　　　冊，152 頁。

在祭祀神靈，而在民生困苦，以及求得霖雨後的歡悅。「人功盡，雨則違。苗不穗，芋不米，哀將饑兮」〔註29〕，「嗟我民，匪神依。伐山木，藝稷黍」（章二），等，都是對塵世而非神靈的描繪。對自然環境的描寫中，同樣不乏想像與鋪陳，卻也是對旱情的渲染，如「山爲灰，石爲炭。水泉沸，百草爛」（章三）等。全篇風格簡易平實，時而可見作者由衷而發的歡憫，雖具祠祀樂歌之題，卻實是溫厚的君子之詩。

　　再如鄭昂《剛顯廟》序：「乃爲詩以貽來者，俾歌以祀公」〔註30〕；高似孫《嶤臺神弦曲》序云：「嶤臺介剡山水間，神境奇拔，中抱霖雨，時庸濯靈。似孫甲戌春奉先公綷車過臺下，酚江有祈風反，須臾一帆脫矢，直搗山步，灘磧不驚。神光赫流，肇敏桴鼓。乃依楚辭章句，度《迎神》《送神》辭，刻諸山中，用毋忘英造」〔註31〕等所言，雖都和祠祀傳統不無相關，然而這些作品的形式感並不如一般祠祀樂歌般嚴整，而作爲文人有感而發的詩篇，其內容也往往涉及抒懷、覽古等方面，並非單純的祠祀詩可比。

　　再者，文人以仿傚祠祀樂歌的高古風格，來表達對受到立廟敬享之榮的古聖名賢的追崇，也是宋代的風習。如張載《虞帝廟樂歌辭》、劉子澄《澧州群賢堂記並歌》、馬廷鸞《益國趙公生祠》等，乃至鮮于侁《九誦》、諸葛興《會稽頌》等全盤仿傚楚騷、賦體的組詩，皆屬此類。僅以張栻《謁陶唐帝廟詞》爲例：

　　　　宋淳熙四年，靜江守臣張某既新陶唐帝祠，以二月甲
　　　子，率官屬祗謁祠下，再拜稽首，退而歌曰：

　　　　溪交流兮谷幽，山作屏兮層丘。木偃蹇兮枝相樛，皇

〔註29〕　蘇轍《太白山祈雨詩》章一，《欒城集》，曾棗莊等校點，上海古籍
　　　　　出版社，1987 年，上冊，428 頁下同。

〔註30〕　鄭昂《剛顯廟》序，《全宋詩》，北京大學出版社，1998 年，第 29
　　　　　冊，18616 頁。

〔註31〕　高似孫《嶤臺神弦曲》序，《全宋詩》，北京大學出版社，1998 年，
　　　　　第 51 冊，31994 頁。

胡爲兮於此留。藹冠佩兮充庭，潔芳馨兮載陳。純衣兮在御，東風吹兮物爲春。皇之仁兮其天，四時敘兮何言。出門兮四顧，渺宇宙兮茫然。〔註32〕

開篇即描繪溪山清景，襯托堯帝之高風藹然，「純衣兮在御，東風吹兮物爲春」兩句，既寫時序，更將自然之德與莊敬之思融爲一體，表達出一種如沐春風之感。卒章寫出門四顧，天地茫茫之態，更有德合宇宙之隱喻。通篇騷體，而不特意羅列辭藻鋪陳，高古中自有澹然之意。雖非祠祀樂歌，其意卻渾同。

其三，對《神絃歌》一系樂府舊題的承襲之作。這類詩歌在宋代祠祀樂歌中，爲數既少，風格亦頗沿襲唐人，但由於體現了《神弦》舊題的傳寫流變，也可列而一觀。

《神弦》一題，前代舊題詩作本就寥寥，同題者僅有李賀的三首作品傳世，且一掃吳越民歌之音，變爲文人擬古的七言詩篇，更著意於渲染綺豔淒迷的氛圍。而宋人擬樂府舊題時，較重視有本事源流的漢晉古題，對清商樂舊題的擬作本就不多；另一方面，宋代儒學之風興盛，重視樂府的教化之義、美刺之功，於此劍走偏鋒，以鬼才之筆寫鬼神的一途，便涉及極少。通觀《全宋詩》，僅劉才邵《神弦曲》、范成大《神弦》、周密《神弦》寥寥數篇，皆仿傚李賀之作，以七言古詩成篇，或刻畫民間巫風祠祀之況，極力渲染鬼神之氛；或以富於想像之筆觸，描繪鬼神幽微流豔之態。

如周密《神弦》，開篇「棘櫟叢祠畫悽楚，隱畫廊深山鬼語。香火千年古像昏，十圍老木藏飛鼠。芳蘭藉地羅蕙蒸，陰風窸窣吹神燈」〔註33〕，盡寫南方林間叢祠昏暗幽渺之實景，又以「舞蠻姣服炫紅緯」，「鼓聲坎坎酒頻釃」等筆，寫祭祀時奏樂歌舞之態，全是一派巫風。而終以「神來不來巫自醉」，更覺恍惚繚亂。

〔註32〕　張栻《謁陶唐帝廟詞》，《全宋詩》，北京大學出版社，1998 年，第
　　　　　45 冊，27860 頁。
〔註33〕　周密《神弦》，《全宋詩》，北京大學出版社，1998 年，第 67 冊，42554
　　　　　頁。

再如劉才邵《神弦曲》，則是一篇純粹的想像鬼神之作：

> 古樹葉殘屯野煙，紅楹鏤礫蟠蝸涎。清燈暈淺不成圓，
> 神妃靈女對瓊筵。翠衫籠玉眉連娟，泠泠古曲五十弦。啼
> 雲弔月愁遠天，山鬼窺窗風颯然。絳節遙遙歸洞府，門前
> 赤豹青狸舞。〔註34〕

雖是寫神妃靈女之筵席，然而古樹、野煙、清燈、翠衫、古曲等連綿
渲染之下，此瓊筵只覺清冷無限，玉色亦暗自生寒；而寫紅楹之雕刻
精微，偏用鏤礫蝸涎字眼，反襯之下更形詭豔。全篇一連八句皆入平
韻，雖寫野祠夜宴，尚不乏連綿舒緩之致，至末兩句忽然翻作仄聲，
更著以洞府幽深，赤豹青狸作舞來迎之筆，直入鬼神之境，便愈覺杳
遠森然。

　　此外，也有以清商樂《神絃歌》所屬樂曲為舊題，因其本事生發
感慨的擬作。如周文璞《弔青溪姑詞》並序：

> 青溪之濆，有小廟焉，相傳以為溪神蔣子文之妹也。
> 旁二偶人，陳叔寶宮人也。癸酉歲，或言有妖據之，郡太
> 守毀三像於溪中，而犂其廟。彼亡國妃嬪可棄也，姑不可
> 棄。善惡無別而廢者，古今不可勝數也。何獨此哉？因感
> 之，為弔詞曰：
>
> 投余兮綠波，彼土偶兮奈何。余魂兮無依，依余兄兮
> 山阿。兄姿兮甚雄，青骨兮朱弓。稱天兮訴余冤，令讒夫
> 兮不終。〔註35〕

此詩可謂一篇舊題翻新之作。詩中細節，如「依余兄兮山阿」、「兄姿
兮甚雄」等，寫其兄蔣子文之勇武，雖上承舊題本事，卻是以當時太
守毀棄廟宇神像之事為因，視角已截然不同。故全詩為代言體，借小
姑魂魄之口以訴不平，起句「投余兮綠波，彼土偶兮奈何」，既點明

〔註34〕　劉才邵《神弦曲》，《全宋詩》，北京大學出版社，1998年，第29冊，
　　　　　18855頁。
〔註35〕　周文璞《弔青溪姑詞》，《全宋詩》，北京大學出版社，1998年，第
　　　　　54冊，33754頁。

其事，又渲染出一派幽微淒涼之態。又，《青溪小姑》爲《神絃歌》
第六曲，本屬南朝清商樂，然而這篇擬作並不似吳越民歌，其章句、
風格，都受到楚辭傳統的深刻影響。如《青溪小姑曲》古辭云「開門
白水，側近橋梁。小姑所居，獨處無郎」〔註36〕，是一派清新自然的
詩風，而周作則一變而爲纏綿淒迷的騷體，抒情深沉而不失激烈。其
中「兄姿兮甚雄，青骨兮朱弓」二句，色彩鮮明，其反差亦達到極致，
雄姿之中蘊有森然鬼氣，深得楚歌之風致。

　　宋代文人頗有襲樂府舊題之風，然而歷覽兩宋樂府，《神弦》舊
題僅三首，而古辭《神絃歌》十一題中，獨此一首擬作。由此可見當
時風氣，普遍對巫風「雜鬼神」之題材並不重視，《神弦》一脈，可
謂宋代祠祀樂歌之異類。

　　其四，直接描繪民間祠神場景的新題樂府。大多爲七言爲主的古
體詩，其內容也多是對祠祀場景的直接描述，展現了宋代文人對民俗
民生的關注，同時亦兼具樂府的敘事特質，可視作唐代新題樂府的繼
承與發揚。

　　宋代民間巫風盛行，除官方認可的祠廟外，各地村鎮尚有許多叢
祠，年節祭享不絕，尤以南方爲盛，文人詩文中，對此多有提及。如
歐陽修詩云「野巫歌舞歲年豐」，又自注：「夷陵俗樸陋，惟歲暮祭鬼，
則男女數百，相從而樂飲。婦女競爲野服以相遊嬉」〔註37〕；張嵲詩
云「土人事神何敢侮，桂酒春秋薦椒糈。衍衍巫歌神降時，森森廟樹
來風雨」〔註38〕等。而與之相應的樂府詩則有王士元《龍子祠農人享
神》、沈遼《樂神》、《踏盤曲》、陸游《賽神曲》、《秋賽》、范成大《樂
神曲》、周弼《冬賽行》等，一望而知皆是以切近的筆觸，描繪民間

〔註36〕　《樂府詩集》卷四十七‧清商曲辭四，中華書局，1979年，第2冊，
　　　　　685頁。
〔註37〕　歐陽修《夷陵歲暮書事呈元珍表臣》，《歐陽修詩文集校箋》，洪本健
　　　　　校箋，上海古籍出版社，2009年，上冊，319頁。
〔註38〕　張嵲《入峽詩》，《全宋詩》，北京大學出版社，1998年，第32冊，
　　　　　20489頁。

叢祠巫祀、祭神賽會。以沈遼《踏盤曲》二首爲例：

> 湘江東西踏盤去，青煙白霧將軍樹。社中飲食不要錢，
> 樂神打起長腰鼓。女兒帶鐶著縵布，歡笑捉郎神作主。明
> 年二月近社時，載酒牽牛看父母。

> 胡盧笙，不著簧。細腰鼓，三尺長。吹笙擊鼓山之旁，
> 嗷跳宛轉樂盤王。盤王死來三千年，古曲舊詞至今傳。山
> 祥水氣不斷處，壞木燒作兜婁煙。〔註39〕

由《踏盤曲》之名判斷，詩中所述當是湘南瑤族祭祀盤瓠的風
俗，其中長腰鼓、葫蘆笙都是南方少數民族樂器。所提及的女兒捉
郎，在神前結爲夫婦之習俗，可參周去非《嶺外代答·蠻俗》，「瑤人
每歲十月旦，舉峒祭都貝大王。於其廟前，會男女之無夫家者。男女
各群，連袂而舞，謂之踏搖」〔註40〕。所載雖地理有異，然而瑤民於
南方分佈較廣，祀盤王風俗當不僅限於嶺南。而詩以踏盤爲名，亦合
踏搖之稱。詩中描繪青年男女歌舞娛神之筆，飽滿鮮活，渲染出一派
不受羈縛的，活潑潑的歡樂氣象。

范成大《樂神曲》更注云「效王建」，當是摹仿王建《賽神曲》
舊題之作。按宋代高承《事物紀原》：「今人以歲十月農功畢，里社致
酒食以報田神，因相與飲樂。世謂社禮，始於周人之蠟云」〔註41〕，
是以這類題材多描繪民生歡樂富足之貌。范成大詩云：「老翁翻香笑
且言，今年田家勝去年。去年解衣折租價，今年有衣著祭社」〔註42〕，
其辭質樸，寫盡農人得遇豐年的喜悅。再如周弼《冬賽行》：

> 大巫舞袍奉酒尊，小巫襧裙進盤羞。野風吹樹龍馬歸，
> 瓦爐柏根香滿地。白衣老鬒撚向前，叉手大膽不敢言。去

〔註39〕　沈遼《踏盤曲》，《全宋詩》，北京大學出版社，1998年，第12冊，
　　　　　8298頁。

〔註40〕　周去非《嶺外代答校注》，楊武泉校注，中華書局，1999年，423
　　　　　頁。

〔註41〕　秦嘉謨《月令粹編》卷二十三輯，清嘉慶十七年秦氏琳琅仙館刻本。

〔註42〕　范成大《樂神曲》，《范石湖集》，富壽蓀點校，上海古籍出版社，1981
　　　　　年，30頁。

年田家五分熟，更饒三分百事足。大繭千棚絲滿窠，粟犢
兩握角出肉。土臺澆酒再拜辭，紙錢灰撲繞木枝。神語順
從杯珓吉，鼓笛蔑蔑打三日。〔註43〕

農人祭神時的禱祝，無非是對豐年收成的期盼。而詩中所述老者祭神
之況，十分生動，「又手大膽不敢言」，已敘足其吞吞吐吐之貌；禱祝
之辭中，先試探地提出「饒三分」後，連忙繼以「百事足」，彷彿與
高高在上的神靈打商量一般，既忠厚，又有趣。祝禱完畢，看到杯珓
顯示吉兆，農人們的欣喜也是切實的，一連三日奏樂，既是對神靈應
諾的感謝，也是心中歡悅的表達，可謂娛神與娛己的結合。

二、士大夫自發寫作中的社會關懷

民間祠祀之風古有傳統，非獨盛於兩宋，但惟有宋代士大夫對
此關注頗多。這是因為，宋前的朝野祭祀，分別由郊廟樂章和民間巫
歌承擔，上下涇渭分明，因此介於其間的地方神祠並沒有受到關注，
大多只成為文人發遊歷懷古之思的寄託。唐代雖出現了由文人創作
的，用於祠祀場合的樂府詩，然而一則十分罕見，二則是為應酬而作
〔註44〕，仍游離在主流創作視野的邊緣。而士大夫樂於寫作祠祀樂
歌，便是宋代與前代的一個重要不同。

宋代士大夫時常作為地方官參與當地的祭祀活動，具有相當的參
與度。如崔敦禮作《楚州龍廟迎享送神辭》，則自稱「某既以漕檄為
文，又私自作《迎享送神辭》三章遺縣令，使歲時歌以祀之」〔註45〕，
時崔敦禮方舉進士，當在江寧尉任上。「江寧巫風為盛」〔註46〕，作

〔註43〕 周弼《冬賽行》，《全宋詩》，北京大學出版社，1998年，第60冊，
　　　　37742頁。
〔註44〕 據曾智安《中晚唐人對吳越神絃歌的接受與楚騷精神的復蘇》，《樂
　　　　府學》第二輯，學苑出版社，2007年，179頁。
〔註45〕 崔敦禮《楚州龍廟迎享送神辭》序，《全宋詩》，北京大學出版社，
　　　　1998年，第38冊，23781頁。
〔註46〕 《宋史》卷四百一‧劉宰傳，中華書局，1985年，第35冊，12167
　　　　頁。

祠祀樂歌之舉，必然受到地域風氣的影響；此外，對於崔敦禮而言，寫作祭祀檄文才是其本職，而額外作祠祀樂歌三章，則是出於私人的自發行為。士大夫作祠祀樂歌，在宋代多有前例，楚州龍廟的祭祀活動中，崔敦禮作為身預其事者，也有職責所在，義不容辭之感。

此外，朱熹在桂林郡作《虞帝廟樂歌辭》序云，「熹既為太守張侯栻紀其新宮之績，又作此歌以遺桂人，使聲於廟庭，侑牲璧焉」〔註47〕；李復為鄉民秋祀作《樂章五曲》，認為舊的樂歌「其辭鄙陋，不可以格神」〔註48〕；馬之純則認為馬將軍祠原本的祭祀活動「有牲酒而無歌舞之樂章，闕陋已甚」〔註49〕，都是為當地祠祀活動創作合樂的歌辭。一方面，士大夫注重祠祀樂歌的入樂功能，反映了他們對古樂府傳統，包括祠祀儀式的自覺模仿與重視；另一方面，他們身為地方官或是當地知名的文人學者，憑藉祠祀樂歌的創作對民間祠祀活動施以一種良性干預，使之更加規範化，符合宋代封建王朝的制度。

士大夫自覺創作祠祀樂歌，而他們創作的祠祀樂歌也易於被民間所接受。如《湘山野錄》所載：「范文正公謫睦州，過嚴陵祠下，會吳俗歲祀，里巫迎神，但歌《滿江紅》，有『桐江好，煙漠漠，波似染，山如削，繞嚴陵灘畔，鷺飛魚躍』之句。公曰：『吾不善音律，撰一絕送神。』曰：『漢包六合網英豪，一個冥鴻惜羽毛。世祖功臣三十六，雲臺爭似釣臺高。』吳俗至今歌之。」〔註50〕按此記載中的《滿江紅》，是柳永居睦州推官一職時所作，而被用為嚴陵祠迎神樂歌，一則可知當時民間自發的祠祀活動中，對樂歌內容是否具備崇敬神明之義並不關注；二則可見民間祠祀樂於使用一般的文人詩詞以為

〔註47〕　朱熹《虞帝廟樂歌辭序》，《朱子全書》，朱傑人等編，上海古籍出版社、安徽教育出版社，2002年，第20冊，219頁。
〔註48〕　李復《樂章五曲》序，《全宋詩》，北京大學出版社，1998年，第19冊，12496頁。
〔註49〕　馬之純《祀馬將軍竹枝歌》序，《全宋詩》，北京大學出版社，1998年，第49冊，30982頁。
〔註50〕　文瑩《湘山野錄》卷中，鄭世剛、楊立揚點校，中華書局，1984年，35頁。

樂歌的風氣。范仲淹所作之詩，則明確言為送神樂歌，其目的是補完
祠祀活動中送神的環節。雖只短短一首絕句，亦傳唱不衰，可見其民
間接受度之高。

　　宋代文人對自身士大夫身份的體認，以及隨之而興的責任意
識，令他們對於民間祠祀的態度較前朝有了極大的轉變，創作祠祀
樂歌的主動性較唐人有明顯提升。身為地方官員，他們對任職之地
的許多祠祀儀式負有主持、引導之責；面對人格神的事跡，也會油
然而生敬德之心，懷古之思。在此基礎上，也不乏對民生日常的關注
與書寫。

　　首先，宋代士大夫關注祠祀活動，很多時候出於居其位而謀其事
的責任擔當。比如祈雨是宋代地方官員的重要職責，所謂「旱禳請禱
年年事，瓦鼓巫歌奠一卮」〔註51〕，宋人詩文中記載諸多。因而，宋
代祠祀樂歌中多有祈雨之作，如陳之方《祠南海神》，是因為熙寧七
年大旱，神宗皇帝下令祠祀南海神以祈雨，命右諫議大夫程師孟設案
具祭，又命陳之方撰《敕祠南海神記》記此事〔註52〕。陳之方此詩當
與其文作於同時；而孔平仲《常山四詩》自序云：「熙寧六年之仲冬，
太守以旱有事於常山。平仲職在學校，不預祭祀。太守以常山密之望，
而太守出城為非常，故帥以往。平仲既不辭，又不敢無言以助所請也，
作迎神、酌神、禱神、送神四詩以畀祠官」〔註53〕。其《禱神》篇云：
「歲且大旱兮田事甚荒，疫癘將作兮火菑流行。循神之名兮其德有
常，靈鑒不遠兮照此忱誠。出雲泄泄兮靈雨其霧，庶幾此民兮不乏粢
盛」〔註54〕，詩篇不長，內容亦十分平實，除描述災情，禱告神靈之

〔註51〕　郭祥正《寄題羅浮廟》，《全宋詩》，北京大學出版社，1998 年，第
　　　　　13 冊，8957 頁。
〔註52〕　事見《敕祠南海神記》，阮元《廣東通志》卷二百七·金石略九，清
　　　　　刻本。
〔註53〕　孔平仲《常山四詩》序，《全宋詩》，北京大學出版社，1998 年，第
　　　　　16 冊，10846 頁。
〔註54〕　孔平仲《常山四詩·禱神》，《全宋詩》，北京大學出版社，1998 年，
　　　　　第 16 冊，10846 頁。

外，別無雕飾，惟辭句端敬從容，頗有古意。

　　也有不少祠祀樂歌是在災害消弭的情況下寫作，以表達對神靈的敬謝之心。如《河復》序所載，「熙寧十年秋，河決澶淵，注巨野，入淮泗。自澶魏以北，皆絕流而濟。楚大被其害，彭門城下水二丈八尺，七十餘日不退，吏民疲於守禦。十月十三日，澶州大風終日，既止，而河流一枝，已復故道，聞之喜甚，庶幾可塞乎。乃作《河復》詩，歌之道路，以致民願而迎神休，蓋守土者之志也。」〔註55〕而詩篇中更有「吾君盛德如唐堯，百神受職河神驕。帝遣風師下約束，北流夜起澶州橋」的致意於神靈之筆。蘇軾所謂「歌之道路」，未必是真的入樂歌唱，但當有讚頌神靈賜福，並廣為傳誦的目的。這類詩篇，一方面是為了感謝神靈，「致民願而迎神休」，同時也反映了「守土者之志」，充分表現出身為地方官員的責任感，也不乏民生疾苦得以緩解後發自內心的喜悅。

　　再如蘇轍《舜泉詩》，則是對舜祠泉水竭而復滿之事的記載。「城南舜祠有二泉，今竭矣。越明年夏，雖雨而泉不作，人相與驚曰：舜其不復享耶。又明年夏，大雨霖，麥禾薦登，泉始復發。民歡曰：舜其尚顧我哉。」〔註56〕蘇轍有感於此，遂作此詩，令祠祀者歌唱：

　　　　歷山岩岩，虞舜宅焉。虞舜徂矣，其神在天。其德在人，其物在泉。神不可親，德用不知。有洌斯泉，下民是祗。泉流無疆，有永我思。源發於山，施於北河。播於中逵，彙為澄波。有鱉與魚，有菱與荷。蘊毒是泄，污濁以流。埃瑤消亡，風火滅收。叢木敷榮，勞者所休。誰為旱災，靡物不傷。天地耗竭，泉亦淪亡。民咸不寧，曰不享耶。時雨既澍，百穀既登。有流泫然，彌坎而升。溝澮滿

〔註55〕　蘇軾《河復》序，《蘇軾詩集》，王文誥注，孔凡禮點校，中華書局，
　　　　　1982 年，第 3 冊，765 頁。
〔註56〕　蘇轍《舜泉詩》序，《欒城集》，曾棗莊等校點，上海古籍出版社，
　　　　　1987 年，上冊，429 頁。

盈，鰕鼃沸騰。匪泉實來，帝實顧余。執其羔豚，蘋藻是
菹。帝今在堂，泉復如初。

在開篇盛讚虞舜德行之後，「神不可親，德用不知。有洌斯泉，下民
是祇」四句，即將舜泉作爲神靈是否垂顧此地民生的標誌。而後，以
泉水初時的澄澈生機與旱情肆虐時的乾涸之況對比，表現人民對神靈
不祐的不安。篇末描寫民眾「匪泉實來，帝實顧餘」的感激之情，以
及祠神時「執其羔豚，蘋藻是菹」的活動，也與序中「使祠者歌之」
的創作目的形成了照應。

再者，爲古今名臣賢士作祠祀樂章，彰顯其事跡，也與宋代士大
夫氣秉清剛之操守與經世濟民的志向相合。這類詩作通常涉及史事的
議論與書寫，是宋代崇古重史思想的體現，同時也和宋代重視教化意
義的創作傾向緊密相關。

如孫應時《斗南竹林祠歌》，便是爲本朝名臣寇準所作。寇準歸
葬之時，「道出荊南公安，縣人皆設祭哭於路，折竹植地，掛紙錢，
逾月視之，枯竹盡生筍。眾因爲立廟，歲時享之。」〔註57〕

君不見唐河諸將兵馬回，河朔百城門不開。邊烽夜舉
天子怒，六龍曉發鳴春雷。金陵玉壘中道惑，澶淵一擲籌
難哉。當時事勢在國史，萊公之功不其偉。幽燕可還敵可
臣，西顧寧論夏州李。用公不盡天所惜，天不生公更誰恃。
嗟公雄豪從少年，如虎在山龍在淵。淮陰指掌楚歸漢，望
諸叱吒齊爲燕。兩朝五起豈不遇，膠漆擺撼難爲堅。癭相
讒巧亦云極，鶴相惡謀何卒卒。青衫到骭吾一咍，羊酒迎
道爾堪恤。可憐夷獠護裝橐，想見神明扶正直。公安插竹
南邊時，手回造化理不疑。雲車風馭今來否，迎神送神姑
爾爲。蕭蕭寒綠泣江雨，長似襄陽墮淚碑。

開篇極力渲染邊境烽火，天子親征之況，彰顯寇準澶淵之盟的功績，
隨即便轉而敘述寇準的仕官經歷，極寫其少年富貴，叱吒風雲，才

〔註57〕 《宋史》卷二百八十一・寇準傳，中華書局，1985 年，第 27 冊，
9534 頁。

略天成之姿。鋪陳過後，筆鋒直落，寫他屢次受讒遭貶，郁郁而卒的晚況，發出「可憐夷獠護裝橐，想見神明扶正直」的感歎，並以公安插竹的舊事，表達對寇準的懷思。全詩既有對「用公不盡天所惜」的感慨，而對寇準功績的描繪，也透露出宋代士大夫經世情懷的共鳴。

　　而如鄭昂《剛顯廟》，更是借對古時義士的詠歎，觀照歷史，發古今一脈之感慨。據《淳熙三山志》記載：「剛顯廟，烏石山之巔。公姓周氏，諱朴，本吳人，唐末隱居於此。……黃巢之亂，求公得之，曰：『能從我乎？』公曰：『我尚不仕天子，安能從賊？』遂遇害。後人即其山立三賢祠。」〔註58〕詩中所述即是其事。「公昔隱居烏石岡，老觀禪師同道場。法主懶安共徜徉，李薛咨參互擊揚。擺脫利欲心清涼，是以能全此至剛。黃巢兵亂來福唐，公力抗之不肯降。欣然引頸齒劍芒，白乳上湧如雪霜。老賊自謂暴無傷，才殺人半於南方。公無爵位在周行，史臣不書名不彰……我作銘詩刻其旁，千萬億載死不亡。」〔註59〕先寫周朴隱逸的經歷，以明其無欲則剛的氣節，而後描繪其臨難不降，從容就戮之風，能垂千古。此外他更在詩的小序中議論道：「東溪之衰，陳蕃、李固、孔融之徒相與標榜，以節義名世，故雖以曹公之陰賊，終身睥睨漢室不敢取。唐末名節掃地，君子在野，小人在位，朱溫以斗筲穿窬之才，談笑而攘神器，士大夫亦欣然與之，莫敢正議。使公得志，其肯以國與人乎？」認爲文人若秉氣節，當可爲一朝之本，不致以國與人。可謂以史爲鑒，臧否人物的同時，也表達了修身行己的立場。

　　最後，一些祠祀樂歌或體察民情，或追溯民俗，表達了士大夫對民生的格外關注。至於前述水旱禳祭之舉及祠祀樂歌創作，也有涉及民生之處，此處不再特地論及。

〔註58〕　梁克家《淳熙三山志》卷八，文淵閣四庫全書本。
〔註59〕　鄭昂《剛顯廟》，《全宋詩》，北京大學出版社，1998年，第29冊，18616頁下同。

　　如黎廷瑞《送鶴神》云：「玄裳兮縞衣，紛爾乘兮遄歸。嗟我畎兮苦復苦，穀懸於天兮麥在土。爾之族兮類且多，蠶爾食兮如畎何。畎之憂兮來年視爾天爾田。天崇崇兮有廩，皇之漿兮可飲。樂莫樂兮爾還，勿復來兮人間。」〔註60〕其序云：「農夫相傳，鶴神之屬三千，若登天度歲，則民有糧，在地則否。故作此以送之。」既是對民俗傳言的記錄，又表達了對農人疾苦的歎息，送鶴上天之禱，即是對國富民豐的期冀。

　　而崔敦禮《九序》中《田間辭》三首，則更為特別：

　　　　朝余往兮東疇，景翳翳兮雲油油。牛驅耕兮載泥重，鞭不前兮挽犁用。歲雲暮兮暮維何，倉庚鳴兮布穀和。疾吾耜兮固吾未，趣甘澤兮及時播。

　　　　我耕兮我田，雨浪浪兮雷填填。水漫漫兮種不下，出門見水兮淚滂沱。惠我晴兮疾耕而耰，螟敗之兮穎弗得秀。嗚呼，我無時違兮時不我予。時不予兮奈何，塞無忘兮吾事。

　　　　數稻兮登場，牽牛兮入屋。嗷咷兮田家，歡迎兮稚子。三年力耕兮今逢年，庾則實兮庖有鮮。草藉兮陶盤，籥吹兮土鼓。握牛兮誰歌，和之兮余舞。樂復樂兮歲晏，冰雪集兮堂下。時亹亹兮不再，蓀何為兮田野。〔註61〕

觀其在《九序》詩篇行列中的位置，其前的《正曜》、《華陽洞天》、《中水府》、《下水府》等篇、其後的《北山之英》，都屬於對神靈的讚頌、景慕、禱願之類。而《田間辭》三首，卻獨闢蹊徑，按照時序描繪田家一年耕作之況，乍看似乎與祠祀樂歌的主題不合。然而，山川自然之節令，自有其循環，周而復始，以育民生。這三首詩中，亦皆流露出濃厚的順應時命，祈盼天和之思，如首篇，雖未提及祠祀，而「景

〔註60〕　黎廷瑞《送鶴神》，《全宋詩》，北京大學出版社，1998 年，第 70 冊，44517 頁下同。

〔註61〕　崔敦禮《九序‧田間辭》，《全宋詩》，北京大學出版社，1998 年，第 38 冊，23779 頁。

翳翳兮雲油油」、「倉庚鳴兮布穀和」諸句，渲染出一派春日生機濃鬱的景象，以示天地清和之德，可謂言外蘊不盡之意。第二首雖寫水患，其主旨卻仍落在農人不違天時的行為上，即便時命不與，仍然兢兢業業，「蹇無忘兮吾事」，可知其勤苦之態，誠樸之心，一無更易。

第三首則可稱三者之冠，全篇描繪豐年歲暮農閒之況，字裏行間觸目皆是田家常見的粗樸事象，並不加藻飾，樸略中自見古風。「草藉兮陶盤，豳吹兮土鼓。握牛兮誰歌，和之兮余舞」，雖未明言是祠神之社還是農人的自娛，然而民間祠祀本就是以娛神而兼娛人，此處只以白描筆法寫奏樂歌舞，越發渲染出樸質而村野的和樂之態。這種和樂，至「樂復樂兮歲晏，冰雪集兮堂下」二句而達到極致，冰雪覆地雖是多歲實景，置諸篇中，卻絲毫不覺凜冬之寒，只覺民皋年豐，融融之樂，莫過於此。卒章仍歸結於對四時節序的依循，時至而作，時逝而息，自有一種以待來年的意味。

《九序》的寫作目的，乃是「上以陳事神之敬，下以見修身行己之志」〔註62〕。《田間辭》三章，既明天地四時之德，又不乏對田家生活的關懷與書寫，辭句古雅溫厚，描繪又極其樸質切實，非平日極意體貼民生不能為此。詩意蘊藉自然，而又溫潤如玉，正是宋士大夫之風。

第三節　兩宋祠祀樂歌對《楚辭》傳統的繼承

騷體形式的廣泛運用，是宋代祠祀樂歌創作最明顯的特徵。根據前文統計，篇中直接涉及自然神和人格神的祠祀樂歌共計141首，其中騷體風格為主的篇章竟達到110首，占總數的四分之三有餘。其中許多篇章，雖然並未承擔實際的祭祀功能，但體例用語卻無不仿傚《楚辭》。

〔註62〕　崔敦禮《九序》序，《全宋詩》，北京大學出版社，1998 年，第 38
　　　　　册，23778 頁。

　　究其原因，首先是由於楚辭體的傳統與地域特徵。楚辭體在以楚漢爲中心的南方地區，有悠久的歷史淵源，而同楚聲相聯繫的一種風俗歌唱，便是迎神送神歌。〔註63〕「宋代民間祀神多沿用楚聲歌唱，以踏歌形式，載歌載舞，富於娛樂性」〔註64〕，文人創作祠祀樂歌，許多時候也是爲了實際用在祭祀儀式上，配合舊有的樂歌演唱。如崔敦禮因「江東之民好祠而信鬼，歌樂鼓舞，獨無楚人淒惋之詞以侑祀事」〔註65〕，故爲其作《九序》，可見宋代文人作祠祀樂歌慣用騷體風格，實是基於楚聲歌曲的傳統。

　　其次，騷體風格高古，宜於配合祠神的主題，同時也「成爲文人寄託隱逸超脫之情的藝術形式」〔註66〕。在中晚唐楚騷精神復興時，文人在創作祠祀樂歌時已經開始著力於吸收楚辭尤其是《九歌》的表現手法，而到了宋代，這種趨勢得到進一步發展，不少騷體祠祀樂歌都直接化用楚辭句法，章節安排等方面也不乏繼承了《楚辭》「九體」結構之作。

　　最後，宋代文人追求雅正傳統，將樂府精神上溯至《楚辭》，不僅繼承其用於祠祀的巫歌傳統，更秉承其風骨，於吟詠情性的基礎上展現出憂國憂民的士人情懷。而其對美刺傳統的重視，也構成了一次樂府功能、主旨的復歸。

　　然而，宋代楚辭體祠祀樂歌的特質，又與《楚辭》傳統有所不同。《楚辭》風格瑰麗激揚，頗多對鬼神奇景的想像與描繪，表達的感情亦多激越不平；而宋代文人以騷體創作的祠祀樂歌，則大體上趨於莊重平和，對神靈的想像刻畫多重其自然之態，而少見光怪陸

〔註63〕 王昆吾《隋唐五代燕樂雜言歌辭研究》，中華書局，1996 年，348 頁。

〔註64〕 楊曉靄《宋代聲詩研究》，中華書局，2008 年，213 頁。

〔註65〕 崔敦禮《九序》序，《全宋詩》，北京大學出版社，1998 年，第 38 冊，23778 頁。

〔註66〕 王昆吾《隋唐五代燕樂雜言歌辭研究》，中華書局，1996 年，348 頁。

離的描繪。即便有刺世疾邪之音，也多以感諷出之，少直抒胸臆之筆。這也是由於宋代文人爲詩，秉承儒學傳統，追求蘊藉雍容之風的緣故。

一、追配古人之頌

宋代的地方祠祀重視人格神，祠祀樂歌亦頗多紀念歷史人物之作。楚辭體在祠祀樂歌中的廣泛運用，不獨是對文體的摹仿，更是對歷代名賢人格的尊崇。即所謂「若欲作楚詞追配古人，直須熟讀楚詞，觀古人用意曲折處講學之，然後下筆」〔註67〕。按《珊瑚鈎詩話》：「韓退之作《羅池廟碑迎饗送神詩》，蓋出於《離騷》，而晁無咎倣之，作《楊府君碣系》」〔註68〕，則以楚辭體追配人格神以爲祭祀，於唐代即有前例，至宋則被繼續發揚光大。

宋代騷體祠祀樂歌的創作中，較爲重要的一個現象是九體的擬作。考諸現存篇章，北宋有鮮于侁《九誦》，南宋則有崔敦禮《九序》、高似孫《九懷》、諸葛興《會稽頌》等，大致都是仿傚《楚辭・九歌》的結構，規模十分嚴整。而如姜夔《越九歌》，更是根據越人的祠祀活動，「依《九歌》爲之辭，且係其聲，使歌以祠之」〔註69〕，對《九歌》的摹仿一目了然。然而《九歌》所祀多是自然神，而宋代諸九體祠祀樂歌，卻以祀人格神爲主。這既是因當時的地方乃至民間祠祀本就「其神多古聖賢」〔註70〕，也是宋代文人士大夫追慕古人之意的體現。

如鮮于侁《九誦》，可謂開宋代效九體之風者，下分《堯祠》、《舜祠》、《周公》、《孔子》、《岳神》、《河伯》、《箕子》、《微子》、《雙廟》九篇。內容方面，以人格神的篇章居多，而在次序排列上，描寫

〔註67〕　黃庭堅《與王立之》，《黃庭堅全集》，劉琳等校點，四川大學出版社，2001年，第3冊，1371頁。
〔註68〕　張表臣《珊瑚鈎詩話》卷一，百川學海本。
〔註69〕　姜夔《越九歌》序，《白石道人歌曲》卷二，遼海叢書本。
〔註70〕　姜夔《越九歌》序，《白石道人歌曲》卷二，遼海叢書本。

山川之神的《岳神》、《河伯》兩篇，也排在堯、舜、周公、孔子等功業至偉的古聖先賢之後。對人格神的崇敬在一定範圍上超越了山川自然之神。

高似孫《九懷》序中則詳細闡述了其篇章安排的緣由：「余固不能窺原作，猶或知原志者，輒抱微款，妄意抒辭，題曰《騷略》。越山川，曾識舜、禹，作《蒼梧帝》，作《思禹》；又經句踐君臣，作《越王臺》，作《鴟夷子皮》；吳爲越所滅，失於棄胥也，作《浙水府》；始皇東遊，以功被石，作《秦遊》；王謝諸人殊鍾情於越，迄爲蒼生一起，作《東山》；其以德著於朓祠者，侑之歌，作《江夫人》，作《嶀山雨》；命之曰《九懷》。嗚呼！後之視今，今之視昔也。知我者《騷》乎。」〔註71〕首篇《騷略》，是開篇典籍之作，以明推崇楚騷，兼美屈原之旨，隨後便是按照歷史時代，對著名的人格神的次序懷頌。以《江夫人》、《嶀山雨》居末，或者也是因爲二篇皆是題詠自然神之故。

而諸葛興《會稽頌》，總的篇名雖未承襲九體命名之法，然而其自序云：「因感昔人《九歌》之作，自禹暨嗣君二相與夫英霸賢牧高人孝女顯有祠宇者，輒爲九頌，效顰前作。念昔楚騷之興，蓋出於感憤，而託以規諷。後之模仿者如《九詠》、《九愁》之類，往往皆然。興方蹈詠明時，又有京主乎景仰先哲，固無所謂感諷也，直曰頌云爾。間獨妄論古人，不能不發其一二。而其歌吟嗟歎，因寓之以擬騷之聲云。」〔註72〕所關注的也全都是人格神。其中，《大禹陵》頌大禹、《嗣王》頌夏啓、《二相》頌周、召二公、《越王》頌越王句踐、《馬太守廟》頌馬臻〔註73〕、《王右軍祠》頌王羲之、《賀監祠》頌賀知章、《城

〔註71〕 高似孫《九懷》序，《全宋詩》，北京大學出版社，1998 年，第 51 冊，31990 頁。

〔註72〕 諸葛興《會稽頌》序，《全宋詩》，北京大學出版社，1998 年，第 56 冊，35029 頁。

〔註73〕 馬臻，東漢會稽郡太守，有鑒湖水利之功。《嘉泰會稽志》：「太守名臻，字叔薦，永和五年創立鏡湖……周圍三百一十里，溉田九千餘頃。」又《會稽記》云：「創湖之始，多毀冢宅，有千餘人怨訴，臻被刑於市。」嘉祐初，仁宗賜封號「利濟王」。

隍龐王》頌龐玉〔註 74〕、《曹娥祠》頌曹娥。除曹娥是女子，其篇章居末之外，其餘篇章皆按照人物年代排列，營造出古今祠祀一脈相承的歷史感。

追配古人，勢必以辭章古意盎然爲美。《許彥周詩話》言「鮮于子駿作《九誦》，東坡大稱之，云友屈、宋於千載之上。觀《堯祠》、《舜祠》二篇，氣格高古，自東漢以來鮮及」〔註 75〕，便純是從詩歌格調而論。試觀上述兩篇：

《堯祠》：

> 車轔轔兮廟壖，鼓坎坎兮祠下。笙琴兮並奏，潔時修兮虔祠事。瑤華爲饌兮沆瀣爲漿，象籩玉豆兮金鼎輝煌。海珍野蔌兮雜錯而致誠。神之來兮風雨蕭蕭，前驅於畢兮上有招搖。羽林爲衛兮虹霓爲旗，鳳凰左右兮擾伏蛟螭。神之降兮金輿，靈欣欣兮胖蠁。德難名兮覆燾，千萬年兮不忘。

《舜祠》：

> 道歷山兮逶蛇，思古人兮感歎。並儲胥兮肅止，仰曾雲兮晻曖。獸何鳴兮林中，鳥何悲兮山上。木何爲兮不剪，草何爲兮茂暢。帝之神兮在天，帝之德兮在人。物具兮四

〔註74〕　龐玉，紹興城隍。《嘉泰會稽志》：「城隍顯寧廟，在京城內臥龍山西南，自昔記載，皆云神姓龐，諱玉。」按《新唐書》卷一一八·忠義下：「龐堅，京兆涇陽人。四世祖玉，事隋爲監門直閤。李密據洛口，玉以關中銳兵屬王世充擊之，百戰不衄。世充歸東都，秦王東徇洛，玉率萬騎降，高祖以隋舊臣，禮之。玉魁梧有力，明軍法，久宿衛，習知朝廷制度。帝顧諸將多不閑儀檢，故授玉領軍、武衛二大將軍，使眾觀以爲模橢，出爲梁州總管。巴山獠叛，玉梟其首，餘黨四奔，屬縣獠與反者州里親戚爲賊遊說，言不可窮躡。玉不聽，下令軍中曰：「穀熟，吾盡收以饋軍。非盡賊，吾不反。」聞者懼，相謂曰：「軍不止，吾谷盡，且餓死。」乃共入賊營，與所親相結，斬渠長以降，眾遂潰。徙越州都督。召爲監門大將軍。太宗以耆厚，令主東宮兵。雖老不怠，小大之務無不親。辛，帝爲廢朝，贈幽州都督、工部尚書。」

〔註75〕　《許彥周詩話》，《苕溪漁隱叢話》後集卷三十六，人民文學出版社，1981 年，283 頁。

海，心精兮一純。采秀實兮山間，摘其毛兮澗底。玉醴湛
兮瓊茅，希修雜兮蘭苣。樂備兮九奏，鳳舞兮儀韶。人駿
奔兮如在，君卒享兮神交。〔註76〕

兩者雖均是追懷古聖之作，然而立意與側重又有不同。《堯祠》全篇力
圖展示祠神時華美而莊嚴的典禮之貌，對降神之時的想像，也側重於
用招搖、虹霓、鳳凰意象，渲染神靈之高貴雍容，只在卒章之時才點
明「德難名兮覆燾，千萬年兮不忘」的祭奠之旨。《九誦》九篇之中，
除《河伯》、《嶽神》之外，其餘皆是人格神，其中以堯帝年代最古，
地位最崇，以此篇居首，極摹其莊肅雍容，或許也有《九歌》以《東
皇太一》居首的影響。至於《舜祠》，則較少對神靈的直接想像與對祭
典的鋪陳，而是將關注轉向舜帝澤及草木鳥獸之德，讚美其「物具兮
四海，心精兮一純」之王業，通篇文辭醇厚湛然，有化人之風。二篇
皆章法嚴明，辭義高古，可謂深追堯舜二帝之德，相得益彰。

二、憤世疾邪之音

宋代文人抱持樂府精神上承《詩》、《騷》的觀念，高度重視《楚
辭》的地位，認為《楚辭》繼承並突出了《詩經》怨刺的功能，所謂
「蓋《詩》之流，至楚而為《離騷》」〔註77〕。而其憤世疾邪之意，
時而以題詠古代人物的命運，發痛惜悲憤之音以出之。這一傳統，無
疑源自屈原。

「昔楚大夫屈原既放沅湘之間，作《九歌》以文其祀神之曲，而
寫其宛結，以風諫其君，有變風小雅之遺意。……宋興，鮮于諫大夫
始作《九誦》。靖康之難，二宮在郊，九品官胡理亦作《九章》，以述
都人怨憤之音。由是國朝騷詞遂與古相上下。」〔註78〕按胡理之《九

〔註76〕 鮮于侁《九誦》，《全宋詩》，北京大學出版社，1998 年，第 9 冊，
6228 頁。
〔註77〕 晁補之《離騷新序》，《雞肋集》卷三十六，四部叢刊本。
〔註78〕 韓元吉《〈九奏〉序》，《南澗甲乙稿》卷十四，叢書集成初編本，第
4 冊，262 頁。

章》作於靖康南渡之際，必大有變風變雅怨悱而不亂之風。惜《蒼梧集》已佚，《九章》再無可考，實爲憾事。

　　祠祀樂歌因其源於祭歌的特殊性，多側重於享祀、讚美神明，但於憤世疾邪，慷慨悲歌之途也偶有涉及。如鮮于侁《九誦》中《雙廟》一篇，頌張巡許遠，「小國不守兮大國顛傾，王侯戮辱兮虵豕肆行。二公仗義兮捍賊睢陽，析骸易子兮並力小城。勢窮力殫兮外無救兵，亡身徇國兮寧屈虎狼」〔註79〕，力贊二人死守睢陽之節義。而其主要目的，還是寫二人之遭遇：「惟忠與孝兮死義爲尤，遭世擾擾兮適履其憂。籲謀顚置兮邊將怙功，尾大權移兮三鎮握兵。忠賢在野兮讒邪肆意，女謁內用兮戚臣外坦。紀綱日紊兮典刑日弛，胎禍階亂兮誰執其咎。義士沒身兮沉冤莫置，猗歟二公兮行人獻歌」，由是發悲慨之音，以爲當今志士之誡。

　　《楚辭》中的忠君愛國之義多以怨刺出之，對這一傳統的繼承，也十分符合南渡之後文人士大夫的家國情懷。如崔敦禮《下水府》，便是一篇明確的書寫胸襟、諷喻時事之作：

> 　　鍾山岸兮江之湄，藥爲祀兮辛夷祠。神乘白馬兮執素羽，朝與日出兮莫云歸。噫嗟兮明神，烈烈兮用光。生乎疾盜兮奮不顧死，死焉助順兮赫然發靈。湛清尊兮明水，揚玉桴兮扣雷鼓。扣鼓兮如何，我欲言兮淚滂沱。懆有妖兮蟠中土，雜衡臯兮穢蘭宇。豺豸兮人居，猰貐兮室廬。願神我福兮我祥，舉長矢兮射天狼。使河洛兮回波，令岱華兮還光。山蒼蒼兮水湯湯，神之威兮儼不忘。刳肝爲辭兮瀝血，陳神之聽兮聞不聞。〔註80〕

　　下水府本爲長江下游之江神。《宋史・禮志》載，宋眞宗「詔封江州馬當上水府，福善安江王，太平州採石中水府，順聖平江王，潤

〔註79〕　鮮于侁《九誦・雙廟》，《全宋詩》，北京大學出版社，1998 年，第 9
　　　　冊，6230 頁。
〔註80〕　崔敦禮《九序・下水府》，《全宋詩》，北京大學出版社，1998 年，
　　　　第 38 冊，23779 頁。

州金山下水府，昭信泰江王」﹝註81﹞，崔敦禮嘗歷任江寧尉、平江府教授、江東撫幹等職，正在其地。而他仕官經歷高宗、孝宗兩朝，對於南渡偏安之辱，體會當猶深。故而此篇並非純粹的敬頌神靈之作，而是發家國之悲，寄興復之志的自抒胸臆。

開篇不久，即發出「生乎疾盜兮奮不顧死，死焉助順兮赫然發靈」的慷慨之音，更繼之以揚桴擊鼓之姿，震動雷音，以明其心志之堅。詩中暗喻金人為穢亂玉宇之妖，發出「豺豕兮人居，獷貐兮室廬」的悲憤之歎，期冀「使河洛兮回波，令岱華兮還光」，得見收復故國，玉宇澄清之一日。篇中刻畫的神靈之姿，其容白馬素羽，光華烈烈，其奠清尊明水，湛然凜然，正與堪當「舉長矢兮射天狼」﹝註82﹞的志向之寄託。此外，白馬素羽的描述，也令人聯想到錢塘一帶伍子胥忠魂不滅，素車白馬，來駕怒潮的傳說，更增慷慨。

至於篇終兩句，「刳肝為辭兮瀝血」，已將一番烈烈之心燃至極處，卻緊接著終以「陳神之聽兮聞不聞」，驟然跌落至一片茫然之境，正與士大夫心懷壯志，奈何朝廷媚顏求和的現實相合。雖未直指朝廷之失，然而以此句乍然收束，反更覺壯志難申，憾恨無窮之痛。

綜上所述，宋代的祠祀樂歌，除了在地方祠祀儀式上入樂演唱的歌辭之外，在廣義上也包含那些以祠祀為題材，風格模擬騷體的徒詩。這些祠祀樂歌多出於宋士大夫的手筆，他們或者直接參與地方祭祀活動，或者作為旁觀者實寫其事，或者僅以其題材、體例、風格為效法對象，抒發對古聖名賢的尊崇，以化育民風。在淑世情懷的影響和推動下，他們的祠祀樂歌創作或追求雅正，或刺世疾邪，令宋人注重教化意義的樂府觀得到深刻的凸顯。

﹝註81﹞ 《宋史》卷一百二‧禮志五，中華書局，1985 年，第 8 冊，2486 頁。

﹝註82﹞ 句出《楚辭‧九歌》之《東君》：「青雲衣兮白霓裳，舉長矢兮射天狼。」

第七章　復古尙雅的宋代琴曲歌辭寫作

　　琴曲歌辭素來被視爲樂府之一類，郭茂倩編《樂府詩集》，收錄琴曲歌辭四卷八十題，其中不少舊題在宋代仍有傳寫。按琴曲歌辭濫觴於古之諸《琴操》，本爲古之聖賢隱逸倚曲而歌，抒志寫心之作，亦與琴作爲三代之樂，八音之首的地位相合。然而魏晉以來，隨著琴樂與相和、清商諸樂的融合，其作爲「雅音」的地位並不似先前顯著，與之相應地，琴曲歌辭的擬作在六朝隋唐之際篇章較少，且主旨多流於泛泛，不復古《琴操》之貌。

　　至於宋代，文人士大夫致力於禮樂復興，強調琴的雅器、正聲地位，亦注重琴曲歌辭的復古與寄託之旨。故而兩宋琴曲歌辭擬作整體傾向於雅正中和的風格，既是對禮樂道德的復歸，也不乏對自然雅趣的追尋。在重事典、寄託的創作趨勢之下，形成了《琴操》擬作的傳統，同時，由於琴曲歌辭本有入樂特質，在琴樂興盛的宋代，也時見倚聲作辭之舉，《醉翁吟》的傳寫即爲其代表。

第一節　宋代琴曲歌辭創作概況

　　琴在宋代主要被視爲「雅音」，其「雅」有兩個含義。在政治教化的層面上，琴是文人士大夫崇古重道的禮樂思想的寄託，「其憂深

思遠，則舜與文王、孔子之遺音也；悲愁感憤，則伯奇孤子、屈原忠臣之所歎也。喜怒哀樂，動人必深。而純古淡泊，與夫堯舜三代之言語、孔子之文章、《易》之憂患、《詩》之怨刺無以異」〔註1〕。而在個人的精神修養方面，琴既是文人士大夫的修身養性之道，也是他們山水林泉之思的載體，如朱熹《紫陽琴銘》云：「養君中和之正性，禁爾忿欲之邪心。乾坤無言物有則，我獨與子鈞其深。」〔註2〕因而宋代琴曲歌辭的創作，也傾向於修身治國之道的尋求與心性情操的培育。

一、琴曲三書所錄宋代琴曲考略

　　宋代僧人釋居月《琴曲譜錄》、《琴書類集》，與南宋人所編《琴苑要錄》，都記錄了大量在宋代仍傳世的琴曲之題目。其中《琴曲譜錄》與《琴書類集》皆出自《說郛》，《琴曲譜錄》錄於宛委山堂本，《琴書類集》錄於涵芬樓本。《琴苑要錄》作者已不著，今有鐵琴銅劍樓本傳世。這是宋代琴書中較為重要的三部著作，所記錄的大量琴曲題目，對研究宋代琴曲歌辭的創作有重要意義。這三部琴書的著錄雖然相互小有出入，且對照其餘琴書資料，也頗有收錄不完全之處，但仍都可稱較為完整的宋代琴曲目錄。下以釋居月《琴曲譜錄》所錄為例加以分析，以明宋代文人擬作琴曲歌辭時，對現存琴曲的倚重態度。

　　此書為「調弄諸家譜錄」〔註3〕而成，記載的都是宋代有琴譜傳世的琴曲之題，共計 236 首，分為上古、中古、下古三類，「若論琴操之始，則伏羲上古明矣。今並取堯製《神人暢》等諸典為上古，秦

〔註1〕　歐陽修《送楊寘序》，《歐陽修詩文集校箋》，洪本健校箋，上海古籍出版社，2009 年，1073 頁。

〔註2〕　朱熹《紫陽琴銘》，《朱子全書》，朱傑人等編，上海古籍出版社、安徽教育出版社，2002 年，第 24 冊，3994 頁。

〔註3〕　釋居月《琴曲譜錄》，陶宗儀等《說郛三種》第 8 冊，一百二十卷本，卷一百，上海古籍出版社 1990 年影印涵芬樓版下同。

始皇製《詠道德》等爲中古，蔡邕製《遊春》等五弄爲下古」。其排序方式，基本是以琴操託名的古人年代，或是曲題產生的大致年代，按次序羅列。

　　上古部份 68 首琴曲，絕大多數是古人或託名古人所製，又或因其事跡以爲題。如《神人暢》託爲堯所作，《襄陵操》託爲禹，《訓由操》託爲成湯、《岐山》、《拘幽》等託於文王，《越裳》託於周公，《傷殷》託於微子，《采薇》託於許由，《文王》託於師襄，《將歸》、《猗蘭》、《獲麟》等多達十二首，則並託於孔子。而如《思親操》、《歷山操》雖未明言爲舜所作，但也是其事跡的體現。此外，成王、尹伯奇、牧瀆子、子路、曾子、伯牙、雍門周、榮啓期、羨門先生、鍾儀、荊軻、女英、樊姬、伯姬等先秦歷史或傳說中的人物也在所寄託的範圍內，或在廟堂，或爲高士，或居列女，都可稱事跡卓著。68 首之中，有古人古事依託的就占到 62 首之多。餘下六首，除《楚光明操》所託楚光白不知何人外，如《望仙操》、《幽澗操》、《三峽流泉操》等，皆無所託之人事，是純粹的即景遣興，抒發襟懷之音。

　　這些琴曲是眞爲古人所作，或是後人託名，多已不可考。然而究其淵源，蔡邕《琴操》所載十二操、九引，基本都在其列，餘者雖不見於《琴操》，然而論起寄託之旨皆與《琴操》相類，當是受其影響之故。由此可見，早期琴曲的立題標準較爲純粹單一，託古便是其最大的特點。因此其舊題也容易成爲後世擬作的對象。

　　中古部份的 55 首中，琴曲對歷史人物及其事跡的依託痕跡便淡化了許多。雖也不乏秦始皇、漢高祖、項羽、聶政、杞梁妻、淮南王、司馬相如、文君、昭君等人物事跡，但明顯有據可考者僅《刺韓王操》、《大風起歌》、《拔山操》、《八公操》、《昭君怨》等 22 首，無論是數目或是所佔比例，較之上古部份都遠遠不及。而如《竹蟲子操》、《遠遊吟》、《延壽吟》、《千里吟》、《五香引》、《飛龍引》、《飛天白鶴》之類題目較爲泛泛，也無本事依託的琴曲，數目則開始增多，總體呈現一消一長的趨勢。

此外，更存在不少本非專門琴曲，然而隨著歷史變遷與音樂發展，逐漸與琴樂融合，有了專門爲撫琴所寫的聲譜，才成爲琴曲的題目。如《洛陽行》、《長安道》，本屬漢橫吹曲；《猛虎行》、《燕歌行》、《君子行》、《從軍行》，本屬相和歌平調曲；《豫章行》、《董桃歌》〔註4〕、《堂上行》〔註5〕、《秋胡行》，本屬相和歌清調曲；《鶤雞吟》，據《古今樂錄》，相和歌相和曲「古有十七曲，其《武陵》、《鶤雞》二曲亡」〔註6〕，乃是襲相和歌相和曲古曲題；《白頭吟》、《梁甫引》，本屬相和歌楚調曲，且《梁甫引》一題與上古弄中《梁甫吟》亦爲二曲〔註7〕。這種融合的趨勢在上古類中已初露端倪，但僅有舊屬相和歌吟歎曲的《楚妃歎》一題，故僅在此附述，不單獨列出。

這類琴曲的出現，無疑與六朝以下琴樂與其餘音樂，尤其是俗樂的雜糅、融合趨向密切相關。「六朝琴樂與相和歌、清商樂關係密切。琴強調自己『聖人之器』、『八音首領』等特殊地位，但它也是相和三調、清商五調重要的伴奏樂器之一。」〔註8〕鑒於琴在眾樂中的地位不可動搖，有時反賓爲主，從伴奏中獨立出來，發展爲單純的琴曲，

〔註4〕 釋居月自注：「後漢人製。」應即《董逃歌》傳抄之誤。按崔豹《古今注》曰：「《董逃歌》，後漢遊童所作也。終有董卓作亂，卒以逃亡。後人習之爲歌章，樂府奏之以爲儆誡焉。」

〔註5〕 據上下相關曲名，疑即王僧虔《技錄》所載清調六曲之《塘上行》。流傳之際有諧音之誤。

〔註6〕 《樂府詩集》卷四十一，相和歌辭十六，中華書局，1979年，第2冊，599頁。

〔註7〕 蔡邕《琴操》曰：「曾子耕泰山之下，天雨雪凍，旬月不得歸，思其父母，作《梁山歌》」，當是琴歌《梁甫》本事。王僧虔《技錄》載楚調曲有《泰山吟行》、《梁甫吟行》等，是相和歌《梁甫》淵源。又《樂府詩集》所謂：「按梁甫，山名，在泰山下。《梁甫吟》，蓋言人死葬此山，亦葬歌也」，與《琴操》託於曾子的本事不同，而與《樂府解題》所謂：「《泰山吟》，言人死精魄歸於泰山，亦《薤露》《蒿里》之類也」相近，則與《泰山》並列於楚調曲的《梁甫》亦當同爲葬歌。二曲淵源不同，音樂亦當迥異，釋居月分上古、中古收錄，當是此故。

〔註8〕 《六朝音樂文化研究》，秦序等撰，文化藝術出版社，2009年，310頁。

也是順理成章之事。「自周、隋已來……唯琴工猶傳楚、漢舊聲及清調」〔註9〕，很多清商樂、相和歌中樂曲的聲調，其實是由琴樂保存下來的。

如蘇軾《雜書琴曲十二首》〔註10〕提及的十二題中，只有《公莫渡河》本有琴曲淵源，《瑤池燕》爲後世新曲，無本事；此外十首，《子夜歌》、《鳳將雛》、《前溪歌》、《阿子歌》、《團扇歌》並在吳聲十曲之列，《懊儂歌》、《長史變》也是吳聲歌曲，都屬清商樂；《杯柈舞》濫觴爲漢《柈舞》，至晉代發展爲《杯柈舞》；《公莫舞》即晉、宋《巾舞》；連同《白紵歌》，都屬於雜舞曲之類。無論這些曲題當時是否還可用於琴樂演奏〔註11〕，都可看出，琴樂與相和、清商、乃至舞曲的融合，經歷六朝隋唐之後，已完全被宋人所接受。

下古部份101首中，琴曲對古時人事的依託越發淡薄。即便不論舊樂淵源，將與相和歌、清商樂等重合的題目並計在內，能附會於古人的，不過《廣陵散》、《蜀明君》、《烏夜啼》、《大胡笳十八拍》、《小胡笳十九拍》等十餘題。再如蔡氏五弄、嵇氏四弄等，雖明言作者，卻無事跡可言，其主旨近於幽居閒行，猿鳥之思，不似上古琴操般一目了然有所指歸。同時，琴樂也已完成了與相和、清商等的融合，除《明君》、《胡笳》等寥寥數題，類中幾乎不再有相和、清商等舊曲題出現。佔據七成比例的，是《清宵秋竹悲》、《燕初歸》〔註12〕、《寒松操》、《歸山樂》、《草蟲子》、《竹吟風》、《哀松露》、《望月操》、《雙

〔註9〕　《樂府詩集》卷四十四‧清商曲辭一，中華書局，1979年，第2冊，639頁。

〔註10〕　《蘇軾文集》，孔凡禮點校，中華書局，1986年，2246～2248頁。

〔註11〕　蘇軾雖自序：「會客有善琴者，求予所蓄寶琴彈之，故所書皆琴事」，但除《公莫渡河》在《琴曲譜錄》中有著錄，《瑤池燕》曾經蘇軾倚聲填辭之外，此外十首並不能確證在當時仍流傳。

〔註12〕　《琴曲譜錄》原作《清宵秋竹悲燕初歸》，而《琴苑要錄》則錄爲《清宵秋竹悲》、《燕初歸》二題，當以《琴苑要錄》爲是。《琴曲譜錄》見《說郛》宛委山堂百二十卷本第一百卷，《說郛三種》，上海古籍出版社，1988年，第8冊；《琴苑要錄》見《說郛》涵芬樓百卷本第三十七卷，同上第1冊。

飛操》、《澗底桐》、《秋風落葉》、《怡神調》、《華池宴》、《清夜吟》這類題目。顧名思音，多是抒寫清幽高致，自然之趣的琴曲，既無古事淵源，也未受相和、清商等舊聲影響，當是歷代琴家所創，純粹體現琴樂本身發展的新曲。

同爲釋居月所著的《琴書類集》中，也是按上中下三古羅列琴曲名，與《琴曲譜錄》稍有出入。上古部份 78 首，較《琴曲譜錄》少《離憂操》、《霹靂引》兩首，而多《離夏操》、《思士操》、《王受命》、《歸田引》四首，其中《離夏操》、《思士操》與《王受命》並託於文王，《歸田引》託於衛女。此外如《千金操》與《千金清》，《厄於陳》與《厄陳操》，《閒居操》與《閒居樂》之類，雖《琴書類集》與《琴曲譜錄》題名略有不同，但所書當爲同一琴曲。中古部份 55 首，與《琴曲譜錄》亦大致相同，僅《琴曲譜錄》之《春谷口》，《琴書類集》錄爲《秦浴口》，當爲字句傳抄之誤。下古部份 108 首，看似較《琴曲譜錄》多 7 首，但其中《野老傾杯》、《嵇康索酒》、《羽客銜杯》、《登隴望秦》爲重複收錄，故實際僅多錄《秋夜聞猿》、《寒山吟》、《淒涼調》（一名《西涼調》）三首，觀其題目，當屬後世新曲之類。其餘名字略有出入，但實屬同題傳抄之誤者，因爲數較多，不再贅列。

至於《琴苑要錄》錄琴曲題目，體例與釋居月所編二書相同，收錄內容亦出入不大，篇幅所限，在此不再追補細節。

通觀宋代琴曲目錄上古、中古、下古的分類，雖然不能嚴格地按照作曲年代完全區分，卻在事實上代表了琴曲發展的幾個階段。先秦兩漢之際，禮樂並稱，琴曲內容多以讚美古聖先王、高士列女之德爲主，連同其古辭在內，大多是爲了抒發儒家的道德理想與情操。至於魏晉南朝，一方面出現琴曲與相和、清商等音樂融合的趨勢；另一方面，作爲文人抒發情性的音樂形式，琴曲創作也開始爲藝術而藝術，追求音聲之美，這種趨勢隨著時代發展而愈發明顯，成爲隋唐以來琴樂的主流。

　　綜上所述，宋代流傳於世的琴曲共可分為三類。第一類，詫為古人所製或是書寫古人事跡者，而多半以後者為最重要的目的。這類琴曲，通常在題目上就旨趣明顯，之所以託名古人，正是為了因其事跡闡發其德行，文獻中所記載的製曲者一般即是此琴曲包括歌辭的描寫對象。第二類是由橫吹曲、相和歌、清商樂等音樂的舊曲演變為單獨的琴曲。因相和歌等舊題大多自有本事寄託，從而形成了音樂淵源不同的樂府本事的融合。第三類則大多是寄襟懷於自然的作品。觀其題目，多以高曠清幽為主。如悲秋之思，遠舉之趣，乃至松竹蘭桂、猿鶴草蟲，無不可入琴音。

　　宋代文人的琴曲歌辭擬作，無論是否倚聲入樂，在題目的選擇方面，大多傾向於第一類舊題，即借古史本事以闡發其政治道德觀念；即便自立新題，形式與內容方面也通常是對這類題目的摹仿。此外也存在少部份純粹抒發隱逸情懷之作，但並非創作的主流。至於自相和歌、清商樂融合而來的題目，通常歸入一般的擬樂府，而不入琴曲歌辭之列。

二、宋代琴曲歌辭創作及其特點

1、復古尚雅：繼承舊題之作

　　宋代文人擬琴曲歌辭舊題，較之其餘樂府詩的創作，有著更加注重舊題本事的特點。然而這類創作也並非完全由前人已有的擬題入手，而是將著眼點擴大到宋以前的琴曲舊題，直接考辨琴曲本事，作為書寫對象。考諸宋代琴曲目錄上中下三古的分類，宋人所選擇的題目基本都在上古、中古類中，可見涉及聖賢事跡、傳說的本事更易受宋朝文人所接納。

　　首先是《琴操》所載舊題的傳寫。這類擬作在中唐之前相當少，自韓愈作《琴操》十首後，才開啟了《琴操》擬作類舊題的書寫傳統。宋人擬琴曲歌辭中，如《白駒操》、《猗蘭操》、《神人暢》、《南風歌》、《箕子操》、《拘幽操》、《文王操》、《克商操》、《越裳操》、《岐山操》、

《神鳳操》、《采薇操》、《履霜操》、《雉朝飛操》、《別鶴操》、《襄陵操》、《將歸操》、《梁山操》、《箜篌引》、《霹靂引》、《貞女引》、《列女操》等題，都在《琴操》所著錄之列，其古辭、本事的傳承十分清晰，宋代文人在擬作時，也大多以小序注明其本事淵源，以推重其體。

有琴曲、本事，而無古辭，宋之前亦無文人擬作者，如《水仙操》、《襄陵操》、《箕山操》、《招隱操》、《采芝操》等，也都在宋代文人涉獵之列。以《水仙操》為例，此題為琴曲十二操之一，但古辭久已不傳，惟《琴操》載其本事：「《水仙操》者，伯牙之所作也。伯牙學琴於成連先生，先生曰：『吾能傳曲，而不能移情。吾師有方子春者，善於琴，能作人之情，今在東海上。子能與我同事之乎？』伯牙曰：『夫子有命，敢不敬從。』乃相與至海上，見子春受業焉。」〔註13〕而薛季宣詩序言「伯牙學琴於成連，成連與東之海山，操舟而去。伯牙居歲所，因觀感而得琴道作」〔註14〕，正與此相合；詩中「海山中兮四無居人，海之涯兮渺漠而無垠」，「聊淹留兮歲聿其暮，鼓絲桐兮從夫君而與歸」等句，皆扣伯牙學琴本事而作。而如文同詩中「先生將一我之正性兮，何設意之此深。我已窮神而造妙兮，達真指於素琴。先生盍還此兮，度明明乎我心」等句，更是從煉性入神的角度，描繪琴意之高妙。又如曹勛《箕山操》序云：「《琴集》有名無辭，今補而廣之」〔註15〕，也是對琴曲本事的發揮。

此外，也有一部份詩歌與琴曲題名相異，純粹繼承本事的擬作。如薛季宣《舜操》序云：「舜立為天子，思事親之樂，謂巍巍之位不足保作」〔註16〕，實為琴曲《思親操》與《耕歷山》本事的雜糅。這

〔註13〕 蔡邕《琴操》卷上，清平津館叢書本。

〔註14〕 薛季宣《水仙操》序，《全宋詩》，北京大學出版社，1998 年，第 46 冊，28709 頁。

〔註15〕 曹勛《箕山操》序，《全宋詩》，北京大學出版社，1998 年，第 33 冊，21074 頁。

〔註16〕 薛季宣《舜操》序，《全宋詩》，北京大學出版社，1998 年，第 46 冊，28709 頁。

兩首琴曲都被託於虞舜名下，《思親操》本事為「舜遊歷山，見鳥飛，思親而作此歌」〔註17〕，《耕歷山》本事雖已不存，但顧名思義，亦當為舜耕於歷山之事。薛季宣在創作時將兩題本事合二為一，體現了重本事而不重音樂淵源的傾向。又如曹勛《孔子泣顏回》與琴曲《憶顏回操》本事相合；《孔子泣麟歌》與琴曲《獲麟操》本事相合，也屬此類。

最後如《雙燕離》、《獨處吟》等題，也是舊曲，然而古辭久已不存。《琴集》曰：「《獨處吟》《流澌咽》《雙燕離》《處女吟》四曲，其詞俱亡」，《琴歷》曰：「河間新歌二十一章，此其四曲也」〔註18〕。而張玉娘有《雙燕離》：「秋風忽夜起，相呼度江水。風高江浪危，拆散東西飛。紅徑紫陌芳情斷，朱戶瓊窗旅夢違」〔註19〕，張耒有《獨處愁》：「花間蝴蝶雙飛舞，感觸深心心更苦。昨夜陰雲數尺許，連宵變作西窗雨」〔註20〕，都是單純就題目本身含義的擬題。然而這類對曲題的接受較少，且大多數也都是託古擬作。

另一方面，琴曲歌辭舊題的擬作，與其餘許多樂府舊題擬作一樣，在南朝至隋唐時期就經歷了一個本事流變漫漶的過程。如《白雪曲》、《思歸引》、《猗蘭操》、《將歸操》、《貞女引》、《虞美人曲》、《渡易水》、《荊軻歌》、《項王歌》、《四皓歌》等，大多已成為泛泛之作，或偏重詠史，或偏重抒情，其琴曲歌辭甚至樂府詩的特質都已較不明顯。

以《白雪歌》為例。琴集曰：「《白雪》，師曠所作商調曲也。」只知是高雅之音，而本事無考，故後世之擬作，如齊徐孝嗣、梁朱孝

〔註17〕　《樂府詩集》引《古今樂錄》，中華書局，1979 年，第 2 冊，824頁。

〔註18〕　並見《樂府詩集》卷五十八・琴曲歌辭二，中華書局，1979 年，第3 冊，842 頁。

〔註19〕　張玉娘《雙燕離》，《全宋詩》，北京大學出版社，1998 年，第 71 冊，44624 頁。

〔註20〕　張耒《獨處愁》，《張耒集》，李逸安等點校，中華書局，1990 年，32 頁。

廉所作，只是詠雪。延至宋代，楊傑《歌白雪》、張玉娘《白雪曲》等，亦從前人之例，或「歌白雪，雪滿龍沙暮冬月。萬里征人歸未歸，一聲曉角雲中咽」〔註21〕，或「簾白明窗雪，風急寒威冽」〔註22〕。惟曹勳《白雪歌》以白雪為興，發祝禱之辭：「白雪如玉，皇人壽穀。白雪如霜，皇人樂康。還余駕兮歸來，覃威德於八荒」〔註23〕。按張華《博物志》逸文曰：「《白雪》者，大帝使素女鼓五十弦瑟曲名也。」〔註24〕則曹勳《白雪歌》讚頌軒轅黃帝之意，或由之而來，但這也已經是基於復古理念，反時人之道而行的再度闡發。

又如《貞女引》，《琴操》所載本事為魯漆室女事。漆室女憂國傷人，倚柱悲吟而嘯，卻被鄰人懷疑有淫心，故褰裳入山林之中，在女貞之木下作琴歌一首，然後自經而死。「屈躬就濁，世徹清兮。懷忠見疑，何貪生兮」〔註25〕，其重義舍生之舉，本是出自對當時政教的失望，而文同《貞女吟》、曾豐《貞女篇》等，則純以「藕心亂如絲，妾心圓如珠。絲亂端緒多，珠圓瑕纇無。焉得偶君子，奉之此高節」〔註26〕之類古風詩句，寫女子高潔守貞的情操，在格局上便遠不及本事。

再如《將歸操》，一名《陬操》，所述乃是孔子去趙之事。「趙簡子循執玉帛，以聘孔子。孔子將往，未至，渡狄水，聞趙殺其賢大夫竇鳴犢，喟然而歎之曰：『夫趙之所以治者，鳴犢之力也。殺鳴犢而聘余，何丘之往也？夫燔林而田，則麒麟不至；覆巢破卵，則鳳皇不

〔註21〕 楊傑《歌白雪》其一，《全宋詩》，北京大學出版社，1998年，第12冊，7848頁。

〔註22〕 張玉娘《白雪曲》，《全宋詩》，北京大學出版社，1998年，第71冊，44624頁。

〔註23〕 曹勳《白雪歌》，《全宋詩》，北京大學出版社，1998年，第33冊，21044頁。

〔註24〕 張華《博物志》逸文，清指海本。

〔註25〕 蔡邕《琴操》卷上，清平津館叢書本。

〔註26〕 文同《貞女吟》，《全宋詩》，北京大學出版社，1998年，第8冊，5313頁。

翔。鳥獸尚惡傷類，而況君子哉？』於是援琴而鼓之云：『翱翔於衞，復我舊居；從吾所好，其樂只且。』」〔註27〕然而宋代以「將歸」為題的擬樂府詩，大多不涉及這一本事，如郭祥正《將歸行》，「收帆銀濤即平陸，跨青牛兮驅白鹿。莫向人間歧路行，豈有悲歡與榮辱」〔註28〕，已是抒懷為主，酣暢淋漓的歌行體。惟黃庭堅、薛季宣等以《陔操》為題的數篇，方是就舊題本事加以闡發。

　　而如《蔡氏五弄》中《遊春》、《幽居》、《秋思》、《淥水》等題，因琴曲本身即是文人的即景抒懷之作，作為詩題便覺泛泛。即便在宋代有不少同題詩篇，也只能視為一般的詩歌，而非刻意擬作的琴曲歌辭。

　　雖然其擬作歌辭大多並不入樂，但宋人也更傾向於選擇具有本事的古曲題作為詩歌的題目。這既是由於樂府舊題擬作本就有重複書寫本事的特質，也與宋代崇古復古的文學傾向密切相關。而與古題相比，近世新制琴曲名目大致不出山水松竹、隱逸遊仙之類，只是普遍的風雅之思，即便強以之為題，內容也較為平常，不能稱為樂府擬題。

2、即事寫意：自立新題之作

　　宋代文人自創新題的琴曲歌辭，絕大多數是沒有依託於琴樂的。為了強調文體方面的區分度，他們在立題時多仿照琴曲舊題，以操、引等為名。這些琴曲歌辭新題大多是即事言志，即景抒懷之作，立題靈活，既不受舊題本事的約限，也不落前人擬作的窠臼，故而其內容較為豐富多彩。

　　如王令《噫田操四章章六句寄呈王介甫》，便是即事立題的佳作，詩中充盈著士大夫政治理想和責任感的寄託：

　　　　田彼黍矣，則食於秋。我人之耕，載芟載薅。豈不憚

〔註27〕　蔡邕《琴操》卷上，清平津館叢書本。

〔註28〕　郭祥正《將歸行》，《全宋詩》，北京大學出版社，1998 年，第 13 冊，8732 頁。

勞，將食無攸。

田彼黍矣，幾不螽螻。我人之耕，而不謀年。唯其不
謀年，是用辛食於田。

伐木伐木，無廢於勤。不足柱榱，猶用以薪。豈弟君
子，無易於人。

誰能采芹，不適有獲。果蓏樹之，則食其實。豈弟君
子，孔敬且力。〔註29〕

　　這是一組描寫諸般農事勞作的詩篇，辭句質樸平實，而其意卻
遠不止於此。王令與王安石是莫逆之交，王安石對他評價極高，「以
爲可以任世之重而有功於天下」〔註30〕，而使王令獲得王安石賞識
的，便是一首《南山之田贈王介甫》：詩中以農事之辛苦喻治國之艱
難，表達了「雖然不可以已兮，時寧我違而我無時負」〔註31〕的志向。
可想而知，《噫田操》作爲另一篇題材相近，且同樣是寄呈王安石之
作，其中以田喻政的思想當無二致，「豈不憚勞，將食無攸」，「豈弟
君子，無易於人」，「豈弟君子，孔敬且力」等句，當可視爲對王安石
的讚譽。

　　而黃簡《犁春操爲謝耕道作》，則是一篇純粹的歎憫山中農事之
作。開篇感歎春耕時農人的勤苦，「失今不勤兮，曷其有秋」〔註32〕，
因而他們分毫不敢懈怠。隨即便渲染惡劣的自然環境，「水淫兮石
齧，田磽礭兮一跬九折」，山間土地本就微薄，更兼時而水流湮漫，
時而山石嶙峋，耕作變得更加艱難，就是耕牛都因這辛苦的勞作變得
羸弱不堪。辛苦耕耘的農人面對此境況，不得不發出「予勞兮何辭，

〔註29〕　王令《噫田操四章章六句寄呈王介甫》，《王令集》，沈文倬點校，上
　　　　　海古籍出版社，2011 年，8 頁。
〔註30〕　王安石《王逢原墓誌銘》，《王文公集》，上海人民出版社，1974 年，
　　　　　959 頁。
〔註31〕　王令《南山之田贈王介甫》，《王令集》，沈文倬點校，上海古籍出版
　　　　　社，2011 年，13 頁。
〔註32〕　黃簡《犁春操爲謝耕道作》，《全宋詩》，北京大學出版社，1998 年，
　　　　　第 54 冊，33762 頁下同。

牛奚罪兮從予以羸」的歎息。況且天時難卜，此時的勤苦未必能換來
秋天的收成，卒章「雖然不愈於無田而遊兮，歲晏淒其桑落之下」的
感慨，也愈發無奈而深沉。

　　謝翱《續琴操哀江南》四章，則是文人士大夫面臨國難時，抒發
深悲之作。其序云：「宋季有以善鼓琴見上者，出入宮掖間，汪姓，
忘其名。臨安不守，太后嬪嬙北，汪從之行，留薊門數年。而文丞相
被執在獄，汪上謁，且勉丞相以以忠孝白天下，予將歸死江南。及歸，
舊宮人會者十八人，釃酒城隅與之別，援琴鼓再行，淚雨下，悲不自
勝，後竟不知所在。噫！汪蓋死矣。容有感之者，爲續琴操曰《哀江
南》，凡四章。」〔註33〕按琴師即汪元量，號水雲，度宗咸淳三年
（1267）以琴事謝太后，恭帝德祐二年（1276）臨安陷，隨謝太后北
赴大都。自元世祖至元十七年（1280）以下數年間、嘗數謁文天祥
於獄中，直至文天祥就義。至元二十五年（1288）出家爲道士，獲南
歸；次年抵錢塘。後往來江西、湖北、四川等地，終老湖山」〔註34〕。
劉辰翁爲汪元量《湖山類稿》作序時，也寫道：「汪水雲……至文丞
相銀鐺所，爲之作《拘幽》以下十操〔註35〕，文山亦倚歌而和之」
〔註36〕。特地點出《拘幽》，借文王囚禁羑里之事爲喻，正可見汪元
量、劉辰翁等時人對文天祥的感佩之情。

〔註33〕　謝翱《續琴操哀江南》序，《全宋詩》，北京大學出版社，1998年，
　　　　　第70冊，44337頁。
〔註34〕　汪元量事跡據孔凡禮《汪元量事跡紀年》，《增訂湖山類稿》，孔凡禮
　　　　　輯校，中華書局，1984年，249、257～258、269、278～296頁。
〔註35〕　汪元量爲文天祥彈奏的十首琴曲，當在《琴操》所載十二操之列，
　　　　　但《拘幽操》位列十二操之五，「以下十操」之說恐不成立。《琴曲
　　　　　譜錄》等琴書皆雜列眾題，《拘幽》居於其間，並無特定位置。惟《樂
　　　　　府詩集》收錄十二操舊題時，是以假託的作者年代順序排列，依次
　　　　　爲文王、周公、尹伯奇、孔子、曾子，故而以文王《拘幽操》居首，
　　　　　其下依次爲《越裳操》、《岐山操》、《履霜操》、《雉朝飛操》、《猗蘭
　　　　　操》、《將歸操》、《龜山操》、《殘形操》、《別鶴操》，或可爲此說之據。
〔註36〕　劉辰翁《湖山類稿序》，《增訂湖山類稿》，孔凡禮輯校，中華書局，
　　　　　1984年，185頁。

　　古之琴操本無《哀江南》題，這組詩乃是謝翱感於文天祥竭盡孤忠，死不旋踵的家國情操，故託於汪元量與文天祥的圉圉之交，乃至「歸死江南」之語，發而爲續。謹列其全篇如下：

> 　　我赴薊門，我心何苦。我本南人，我行北土。視彼翼軨，客星光光。自陪輦轂，久涉戎行。靡歲不戰，何兵不潰。偷生有戚，就死無罪。芥芥黃沙，依依翠華。我皇何在，忍恤我家。

> 　　瞻彼江漢，截淮及楚。起兵海隈，亡命無所。枕戈待旦，憤不顧身。我視王室，誰非國人。噫嘻昊天，使汝縲絏。奸黨心寒，健兒膽裂。黃河萬里，冰雪峨峨。爾死得死，我生謂何。

> 　　我操南音，爰酌我酒。風摧我裳，冰裂我手。薄送於野，曷云同歸。自貽伊阻，不得奮飛。持此盈觴，化爲別淚。昔也姬姜，今焉憔悴。山高水遠，無相見時。各保玉體，將死爲期。

> 　　興言自古，使我速老。麋鹿是遊，姑蘇荒草。起秣我馬，裴回舊鄉。江山不改，風景忘亡。誰觸塵埃，不見日月。梨園雲散，羽林鳥沒。吞聲躑躅，悲風四來。爾非遺民，胡獨不哀。〔註37〕

詩作通篇皆體貼於汪元量的視角，首章敘其隨宗室之俘北上，輾轉千里，途中所見，盡是客星犯座，遍野哀鴻，鋪陳開一片黃沙蒼茫，不知其所的國破家亡的背景。次章敘述文天祥事跡，全不雕飾，「亡命無所」、「憤不顧身」數語，已足以明其奮戰之艱辛，死節之決意。至末句「爾死得死，我生謂何」，對文天祥極盡敬意之餘，反觀上文「偷生有戚，就死無罪」，更能體會到碌碌偷生者的痛楚。三章寫汪元量決意「死歸江南」後的臨別之思，曠野冰霜，盡是淒涼之意，而於山高水遠，此別無期的慨歎中，更蘊著「將死爲期」的決絕。終章則是

〔註37〕謝翱《續琴操哀江南》，《全宋詩》，北京大學出版社，1998 年，第70 冊，44337 頁。

汪元量回歸江南之所見，滿目瘡痍，縱然極盡鋪陳，亦不能述其萬一。至此，文天祥之高節凜然，汪元量之鬱憤感激，謝翱本人之宛曲沉痛，乃至千萬大宋之民的家國悲思，盡熔一爐。其情其旨，深沉鮮明，縱古之孤臣孽子憤懣悲鬱，發而爲琴歌，亦不過如是。

　　此外，也不乏從文人崇雅的心態出發，抒發幽雅之思，高潔襟抱之作。如王安石《幽谷引》、李復《流泉引》、高似孫《花飛引》、嚴羽《雲山操爲吳子才賦》、劉翰《橫浦操》、釋文珦《放鶴操》、黎廷瑞《鵬飛操》等，詩篇內容或繪清景，或贊隱逸，或寫遊仙，雖大多風神俊逸，辭句高古，堪稱雅音，但都是較爲普通的文人情趣，無可多言。惟有楊萬里《趙平甫幽居八操》別出心裁，以摹仿琴歌的古風詩體，分別描繪趙平甫居所中的八處景觀，依次爲：筠居、我娛齋、醉石、竹齋、北窗、梅亭、棋臺、龜潭。因其構思新巧，雖寫幽居，卻不流俗，故而在此特提一筆。

　　綜上所述，宋代琴曲歌辭整體具有復古尚雅的特點。此處的古雅，皆是從主旨和章句兩方面而言。首先是主旨之古雅。就《樂府詩集》所錄通觀六朝以下琴曲歌辭擬作，大多本事漫漶，徒具琴曲歌辭之題，內容卻較單薄。宋代文人則力求復古《琴操》之格調，無論託於古史還是自命新題，都氣度雍容，情志儼然，正是士大夫情懷的體現。

　　其次，在章句風格方面，宋代文人的琴曲歌辭多追求四言、騷體爲主的高古格調，甚至不乏「以文爲詩」的寫法。如曹勳讀陳羽《湘妃怨》時，「怪其鄙野，爲變體三首」〔註38〕。考陳羽詩，「二妃怨處雲沉沉，二妃哭處湘水深。商人酒滴廟前草，蕭颯風生斑竹林」，乃是淺近直白的近體。而曹勳特意追溯《九歌》，以騷體古辭翻作，「望蒼梧兮不極，與流水而潺湲」，「望夫君兮不來，波渺渺而難升」之句，雍容之餘，復有纏綿之致。章句之古雅，也正堪與詩歌之旨趣相合。

〔註38〕　曹勳《湘妃怨》序，《全宋詩》，北京大學出版社，1998 年，第 33
　　　　冊，21062 頁下同。

三、宋代琴曲歌辭入樂考略

琴曲歌辭，顧名思義乃是爲琴曲所作的歌辭。其創制之初是入樂的，但是隨著音樂的流變甚至亡佚，文人的擬作，許多時候僅是就琴曲題目的本義加以發揮，並不重視歌辭與音樂的關聯。在宋代文人擬樂府多爲徒詩的整體創作趨勢下，琴曲歌辭也大多與音樂分離。下文就宋代琴曲歌辭的入樂性作一簡單考察。

1、取其事之義：琴曲歌辭的徒詩化

兩宋琴曲歌辭創作中，也存在重義與重聲之辯。南宋的鄭樵已針對其中最爲突出的《琴操》擬作部份作出了批評：「琴操所言者何嘗有是事！琴之始也，有聲無辭。但善音之人，欲寫其幽懷隱思，而無所憑依，故取古之人悲憂不遇之事，而以命操。或有其人而無其事，或有其事又非其人，或得古人之影響又從而滋蔓之。君子之所取者，但取其聲而已，取其聲之義，而非取其事之義。」〔註39〕認爲聲在義先，義由聲發，琴之爲樂，起初有聲無辭，琴歌之始，乃是後人感於琴音，取古人之事比附，方是《琴操》所述本事之來由。故此他反對韓愈之後以本事命篇的《琴操》書寫傳統，認爲「取其聲而寫所遇，豈尚於事辭哉！」眞正的琴歌，應當是聽琴之後心有所感，再發爲辭，故而後人在繼續創作之時，也當跟隨音樂對心靈的影響，而不應一味比附古辭事典。而其「惟儒家開大道，紀實事，爲天下後世所取正也」之言，也不乏通過駁斥琴操之僞託來端正並維護儒學之正統的意味。

鄭樵的理念，無疑更接近古代的琴歌傳統。但是在他對《琴操》不遺餘力的駁斥中也可看出，經韓愈《琴操》之後，宋代的琴曲歌辭創作受其影響，存在著較爲普遍的「取其事之義」而不重聲樂的徒詩化傾向。

〔註39〕 鄭樵《通志・樂略》，《通志二十略》，王樹民點校，中華書局，1992年，910頁。

　　如曹勳《琴操》十首，是仿傚韓愈《琴操》而作，題目本事皆同，但章句法度全不相似。王昆吾認爲韓愈《琴操》「是因詩而成調的琴歌辭」〔註40〕，張德恒等則認爲韓愈精於音律，且《琴操》十調古已有之，韓愈也明言曾經聽琴師「鼓有虞氏之《南風》，虞之以文王、宣父之操」，故「昌黎十操乃因聲以度辭，非選詞以配樂」〔註41〕。觀二者之論，聲與詞孰者在先雖無定論，但韓愈所作《琴操》可入樂演唱，當無疑義。

　　從琴曲流傳方面來看，按《琴曲譜錄》上古類中所錄諸題，此十操皆在其列；曹勳論韓愈《琴操》「詞存而義不復概見。又聲譜僅可傳其彷彿，而莫知其由」〔註42〕，也表明十操在南宋初仍有聲譜傳世。若以韓愈之作反觀曹勳《琴操》，則多半章法不合，可知曹勳所作已不以入樂爲事。如韓愈《將歸操》云：「狄之水兮，其色幽幽。我將濟兮，不得其由。涉其淺兮，石齧我足。乘其深兮，龍入我舟。我濟而悔兮，將安歸尤？歸兮歸兮！無與石鬥兮，無應龍求」〔註43〕；而曹勳《將歸操》則云：「水之深兮，可以方舟。人之非兮，不可以同遊。斯人斯遊，吾心之憂」〔註44〕，篇幅遠短於韓愈所作，可見是只傚仿《琴操》傳統，述本事之義而不入樂之作。此外九題，章法亦相差頗多，此處不再贅列。

　　曹勳的擬作之外，如薛季宣《神人暢》、《襄陵操》、《箕子操》、《文王操》、《克商操》、《神鳳操》、《歸耕操》、《水仙操》，金履祥《廣

〔註40〕　王昆吾《隋唐五代燕樂雜言歌辭研究》，中華書局，1996 年，299頁。

〔註41〕　張德恒、沈文凡《韓愈樂府歌詩創作芻論——以〈琴操〉十首爲詮解對象》，中山大學學報（社會科學版）2011 年 02 期，20 頁。

〔註42〕　曹勳《琴操》序，《全宋詩》，北京大學出版社，1998 年，第 33 冊，21036 頁。

〔註43〕　韓愈《將歸操》，《韓昌黎詩繫年集釋》，錢仲聯集釋，上海古籍出版社，1984 年，1144 頁。

〔註44〕　曹勳《將歸操》，《全宋詩》，北京大學出版社，1998 年，第 33 冊，21036 頁。

箕子操》，劉克莊《廣列女》等，其題在當時皆有同名琴曲傳世。但薛季宣所作小序，都只點明其本事，並不提及倚聲入樂；金履祥、劉克莊之作，甚至連小序都不附，還特地在琴曲舊題前綴一個「廣」字，以表明補其本事之義的創作態度。故可以推測，這些琴曲歌辭在當時是被當成徒詩寫作的。

而王令《倚檻操》實用琴曲《貞女引》本事，曹勛《孔子泣顏回》實用琴曲《憶顏回操》本事，薛季宣《麥秀歌》實用琴曲《箕子吟》本事等，更是體現出重視本事寓意，不重音樂淵源的傾向。這幾篇琴曲歌辭都是放棄當時仍傳世的琴曲之題，另以其本事所述重立新題，如此創作的琴曲歌辭明顯與音樂無關。

又，王令與黃庭堅皆作《陬操》，寫孔子去趙之事，亦即琴曲《將歸操》〔註45〕。雖然《將歸操》也在《琴曲譜錄》所錄之列，但王令《陬操》不著小序，無一字涉及題目的音樂淵源，已是將此題當作純粹的徒詩看待；黃庭堅雖有小序，卻只是對孔子事跡加以評說，並不提及是否倚聲。對比兩人詩篇，王令所作「行曷爲兮天下，老吾身而不歸。人固捨吾而弗從，吾安得狗人而從之。昔所聞其是兮，今也見之則非。嗟若人之弗類，尚何足以與爲。彼天下之皆然，嗟予去此而從誰。信亦命已矣夫，固行兮而曷疑」〔註46〕，共十二句，句以六言爲主，間以七、八言，雖是騷體雜言，但形式較爲整齊；黃庭堅作品之篇幅則遠甚於此，達四十五句之多，句法也更爲錯落，具有十分明顯的騷體風格，前半是雜言，後半則以四言齊言爲主，形式上如同對騷體「訊」、「亂」的傚仿。兩首作品章句風格迥異，內容上也偏重對詩義的發掘，可見都非倚聲入樂之作。

再如《清江引》，雖有琴曲傳世，黃庭堅、蘇庠、王之道等的擬

〔註45〕 《將歸操》一名《陬操》。據《樂府詩集》卷五十七・琴曲歌辭一，中華書局，1979 年，第 3 冊，841 頁。

〔註46〕 王令《陬操》，《王令集》卷一，沈文倬校點，上海古籍出版社，1980年，12 頁。

作卻都是不合樂的近體詩，僅寫江上風景。

至於宋代文人自立新題之作，則大多既無琴曲舊題，亦無本事，只是個人情懷的抒發與寄託，本身已是徒詩，當然更不可能有樂師專門爲此配樂。如王令《終雌操》、《終風操》、《夕日操》、《松休操》、劉敞《懷歸操》、黃庭堅《龍眠操》、宋自遜《烏鵲引》、黎廷瑞《鵬飛操》等，大多連小序都不附，更不見入樂記載，可謂琴曲歌辭全面徒詩化的體現。

2、依永作辭：依託於琴樂的琴歌創作

在宋代文人的觀念中，古代琴歌亦皆是絃歌以賦詩，聲樂和合，以見其志之作：

> 《詩》三百篇，孔子皆被之絃歌，古人賦詩見志，蓋不獨誦其章句，必有聲韻之文，但今不傳爾。琴中有《鵲巢操》、《騶虞操》、《伐檀》、《白駒》等操，皆今詩文，則知當時作詩皆以歌也。又琴古人有謂之雅琴、頌琴者，蓋古之爲琴，皆以歌乎詩，古之雅、頌，即今之琴操爾。雅、頌之聲，固自不同，鄭康成乃曰「豳風兼雅頌」，夫歌風安得與雅、頌兼乎？舜《南風歌》，楚《白雪辭》，本合歌舞，漢帝《大風歌》，項羽《垓下歌》，亦入琴曲，今琴家遂有《大風起》、《力拔山》之操，蓋以始語名之爾。然則古人作歌，固可彈之於琴，今世不復知此。予讀《文中子》，見其與楊素、蘇瓊、李德林語，歸而援琴鼓蕩之什，乃知其聲至隋末猶存。〔註47〕

此論不僅強調琴曲歌辭入樂的傳統，更將諸琴操與《詩經》雅頌之聲相提並論，以推重其體，所述題目，都是有本事寄託的風雅之音。所謂「古人作歌，故可彈之於琴」。在這種復古理念的指引下，宋人彈琴時，也間有請於文人以成詩者。

如姚勉《友山李道士抱琴來爲予作三曲請詩各爲之操》，分別題

〔註47〕　陳善《捫虱新話》，《全宋筆記》第五編，大象出版社，2012年，第10冊，21～22頁。

爲《九皋》、《君臣慶會》、《觀瀾》。《九皋》云「青山鬱兮白雪深，四無人聲兮鶴鳴在陰」；《觀瀾》云「若有人兮江之幹，志在流水兮必觀其瀾」，均寫山林隱逸高潔之思；《君臣慶會》則述「衣裳治兮帝岩廊，五絃歌詠兮民物阜康」〔註48〕之貌，以贊天下大治。這三章琴操，因是聆聽琴曲後作詩，然而三章的章法結構卻又完全一致，很難想像是因李道士所作三曲聲律相近之故。故此推論其當非倚聲之作，或至少並非全可入樂而歌，但詩作內涵和琴音所表達的意象當極爲密切。

朱熹所作《招隱》、《反招隱》二琴操，則都是倚聲塡辭，合於音律的琴歌。其序云：「十月十六夜，許進之挾琴過予書堂，夜久月明，風露淒冷，揮弦度曲，聲甚悲壯。既乃更爲《招隱》之操，而曰：『谷城老人嘗欲爲予依永作辭，而未就也。』予感其言，因爲推本小山遺意，戲作一闋，又爲一闋以反之。」其《招隱》辭云：

> 南山之幽，桂樹之稠。枝相穆，高拂千崖素秋，下臨深谷之寒流。王孫何處，攀援久淹留。聞說山中，虎豹晝嗥。聞說山中，熊羆夜咆。叢薄深林鹿呦呦。獼猴與君居，山鬼伴君遊。君獨胡爲自聊，歲雲暮矣將焉求。思君不見，我心徒離憂。

《反招隱》辭云：

> 南山之中，桂樹秋風，雲冥蒙。下有寒棲老翁，木食澗飲迷春冬。此間此樂，優游渺何窮！我愛陽林，春葩晝紅。我愛陰崖，寒泉夜淙。竹柏含煙悄青蔥。徐行發清商，安坐撫枯桐。不問簞瓢屢空，但抱明月甘長終。人間雖樂，此心與誰同？〔註49〕

朱熹曾師從屛山先生劉子翬學琴，又首倡琴律研究，對琴之一道可謂極有心得，這兩篇詩作是因許進之所彈《招隱操》「依永作辭」

〔註48〕 以上並見《全宋詩》，北京大學出版社，1998 年，第 64 冊，40523 頁。

〔註49〕 朱熹《招隱操》，《朱子全書》，朱傑人等編，上海古籍出版社、安徽教育出版社，2002 年，第 20 冊，223～224 頁。

而成，可見乃是倚聲的琴歌，而兩詩章法結構完全一致，更是因同一琴曲而成的佐證。

又，廬山玉澗道人崔閑善琴，曾以琴音請於葉夢得爲之作辭。葉夢得記此事云：「閑所彈更三十餘曲，曰『公能各爲我爲辭，使我他日持歸廬山時倚琴而歌，亦足爲千載盛事。』意欣然許之。閑乃略用平側四聲，分均爲句以授余。琴有指法而無其譜，蓋閑強爲之。……去年徐度忽得江外《招隱》一曲，以王琚舊辭增損而足成之，雖無彈者，可歌成聲。遇吾有意時，當稍依此自爲一篇，以終閑志也。」〔註50〕因葉夢得「素不能琴」，崔閑才爲他強寫聲譜，以求倚聲爲辭時聲律和諧；葉夢得友人徐度也曾以唐代詩人王琚舊辭爲本，創作「可歌成聲」的琴曲歌辭。然王琚、徐度之詩皆不傳，無以觀照，而葉夢得《石林總集》已佚，現存詩作中並不見爲崔閑所作琴歌，終無可考，實爲憾事。

蘇軾《雜書琴曲十二首》中，則通篇記載了他爲琴曲《瑤池燕》所作的歌辭：「琴曲有《瑤池燕》，其詞既不甚佳，而聲亦怨咽。改其詞作《閨怨》云：『飛花成陣春心困。寸寸別腸，多少愁悶。無人問。偷啼自搵殘妝粉。抱瑤琴、尋出新韻。玉纖趁。南風未解幽慍。低雲鬢。眉峰斂，暈嬌和恨。』此曲奇妙，季常勿妄以與人。」〔註51〕《瑤池燕》本有舊辭，但蘇軾以爲不佳，便未收錄。而蘇軾所擬已全不似一般詩歌，純是填詞筆法，當是倚聲合樂時受到曲調聲律句法約限之故。

然而兩宋琴曲歌辭中，倚聲之作只屬寥寥。一則宋代音樂文學的主體仍是詞，文人應邀創作入樂的琴曲歌辭只是偶一爲之；二則琴歌講求聲律和諧，文人本身必須具有較高的音樂素養，才能倚聲

〔註50〕　葉夢得《避暑錄話》，《全宋筆記》第二編，大象出版社，2008年，第 10 冊，295 頁。

〔註51〕　蘇軾《雜書琴曲十二首》，《蘇軾文集》，孔凡禮點校，中華書局，1986年，2248 頁。

成辭，因此當時的大多數琴曲都是有樂無辭的。如宋人詩文中提及當時仍在演奏的《平戎操》〔註52〕、《賀若》〔註53〕、《桃源春曉》〔註54〕、《秋思》〔註55〕、《秋泉》〔註56〕等，以及北宋沈遵所作《晚鶯啼》、《隱士操》，南宋郭沔所作《瀟湘水雲》、《步月》、《秋雨》等新曲，都僅作為單純的琴曲演奏，並無文人專門寫作的琴曲歌辭與之相配。與之相對地，入樂的琴歌也大多一題一辭，不成氣候。惟獨歐陽修因沈遵《醉翁吟》琴曲作同題琴曲歌辭，導致《醉翁吟》之題被傳寫一時，不久又被蘇軾改為《醉翁操》，另立章法，甚至最終演為詞調。因其在倚聲琴歌創作中傳寫較為集中，具有代表性，下文將另立一節專門討論。

第二節　《琴操》擬作的復古精神

所謂《琴操》擬作，顧名思義，是統指主要以操、引等琴歌之名為題，寄託於古人本事，闡發禮樂道德之思的一類作品。宋人這一傳統始自對韓愈《琴操》十首的繼承，其內容亦不乏對《琴操》所保存的舊題事典的闡發，故以此為名。在這部份詩作中，宋代文人崇古重道的精神，以及注重本事、典故的學者風度，都體現得淋漓盡致，故《琴操》擬作也成為宋代琴曲歌辭創作中最具代表性的部份。

一、幽幽十琴操，可僕蘭臺些：宋人對韓愈《琴操》十首的尊崇

《琴操》所載琴曲歌辭古題，最重要的部份為五歌詩、九引、十二操：「古琴曲有歌詩五曲，一曰《鹿鳴》，二曰《伐檀》，三曰

〔註52〕 歐陽修詩《聽平戎操》、晁補之詩《聽閻子常平戎操》。
〔註53〕 蘇軾詩《聽武道士彈賀若》。
〔註54〕 劉才邵詩《聽寶月上人彈桃源春曉》、許志仁詩《和寶月彈桃源春曉》。
〔註55〕 許及之詩《聽德久彈秋思》。
〔註56〕 吳潛詩《聽琴客周信民彈秋泉二首》。

《騶虞》，四曰《鵲巢》，五曰《白駒》。又有一十二操，一曰《將歸操》，二曰《猗蘭操》，三曰《龜山操》，四曰《越裳操》，五曰《拘幽操》，六曰《岐山操》，七曰《履霜操》，八曰《雉朝飛操》，九曰《別鶴操》，十曰《殘形操》，十一曰《水仙操》，十二曰《懷陵操》〔註57〕。又有九引，一曰《列女引》，二曰《伯姬引》，三曰《貞女引》，四曰《思歸引》，五曰《闢歷引》，六曰《走馬引》，七曰《箜篌引》，八曰《琴引》，九曰《楚引》。」〔註58〕據《琴操》的記載，這些詩歌無一例外都是古人因事而作，收錄詩歌時，先述以題目之本事，再錄歌辭。

然而關於《琴操》所載諸題的文人擬作，自魏晉南朝直至中唐都並不算多，僅《闢歷引》、《雉朝飛》、《猗蘭操》（一名《幽蘭操》）、《貞女引》、《列女引》、《別鶴操》、《走馬引》、《龍丘引》（即《楚引》）諸題有擬作，且詩歌內容大多已與本事無涉，而成為由題名生發的泛泛吟詠。如《闢歷引》，《琴操》所述本事為商梁子出遊見霹靂，驚於國家將有大變，歸而作琴歌慨歎「國將亡兮喪厥年」〔註59〕，題為《闢歷引》，是因為琴曲「韻聲激發，像闢歷之聲」〔註60〕，而梁簡文帝和辛德源的擬作，或「時聞連鼓響，乍散投壺光」、或「碎枕神無繞，震楹書自若」，已轉變成純粹的詠霹靂之作。再如《猗蘭操》，舊題託為孔子「夫蘭當為王者香，今乃獨茂，與眾草為伍，譬猶賢者不逢時，

〔註57〕　《懷陵操》，郭茂倩《樂府詩集》錄為《襄陵操》，序云「大禹治水作」。據《琴操》：「《懷陵操》者，伯牙之所作也。伯牙鼓琴，作激徵之音」，宋人韓醇注韓愈詩亦云「《水仙》、《懷陵》為伯牙所作」。按韓愈《琴操》為託古聖自明性情之作，如《襄陵操》為大禹本事，自可與文王、孔子等並列，不必棄去此題不擬。又按釋居月《琴曲譜錄》上古弄中，先錄《襄陵操》，注「禹制，明治水也」；而後又有《懷陵操》，與《水仙操》並列，可知本有二曲，非為一題傳抄之誤。或因《懷陵操》舊辭久佚，才被郭茂倩誤與《襄陵操》合一。故本文仍從《琴操》，以伯牙《懷陵操》為是。

〔註58〕　蔡邕《琴操》卷上，清平津館叢書本。

〔註59〕　蔡邕《琴操》卷下，清平津館叢書本。

〔註60〕　蔡邕《琴操》卷下，清平津館叢書本。

與鄙夫爲倫也」〔註61〕之歎，至於辛德源《猗蘭操》、鮑照《幽蘭》，
也都只題詠蘭花，不再有思想寄託。如此種種，不一而足。

此類作品，置諸宋前樂府舊題中觀照，一方面足以成爲舊題本
事漫漶的又一佐證；另一方面也可表明，在宋前樂府詩史上，很長
一段時間內，較之相和歌辭、清商曲辭甚至雜曲歌辭之類相對更具
「俗樂」傾向的題材，琴曲歌辭作爲「雅音」的寫作也一直不甚受
重視，題目既少，體裁也罕見特色。直至韓愈擬作《琴操》十首，方
才開啓了自成一家，並對兩宋琴曲歌辭書寫影響深遠的《琴操》擬作
傳統。

《琴操》所載十二操，韓愈取前十題爲《琴操》十首〔註62〕，
缺《水仙》、《懷陵》二操，擬作並不完全。宋人韓醇注云：「惟《水
仙》、《懷陵》操爲伯牙所作，公削之」〔註63〕，認爲這是韓愈有意而
爲之，此說或可取信。十二操中，自《將歸》至《殘形》，舊題皆述
爲孔子、周公、文王、尹伯奇、犢沐子、商陵牧子、曾子等所作，其
主旨或恨賢士不遇，或傷時命將傾，又或述家國之感念，乃至於父子
夫婦天性人倫，皆涉及自古儒家思想的重要範疇，韓愈藉此來寄託自
身理念，「其言皆有所感發……蓋入潮以後，憂深思遠，借古聖賢以
自寫其性情也」〔註64〕，無論言情抒志，都十分深沉動人。而《水
仙》、《懷陵》二操既傳爲伯牙所作，所述之事也並不似上述十操一
般，能夠直指人心，如《水仙操》但說伯牙學琴之事，《懷陵操》更
是本事已佚，所謂「於義無取，則不復作矣」。韓愈不選，也是情理
之中。

〔註61〕　蔡邕《琴操》卷上，清平津館叢書本。
〔註62〕　《琴操》所錄《別鶴操》題，韓詩題爲《別鵠操》。一字之差，與詩
　　　　　義無涉，或爲韓詩偶而之誤。文中述及時仍從《琴操》。
〔註63〕　《韓昌黎詩繫年集釋》，錢仲聯集釋，上海古籍出版社，1984 年，
　　　　　1142 頁。
〔註64〕　《韓昌黎詩繫年集釋》，錢仲聯集釋，上海古籍出版社，1984 年，
　　　　　1142～1143 頁。

　　韓愈擬作的十首《琴操》皆重本事寄託，借古人之事，擬古人之言，以達到自抒胸臆的目的，詩中全盤可見韓愈自身政治和道德理想的寄託，其風格哀而不傷，怨而不怒，深得儒家思想的醇正之味。這正與宋代文人崇古道的精神相合，故而他們十分推崇韓愈《琴操》十首，對其高古、雅正，多有盛讚之辭。如李塗《文章精義》贊其「平淡而味長」〔註65〕，王十朋和韓詩之餘，復作詩贊道：「幽幽十琴操，可僕蘭臺些。光餘萬丈長，照我一床臥」〔註66〕，詩中特地提到《琴操》，並將之追媲於楚騷，可見對韓愈《琴操》極為尊崇。

　　至於韓愈《琴操》之高古，劉克莊謂「謝康樂有擬鄴中詩八首，江文通有擬雜體三十首，名曰擬古，往往奪眞，亦猶退之《琴操》，可以弦廟瑟」〔註67〕，將韓愈《琴操》與謝靈運《擬魏太子鄴中集詩》和江淹《雜體詩》並舉，盛讚其名為擬古，卻足以亂眞的風格，而「可以弦廟瑟」更是對韓愈《琴操》中所表達的禮樂道德思想的肯定。而如嚴羽謂「韓退之《琴操》極高古，正是本色，非唐賢所及」〔註68〕，則是肯定韓愈《琴操》不同於唐詩的以意象、抒情為勝，而是寄託於舊典，以古雅之辭書寫胸襟，典重中和，正是古風。

　　而劉辰翁評韓愈《履霜操》，則是從其情志所言：「不怨，非情也，乃怨也，此乃小棄之志歟！只飢寒履霜，反覆感切，眞可以泣鬼神矣，此所以為琴操也。」〔註69〕韓愈《履霜操》云：「父兮兒寒，母兮兒饑。兒罪當笞，逐兒何為。兒在中野，以宿以處。四無人聲，

〔註65〕　李塗《文章精義》，文淵閣四庫全書本。

〔註66〕　王十朋《予向年少不自量，因讀韓詩，輒和數篇，未嘗敢出以示人蓋二十年矣，近因嘉叟見之，不能自掩，且贈以長篇，蒙景盧繼和，用韻以謝》，《全宋詩》，北京大學出版社，1998年，第36冊，22784頁。

〔註67〕　劉克莊《後村詩話》前集卷一，王秀梅點校，中華書局，1983年，5頁。

〔註68〕　嚴羽《滄浪詩話校釋》，郭紹虞校釋，人民文學出版社，1983年，187頁。

〔註69〕　《宋詩話全編》，鳳凰出版社，1998年，第10冊，9972頁。

誰與兒語。兒寒何衣，兒饑何食？兒行於野，履霜以足。母生眾兒，有母憐之。獨無母憐，兒寧不悲。」全以被逐孤子的口吻道來，雖然對自身被逐有不解，有悲傷，卻全無怨懟之語，聲聲呼告，都是對父母的留戀之情，讀來只覺其悲切可憫，感人至深，可謂深得「怨而不怒」之旨。晁補之云「愈操詞取興幽眇，怨而不言」〔註70〕，亦屬此類。

至於劉辰翁評《殘形操》：「十操惟此最古意，以其不著述也。題本難賦，此賦得體」〔註71〕，則是從詩篇主旨和寫作手法而論。在十《琴操》本事中，《殘形操》所述最為奇特：「曾子鼓琴，墨子立外而聽之。曲終，入曰：『善哉鼓琴！身已成矣，而曾未得其首也。』曾子曰：『吾晝臥見一狸，見其身而不見其頭，起而為之弦，因而殘形。』」〔註72〕夢狸不見其首，在古人心目中，本當有縹緲難卜的兆應之思。曾子心存此想，故彈琴時動心應手，墨子聽聞，則感於其音，進而明瞭其琴意之旨，也純然是精神層面的交匯，難以言說。而韓愈詩云：「有獸維狸兮，我夢得之。其身孔明兮，而頭不知。吉凶何為兮，覺坐而思。巫咸上天兮，識者其誰。」通篇以曾子口吻寫「吉凶何為」的異夢之思，然而節奏舒緩，辭氣平和，自有一種存而不論的從容之感，堪稱儒者胸襟的寫照。

既被推崇若此，韓愈《琴操》有時也成為臧否文人擬古詩的準繩。如陸游《跋李祖徠集》云：「《中野》、《去魯》、《歸周》三詩，可以追媲退之《琴操》，而世不甚傳。使予得見李公，當百拜師之，不特願為執鞭而已。」〔註73〕李祖徠並其三詩，惜已無考〔註74〕，然而

〔註70〕 王正德《餘師錄》卷一，《宋詩話全編》，鳳凰出版社，1998年，第6冊，6149頁。

〔註71〕 《宋詩話全編》，鳳凰出版社，1998年，第10冊，9972頁。

〔註72〕 蔡邕《琴操》卷上，清平津館叢書本。

〔註73〕 陸游《跋李祖徠集》，《陸游集》，中華書局，1976年，2250頁。

〔註74〕 就追媲《琴操》的評價，以及陸游不得見其人的事實而觀，其人的活動年代至早亦當在韓愈之後，至晚則仍當在南渡前；而陸游又以

陸游對此評價甚高，將之與韓愈《琴操》並列，故略事分析。因陸游此論也是推崇韓愈《琴操》，以其內容風格為基準來考量的，所述三首詩的內容與《琴操》有關聯的可能性很大。如《去魯》極可能是寫孔子去魯之事，亦即《龜山操》本事所述「季氏專政，上僭天子，下畔大夫，賢聖斥逐，讒邪滿朝。孔子欲諫不得，退而望魯，魯有龜山蔽之。辟季氏於龜山，託勢位於斧柯；季氏專政，猶龜山蔽魯也」〔註75〕。《中野》和《歸周》本事較難考，按韓愈《履霜操》有「兒在中野，以宿以處」句，則《中野》所述或與此同；《歸周》雖題目泛泛，也當有文王、周公之類古事以為依託。單看詩題，已覺頗為高古，亦依約可以想見其擬作之風。

在將韓愈《琴操》奉為圭臬的整體環境下，宋人也因此總結出《琴操》擬作歌辭的創作範式。其一，注重本事寄託，更當以古人口吻出之。如唐庚所論「古樂府命題皆有主意，後之人用樂府為題者，直代其人而措辭。如《公無渡河》，須作妻止其夫之辭。太白輩或失之，惟退之《琴操》得體。」〔註76〕韓愈的《琴操》擬作之所以被譽為「得體」，首先在於他對舊題本事的注重，即所謂「命題皆有主意」；其次，則是在抒寫本事的基礎上，敘事方式也採取「代其人而措辭」的代言之法，通篇代入古人心境，擬古人之語，令擬作內容與題目本事更加相得益彰。而在對事典的涉獵方面，「韓愈博極群書，奇辭奧旨如取諸室中，以其涉博，故能約而為十操」〔註77〕，也符合宋人重讀書求典，以才學為詩的創作理念。

其二，章句崇尚古風，而又需自成一派，不落詩、騷格局之內。

「追媲」稱之，較大可能並非出自唐人，而是宋人之作。《李祖徠集》一名，《遂初堂書目》、《郡齋讀書志》、《直齋書錄解題》等南宋著名書目均未著錄，也印證了「世不甚傳」之說。

〔註75〕　蔡邕《琴操》卷上，清平津館叢書本。

〔註76〕　《苕溪漁隱叢話》前集卷十八引《唐子西文錄》，人民文學出版社，1981年，120頁。

〔註77〕　王正德《餘師錄》卷一，《宋詩話全編》，鳳凰出版社，1998年，第6冊，6149頁。

如唐庚所言「琴操非古詩，非騷詞，惟韓退之爲得體」〔註78〕，便是從文體的角度歸納。觀韓愈擬作，雖高古之風似古詩，錯落頓挫的句法似騷詞，但整體格局非古非騷，有古人歌詩之風，正與諸《琴操》古辭相彷彿。

綜上所述，韓愈的《琴操》擬作崇古重典，借古人之事以自抒的寫作模式，正與宋代文人士大夫復古重道，尚學問，又執著於家國責任感的路數一脈相承。故而宋代琴曲歌辭的創作中，繼承韓愈《琴操》擬作傳統的一派便佔據了主流地位。

二、矧此古琴操，應和無以加：宋代《琴操》擬作詳覽

宋代文人對《琴操》的擬作，其範圍更爲寬泛。僅以蔡邕《琴操》所錄舊題而言，十二操之外，如九引、河間雜歌諸題，宋人皆有涉獵。甚至存在本無舊題，而宋人擷取典籍片段，或是附會舊事，因以爲題者。擬題所代言的對象，亦多爲事跡昭彰的古聖先賢。

宋代較爲重要的《琴操》擬作者有王令、曹勳、薛季宣三位詩人，其中王令擬十二題，曹勳擬十一題，薛季宣擬十九題，創作多而集中，且體例分明，可見是有意發揚《琴操》傳統之作，下文亦主要以他們的作品爲展示對象。此外如文同、劉敞、黃庭堅、金履祥、嚴羽等人，雖也有擬題，但皆不過寥寥一兩首，屬偶一爲之，故不作過多論述。

1、《琴操》本事源流：小序的重要地位

《琴操》之擬作，自韓愈始，大多著一小序，以明其本事之由來。韓愈的小序，尚且只是點出本事，以明詩篇所由來的泛泛之筆。到了宋代文人筆下，小序通常更加詳細，其地位也愈發重要。文人爲抒發自身獨特的情志，對古史本事加以提煉，從不同的角度再度闡發其義，故而看似簡短之筆，卻足以成爲詩歌旨趣之指歸。

〔註78〕 唐庚《唐子西文錄》，《歷代詩話》，何文煥輯，中華書局，1981年，444頁。

　　僅以曹勳《琴操》十首爲例。曹勳所作全從韓愈之題，自《將歸》至《殘形》依次擬作，而不及《水仙》、《懷陵》二篇，形式上是對韓愈的全面繼承。列其詩前小序如下：

　　　　孔子之趙，聞殺鳴犢作。　　　　　　——《將歸操》序

　　　　孔子傷不逢時作。　　　　　　　　　——《猗蘭操》序

　　　　孔子以季桓子受齊女樂，諫之不從，因以去魯，望龜山而作。　　　　　　　　　　　　　　——《龜山操》序

　　　　周公思文武之勤勞，傷時君之德不能致越裳之臣也。
　　　　　　　　　　　　　　　　　　　——《越裳操》序

　　　　文王拘羑里所爲作也。　　　　　　　——《拘幽操》序

　　　　周公患時贖武，思大王之德所爲作也。
　　　　　　　　　　　　　　　　　　　——《岐山操》序

　　　　尹吉甫子爲後母見逐，晨行太山下，感帝舜之事所爲作也。　　　　　　　　　　　　　　　　——《履霜操》序

　　　　牧犢子行年七十無妻，見雉雙飛感之而作。
　　　　　　　　　　　　　　　　　　　——《雉朝飛操》序

　　　　商陵穆子取妻五年無子，父母欲其改取。其妻聞之，中夜悲嘯。穆子感之而作。　　　——《別鶴操》序

　　　　曾子夢狸不見其首，感之而作。
　　　　　　　　　　　　　　　——《殘形操》序〔註79〕

　　將曹勳詩序與韓愈對比，則《將歸操》、《猗蘭操》、《雉朝飛操》、《別鶴操》、《殘形操》五篇，二者序文大體相同，雖有個別字詞出入，但不構成文本意義上的增減。此外五篇的序文，曹勳所述都較韓愈更爲詳細。

　　《龜山操》，韓愈原序作「孔子以季桓子受齊女樂，諫不從，望

─────────────────

〔註79〕　以上並見《全宋詩》，北京大學出版社，1998 年，第 33 冊，21036
　　　　～21038 頁。

龜山而作」〔註80〕，曹勳多了「因以去魯」的敘述，使這一事典的敘述更爲完整。《履霜操》，韓愈原序「尹吉甫子伯奇無罪，爲後母讒而見逐，自傷作」〔註81〕，曹勳所述本事大略與此同，卻多了「感帝舜之事所爲作也」。因舜也曾被逐歷山，這一敘述乃是在本事基礎上生發出另一相類事典，兩相對舉之下，擴大了題目的容納性，更營造出一種歷史縱深感。

此外韓愈《拘幽操》云「文王羑里作」〔註82〕，《岐山操》云「文王爲太王作」〔註83〕，都十分簡明。曹勳所述，大體相似。僅《岐山操》本事，《琴操》詫爲周太王所作，韓、曹則一託文王，一託周公，然所述皆是太王事跡，亦無損於本事。但曹勳序中，更加強調「所爲作也」的目的，使詩篇擬古人口吻的特質更加突出。

再如《越裳操》，《琴操》所載本事云：「周公輔成王，成文王之王道，天下太平，萬國和會，江黃納貢，越裳重九譯而來獻白雉，執贄曰：『吾君在外國也，頃無迅風暴雨，意者中國有聖人乎？故遣臣來。』周公於是仰天而歎之。乃援琴而鼓之，其章曰：『於戲嗟嗟，非旦之力，乃文王之德。』」〔註84〕韓愈序僅云「周公作」〔註85〕，而曹勳「周公思文武之勤勞，傷時君之德不能致越裳之臣也」的敘述，聯繫到南渡之後山河破碎，偏安一隅的政治環境，則借題發揮之意一目了然。

王令、薛季宣的《琴操》擬作中，亦多見此類小序。如王令《辭

〔註80〕　《韓昌黎詩繫年集釋》，錢仲聯集釋，上海古籍出版社，1984 年，1152 頁。

〔註81〕　《韓昌黎詩繫年集釋》，錢仲聯集釋，上海古籍出版社，1984 年，1164 頁。

〔註82〕　《韓昌黎詩繫年集釋》，錢仲聯集釋，上海古籍出版社，1984 年，1158 頁。

〔註83〕　《韓昌黎詩繫年集釋》，錢仲聯集釋，上海古籍出版社，1984 年，1161 頁。

〔註84〕　蔡邕《琴操》卷上，清平津館叢書本。

〔註85〕　《韓昌黎詩繫年集釋》，錢仲聯集釋，上海古籍出版社，1984 年，1155 頁。

粟操》本事見於《列子》：「子列子窮，容貌有饑色。客有言之鄭子陽者，曰：『列禦寇蓋有道之士也，居君之國而窮，君無乃爲不好士乎？』鄭子陽即令官遺之粟。子列子出見使者，再拜而辭。使者去，子列子入，其妻望之而拊心曰：『妾聞爲有道者之妻子，皆得佚樂。今有饑色，君遇而遺先生食，先生不受，豈不命也哉？』子列子笑謂之曰：『君非自知我也。以人之言而遺我粟，至其罪我也，又且以人之言？此吾所以不受也。』其卒，民果作難而殺子陽。」〔註86〕王令的小序則將之簡化爲僅十餘字之文，「子列子辭鄭子陽粟，歸而作是操」，而將原文列子所述之志化入詩句，「食人之粟，飽復何爲。當人之賜，罪亦何辭。有以我爲是兮，豈無以我爲非。已兮已兮，吾何以勝人之言兮」〔註87〕。又如《陬操》言「孔子去趙作」〔註88〕，《樠高操》言「惠子去聖（當作宋），望大樠而作」〔註89〕，薛季宣《梁山歌》言「曾子耕於泰山，雨雪旬日，思歸溫父母而不得作」，等等，敘事皆十分簡潔，僅以點明其本事爲止。

　　這類《琴操》擬作的小序，通常敘事首尾完全，然而字句簡明，宛若史筆，與《琴操》本事的鋪陳其事大相徑庭。一方面，小序所述皆本事著稱，無需贅言；另一方面，小序與詩歌實爲一體，然而各司其職，小序僅詳述其事，作爲詩歌之依憑，其餘鋪陳抒發，盡由詩承擔。這樣由典入詩，並行不悖的表現手法，自有一種凝重的歷史感，古意盎然。

2、聖賢之思：政教德行的探求

　　《琴操》擬作所採用的本事，絕大多數是古代聖賢及有德者的事

〔註86〕　《列子・說符第八》，《列子集釋》，楊伯峻撰，中華書局，1979年，244頁。

〔註87〕　王令《辭粟操》序，《王令集》卷一，沈文倬校點，上海古籍出版社，1980年，11頁。

〔註88〕　王令《陬操》序，《王令集》卷一，沈文倬校點，上海古籍出版社，1980年，12頁下同。

〔註89〕　王令《樠高操》序，《王令集》卷一，沈文倬校點，上海古籍出版社，1980年，12頁。

跡傳說，或者直接引自古代典籍，或者由典籍記載精鍊、化用而來。其所依託者，置諸歷代，無不是經典之作。宋代文人這種有選擇性的書寫，無疑體現了儒家思想引導下，對古代經典中政治理想與道德意義的理解與發原。

薛季宣任鄂州武昌令時，作有《絃歌堂記》，文中以琴爲喻，抒發對政教風化的追求：「太古之治，有樂而無聲。琴而無絃者，以身爲器，以心爲律，建之以太極，置之以中和，翕而作之，皦而純之，繹而成之，八音克諧，律呂斯應。動天地，感鬼神，有生之類，無不獲者矣。夫如是也，絃歌之事，可得而略也。……仁民而愛物，未有學非是道者。」〔註90〕以「絃歌」爲題，本就是對禮樂教化的宣揚，而薛季宣進而將這種思想寄託於琴，著重敘述琴作爲太古之治、禮樂之器的象徵意義，最終仍歸結到仁民愛物的教化之道。既然對琴之爲器評價如此之高，其《琴操》擬作也勢必與之相合，成爲正聲雅音的體現。

如薛季宣《神人暢》。《古今樂錄》曰：「堯郊天地，祭神座上有響，誨堯曰：『水方至爲害，命子救之。』堯乃作歌。」謝希逸《琴論》曰：「《神人暢》，堯帝所作。堯彈琴感神人現，故製此弄也。」〔註91〕則此篇本當是堯自行作歌，以讚美神人之和。而薛季宣別出心裁，改其事爲「堯事天理人，堯民虞歌其聖作」〔註92〕，以堯治下之民的視角，轉而讚譽體天應時，化育民生的先王之道。其詩云「莫莫昊天，莫黟烝民，感兮格兮君之仁。混茫萬宇，自都於野，余一人爰主。於何道兮，暢浹神人。於何道兮，神人我與。蕩蕩兮帝德，高高兮不極。吾不知其名兮，命焉弗得。其人則天兮，天乎其仁。吾不知

〔註90〕 薛季宣《浪語集》卷三十一，清文淵閣四庫全書補配清文津閣四庫全書本。

〔註91〕 引文並見《樂府詩集》卷五十七·琴曲歌辭一，中華書局，1979 年，第 3 冊，824 頁。

〔註92〕 薛季宣《神人暢》序，《全宋詩》，北京大學出版社，1998 年，第 46 冊，28709 頁下同。

其際兮，究焉無適。伊神人之交暢兮，其帝之力。」

　　再如《適薄歌》，乃是以夏朝人民的口吻，抒寫他們去桀歸湯時的心境：「瞻彼薄兮，俗灝灝兮。父母邦兮，蔑強暴兮。瞻彼薄兮，俗洋洋兮。父母邦兮，蔑暴強兮。茫茫禹跡，紊其經紀。適彼薄兮，言歸父母」〔註93〕。指斥暴政，其根本目的是爲了讚譽成湯的寬厚仁德，「俗灝灝兮」、「蔑暴強兮」，使人民得有所居。詩中一再稱成湯之邑爲「父母之邦」，章末更言「適彼薄兮，言歸父母」，認爲惟有愛民惜民之國，才能被人民視爲眞正的家邦。借民眾之口道出對仁政的渴望之際，也是對自身仁德愛民思想的宣示，亦即其所謂「仰不愧，俯不作，憂不患乎失職，則絃歌之事，其或庶幾乎」〔註94〕，士大夫的責任感一目了然。

　　如以上述詩篇爲《琴操》擬作中的風雅正聲，黃庭堅所作《鄹操》，則堪比變風、變雅一類。其序云：

　　　　晉人以幣交孔子而召之，禮際甚善。孔子將渡河，聞趙簡子殺鳴犢、舜華，臨河而不進，曰：「洋洋乎，丘之不濟，此命也！」夫學者常以事不經見，相與獻疑，以爲魯哀、季桓不足與有爲也，公山、佛肸不足與有爲也。衛以家聽南子，齊以國聽田常，陽貨亂人，原壤之不肖，與之酬酢，雍容禮貌而弗絕也。簡子殺大夫，何得罪之深歟？彼蓋不知亡國之祥，莫大乎殺賢大夫。無罪而戮一民，士可以捨祿。無罪而殺一士，大夫可以命車。無罪而殺賢大夫，鉏國之干也。鉏國之干而不得罪於國人，國非君之有也。推此以行，其孰不翦刈。故君子見微歸，在鄹，作鄹操。〔註95〕

────────────

〔註93〕　薛季宣《適薄歌》，《全宋詩》，北京大學出版社，1998年，第46冊，28710頁。

〔註94〕　薛季宣《浪語集》卷三十一，清文淵閣四庫全書補配清文津閣四庫全書本。

〔註95〕　黃庭堅《鄹操》序，《黃庭堅全集》，劉琳等校點，四川大學出版社，2001年，第3冊，1357～1358頁。

序中眞正敘述本事的，只是起初兩句，其下洋洋灑灑，都是黃庭堅對其事的闡發，可謂一篇史論。其詩通篇擬孔子口吻，雖不乏「昊天不弔，仁者此無罪也」的歎息，更重要的卻是「政何君而莫與，君何國而莫求」，「攬國闔而家擅，幾何而不殆也」一類對政治的譏評，終至引出「大同至小，天地德也。小物自私，智之賊也」等等關於「國無知兮」的批判，以琴操臧否史事，借聖賢之口，述前車之鑒，亦足以發人深思。

　　文人士大夫寄託於琴者，不外治國修身之道。除上文所述的政教風化之外，也頗多對個人德行、修養的探求。如曹勛《猗蘭操》：「猗嗟蘭兮，其葉萋萋兮。猗嗟蘭兮，其香披披兮。胡爲乎生茲幽谷兮，不同雲雨之施。紛霜雪之委集兮，其茂茂而自持。猗嗟蘭兮。」〔註96〕通篇以蘭爲喻，描繪生不逢時的賢士形象。雖然全詩三次歎息「猗嗟蘭兮」，然而並不如古辭般渲染其不得志的淒涼之態，而是著重於以「其葉萋萋兮」、「其香披披兮」，極寫其姿儀與德行之美。「紛霜雪之委集兮，其茂茂而自持」，更可謂卒章顯志，塑造出一位即便天下無道，時運艱辛，卻仍在霜雪中獨立自持，洵美如恒的賢者形象。這一形象也正是儒家學派「窮則獨善其身」的思想境界之寫照。

　　再如其《箕山操》：「草可以爲衣兮，木可以爲廬。水清石白兮，渴飲有時而饑食有餘。止不知其吾之有影兮，而行不知其吾之有軀。彼日月之自明兮，吾又安知其所如。君乎君乎，且將浼我以天下，而無乃不幾於贅乎。」〔註97〕此題原本有曲無辭，所述乃是許由事跡，而曹勛發其本事，「補而廣之」〔註98〕，也是借描寫隱逸之樂表達獨善其身的高潔志向。

　　至於黃庭堅《聽履霜操》，其體裁雖非《琴操》擬作一路，但發

〔註96〕　曹勛《猗蘭操》，北京大學出版社，1998年，第33冊，21036頁。

〔註97〕　曹勛《箕山操》，《全宋詩》，北京大學出版社，1998年，第33冊，21074頁。

〔註98〕　曹勛《箕山操》序，《全宋詩》，北京大學出版社，1998年，第33冊，21074頁。

原本事之旨趣正是宋人理路，故而在此一併詳論。

「《履霜操》，尹吉甫之子伯奇所作也。伯奇無罪，爲後母讒而見逐，乃集芰荷以爲衣，採樗花以爲食。晨朝履霜，自傷見放，於是援琴鼓之而作此操。曲終，投河而死。」〔註99〕《履霜操》古辭亦云：「履朝霜兮採晨寒，考不明其心兮聽讒言。孤恩別離兮摧肺肝。何辜皇天兮遭斯愆，痛歿不同兮恩有偏，誰說顧兮知我冤」，乃是以己身遭遇上訴皇天，哀感沉痛之餘，也不無怨懟之辭。至韓愈所述，方眞正達到「怨而不怒」之境。而黃庭堅之作雖秉承孤子被逐，不得於親的題材，在心性磨礪方面卻更進一步。他在詩序中便明述：「士有有意於問學，不得於親能不怨者，預聽斯琴。予故爲危苦之詞，撼其關鍵，冀其動心忍性，遇變而不悔」〔註100〕，可知其作詩主旨乃是使人聽此曲而能修身養性，自持其心。

黃庭堅詩中反覆出現「嘉孝子之心終無已兮，不忍忘初之戒命」〔註101〕，「雉雛雞乳兮，麋鹿解角。天性則然兮，無有要約。哀號中野兮，於父母又何求」，「盡子職而不我愛兮，終非父母之本心。天高地厚施莫報兮，固自有物以至今」，等句，都是從純孝的角度著眼，將原本自傷見放的哀思，轉變爲對親長的深沉之愛。「我行於野兮，不敢有履聲。恐親心爲予動兮，是以有履霜之憂」，身處曠野，並不自傷幽獨，反而舉止小心翼翼，避免驚動父母，再爲自己擔憂。雖是故作危苦之語，本質上卻是對人倫天性中至善一面的發揮，故此讀來也只覺一派中正平和，深得儒家倫理之三昧。

3、影射與寄託：虛擬與現實的交織

《琴操》擬作乃是託古人之事，抒發自身情志之作，其章法範

〔註99〕 郭茂倩《樂府詩集》卷五十七·琴曲歌辭一，中華書局，1979年，第3冊，833頁下同。

〔註100〕 黃庭堅《聽履霜操》序，《黃庭堅全集》，劉琳等校點，四川大學出版社，2001年，第3冊，1356頁。

〔註101〕 黃庭堅《聽履霜操》，《黃庭堅全集》，劉琳等校點，四川大學出版社，2001年，第3冊，1356頁下同。

式，大體皆是體貼其情，擬古人口吻而成篇，故或多或少都具備虛擬敘事這一特點。然而，單純對政教風化，倫理道德的追求，乃是文人士大夫的普世之思。以之爲書寫對象的作品，題目雖迥異，主旨實一，不外乎先王之道、聖賢之德。作爲虛擬敘事，其格局受到思想內容的約束，可供發揮之處也較爲有限。反之，那些因文人自身有所感悟，借題發揮，抒寫性情之作，其中虛擬敘事的特質也就更加顯著。

如曹勳《琴操》總序所言：「唐韓愈依古述《琴操》十篇，詞存而義不復概見。又聲譜僅可傳其彷彿，而莫知其由。是故悲思怨刺，抑揚折中，皆不切其言。夫所謂操者，言其志節之不可以變，而眾人之莫吾知，而一歸於時命，將感激以自傷，寄之於音聲者也。大抵皆賢聖憤懣之所爲作也。今依韓愈先後之次，復述十首，各冠其事於首篇云爾。」〔註102〕《琴操》之擬作，當以古人視角發之，詩序貼合，本是不必言說之事，然而曹勳的諸多樂府詩小序中，卻經常以「所爲作也」概括自己的創作意圖，強調作者的存在。此外，他將《琴操》的特徵概括爲「悲思怨刺」，而並非追求至正中和之道，這和曹勳經歷南渡，深味家國之悲的個人體驗是分不開的。故而他的擬作，大多都是在歷覽古人事跡，恨其遭際之餘，反觀自身之憤懣不平，才有感而發。

如寫「曾子夢貍不見其首，感之而作」的《殘形操》，乃是直接以己之思代入古人主觀視角，屬於最爲直接的虛擬：

狸之文兮，蔚乎其成章。身之孔昭兮，而其智之不揚。
維元首之昧昧兮，而股肱孰爲其良。吁嗟乎，狸之祥兮。
非吾之傷兮，其誰爲傷。〔註103〕

聯繫曹勳屢屢進言抗金卻不得回應的經歷，這篇看似平淡的詩作，

〔註102〕 曹勳《琴操》序，《全宋詩》，北京大學出版社，1998 年，第 33 冊，21036 頁。
〔註103〕 曹勳《殘形操》，《全宋詩》，北京大學出版社，1998 年，第 33 冊，21036 頁。

可謂通篇充斥著對當時政局的隱喻。文采蔚然成章，卻不見其首的狸，正是曹勳時南宋朝廷的縮影。即便朝中不乏忠貞報國的才幹之士，但在碌碌無為，但求偏安的最高統治者面前，卻都無可作為，也惟有發出「維元首之昧昧兮，而股肱孰為其良」的沉痛慨歎。「非吾之傷兮，其誰為傷」，直抒胸臆，正是曹勳志不得申，鬱憤之況的寫照。

而《岐山操》乃是「周公患時黷武，思大王之德，所為作也」之篇，曹勳在此詩中代入周公口吻，述太王之事，兩相感發，更形深刻：

> 豳之土兮，民之所宜。豳之居兮，民之所依。予何為
> 兮屍之。我將全汝兮，之岐之陽。汝其保寧兮，無越汝疆。
> 斯歸斯徂兮，其誰之將。嗟今之人兮，何思何傷。〔註104〕

考《岐山操》之本事，「太王居豳，狄人攻之，仁恩惻隱，不忍流血，選練珍寶犬馬皮幣束帛與之。狄侵不止。問其所欲得，土地也。太王曰：『土地者，所以養萬民也。吾將委國而去矣，二三子亦何患無君？』遂杖策而出，踰乎梁而邑乎岐山。自傷德劣，不能化夷狄，為之所侵，喟然歎息。」〔註105〕太王為狄所侵，避處岐山之事，正堪影射宋室南渡之屈辱。不能禦侮，更無以安民，「德劣」二字，無可辯駁。「我將全汝兮，之岐之陽。汝其保寧兮，無越汝疆」之句，一方面故作姿態，一方面又誠惶誠恐，正是宋室對金人態度的寫照。全詩以自身心境返觀古人之憂思，從而形成古今一脈，淵源不絕的家國之悲、天下之思，越發發人深省。

曹勳之虛擬，還只是以己身之所感，借古人口吻發鬱憤之辭。而王令的虛擬，則體現在對本事自身的再度闡發之上，可謂自造一境以抒懷。如其《鼮鼠操》序：「魯文公七年，鼮鼠食郊牛之角。魯南之

〔註104〕　曹勳《岐山操》，《全宋詩》，北京大學出版社，1998年，第33冊，21037頁。

〔註105〕　蔡邕《琴操》卷上，清平津館叢書本。

野老聞而歎曰：『不可不知懼也。』既而又曰：『天下之事備矣。』」
〔註106〕然鼷鼠食郊牛角之事實見於《左傳》成公七年，王令言文公，
當是記憶之誤。「七年春，王正月，鼷鼠食郊牛角，改卜牛，鼷鼠又
食其角」〔註107〕，郊祭之典上所用的牛，其角兩次傷損，乃是不祥
之兆，故劉向以之爲「其後三家逐魯昭公，卒死於外之象」〔註108〕。
然考宋前諸典籍中，皆不見魯南野老之語，可知此語乃是王令附會
《左傳》所述，自行發揮而成。其詩云：「鼷鼠鼷鼠，實食其牛，牛
則不知。彼牛彼牛，既卜以郊，傷則免之」〔註109〕，以平簡字句敘
不祥之徵，亦隱然與序中「不可不知懼也」的感慨相合。

　　王令一生沉淪下僚，深知民間疾苦，因而也較同時代的其餘人更
加深刻地認識到仁宗朝時局「政紊於廷，民勞於野，境蹙於疆，日削
以亡，自此始矣」〔註110〕的困境，《鼷鼠操》自注云「鼷鼠傷物而物
不知」，正彷彿有感於此困境而發的隱喻，而「魯南野老」的虛擬形
象，也足可視爲他的自我代入。

　　又，王令《於忽操》序云：「劉表見龐公，將起之而公不願也。
表曰：『然則何謂。』公曰：『我可歌乎？』既歌，命弟子治之，凡三
操。」〔註111〕龐德操拒絕出仕劉表，此事頗見於史書，如《後漢書》
即載：「荊州刺史劉表數延請不能屈，乃就候之，謂曰：『夫保全一
身，孰若保全天下乎？』龐公笑曰：『鴻鵠巢於高林之上，暮而得
所棲；黿鼉穴於深淵之下，夕而得所宿。夫趣捨行止，亦人之巢穴

〔註106〕　王令《鼷鼠操》序，《王令集》卷一，沈文倬校點，上海古籍出版
　　　　　社，1980年，7頁。
〔註107〕　《春秋左傳注》，楊伯峻編著，中華書局，2009年，831頁。
〔註108〕　劉知幾《史通》卷十九外篇，黃壽成校點，遼寧教育出版社，1997
　　　　　年，163頁。
〔註109〕　王令《鼷鼠操》，《王令集》卷一，沈文倬校點，上海古籍出版社，
　　　　　1980年，7頁。
〔註110〕　王夫之《宋論》，據沈文倬校點《王令集》序，上海古籍出版社，
　　　　　1980年，7頁。
〔註111〕　王令《於忽操》序，《王令集》卷一，沈文倬校點，上海古籍出版
　　　　　社，1980年，10頁。

也，且各得其棲宿而已，天下非所保也。』」〔註112〕但作歌之事，不見於任何典籍，則又是王令有感於史書，特託其事，發而爲《琴操》之擬。

王令《正命》篇云：「天下無道，以身殉道，雖窮賤死而不回，亦我命之也，是命在我者也」〔註113〕，可見其立身之端正，性情之剛毅。同時，他又深懷著避世退隱之思：「天門廉陛鬱巍巍，勢利寧無淡泊譏。誰與跖徒爭有道，好思吾黨共言歸。」〔註114〕《於忽操》三章，也都是這種心情的寫照：

> 於忽乎，不可以爲，其又奚爲。離妻之精，夜何有於明。瞽曠之耳，聾者亦有爾。束王良之手兮，後車載之。前行險以既覆兮，後逐逐其猶來。雖目盼而心駭兮，顧其能之安施。委墨繩以聽人兮，雖班輸亦奚以爲。

> 於忽乎，不可以爲，其又奚爲。橡櫨桷榱之累重，顧柱小之奈何。方風雨之晦陰，行者艱而莫休，居者坐以笑歌。不知壓之忽然兮，其謂安何。

> 於忽乎，不可以爲，其又奚爲。謂雞斯飛，誰得而羈。謂豕斯突，何取於縛。是皆以食而得之，吾方饑而噫。雞兮豕兮，死以是兮。〔註115〕

首章慨歎濁世滔滔，有識之士即便投身其間，仍然不得申其才、逞其志，只能得到「束王良之手兮，後車載之」的待遇，看似尊崇，實則碌碌無爲。這種委命於人，目盼心駭的境況，不要說保全天下，就是自身也無法保全。次章則以房舍之下的「居者」喻入仕者，風雨中的

〔註112〕《後漢書》卷七十三・逸民列傳，中華書局，1995 年精裝版，2776頁。

〔註113〕王令《正命》，《王令集》卷十三，沈文倬校點，上海古籍出版社，1980 年，239 頁。

〔註114〕王令《寄介甫》，《王令集》卷十，沈文倬校點，上海古籍出版社，1980 年，189 頁。

〔註115〕王令《於忽操》，《王令集》卷一，沈文倬校點，上海古籍出版社，1980 年，10 頁。

「行者」喻隱遁者，認爲入仕看似安樂，實則其環境卻不堪重負，「橡櫨桷榱之累重，顧柱小之奈何」，隨時有傾覆之險。末章則以雞家爲喻，進一步表達羈縛於人者，雖有一時之所得，卻終不得其死的觀點，仍回到對退隱的推崇上來。三章皆以「於忽乎，不可以爲，其又奚爲」起句，充滿了對似安實危的時局的深沉歎息，這也正是王令一貫觀念的寫照。

又，「馮惟訥《詩紀》有龐德公《於忽操》三章，考呂祖謙《宋文鑒》，則王令擬《於忽操》三首，馮氏誤以爲德公作。」〔註116〕而仇兆鰲《杜詩詳注》注《泥功》，亦云：「龐德公《於忽操》：前行險既以覆兮，後逐逐其猶來」，所引詩句也是王令《於忽操》首章中的句子。可見王令擬作風格之古，感慨之切，在後人眼中，實有亂眞之效，在觀照其虛擬敘事之時，也不失爲一個小小插曲。

《琴操》擬作於詩歌本身，注重其「所爲作也」的代言特質，追求辭句古雅，既是爲了摹擬古人琴歌的風格，也不乏發揚琴曲歌辭本身「雅音」特質的用意。同時，在詩前以小序述其本事，也承載了對歷史人事的臧否，或是對自身情志的寄託。由於這種創作方式十分切合於宋人復古重道的氣質，故而成爲兩宋琴曲歌辭擬作的主流。

第三節　琴歌《醉翁吟》的演變軌跡

宋代文人的琴曲歌辭創作，或因爲崇古、重本事之故，傾向於對《琴操》傳統的摹仿；或因爲舊題漫漶之故，成爲徒具樂府之題的徒詩。這兩種重要的創作趨勢中，對琴曲歌辭與音樂的關係都關注不多。文人爲本朝新譜的琴曲作專門歌辭的相關記載很少，也較爲零散。《醉翁吟》的傳寫，無疑是其中最爲突出而集中者。

《醉翁吟》曲調始自北宋沈遵，兩宋之間，歌辭傳寫的風格流變十分顯著。歐陽修最初意圖爲琴曲創作歌辭，從而確立此題；而後梅

〔註116〕沈欽韓《後漢書疏證》卷十，清光緒二十六年浙江官書局刻本。

堯臣、王令等所作，都是即事成詩，與聲樂無涉；再後的蘇軾、郭祥正等人，則又回到倚聲為歌的寫作方式，並形成了固定的，類似詞體的範式。至南宋，樓鑰的擬作完全依循其章法，辛棄疾更將之寫為詞調。

　　百餘年間，宋代文人為一支《醉翁吟》新曲創作了三類迥異的歌辭。無論是從本事流變的角度，還是從與音樂關係的角度來看，《醉翁吟》的創作都是兩宋新興琴曲歌辭創作中極具代表性的一題。關於琴曲向《醉翁操》詞調演變的過程，呂肖奐已有文章詳論，本節則擬從文人擬樂府的角度，考察其作為琴曲歌辭的演變軌跡。

一、本事的源起與確立：以歐陽修為中心的《醉翁吟》寫作

　　《醉翁吟》的淵源，始自慶曆六年（1046）歐陽修在滁州建醉翁亭。皇祐二年（1050）左右，時人沈遵聽聞此事，前往遊歷山水，並創作了琴曲《醉翁吟》，然而未以示人。至和二年（1055），歐陽修在出使契丹途中與沈遵相逢，欣賞了沈遵彈奏的《醉翁吟》之後，於次年，亦即嘉祐元年（1056）寫了《贈沈遵》一詩並《醉翁吟》歌辭，在兩篇作品的序文中都記載了此事的首尾。以更為詳細的《贈沈遵》序為例。

> 予昔於滁州作醉翁亭，於琅琊山有記刻石，往往傳人間。太常博士沈遵，好奇之士也。聞而往遊焉，愛其山水，歸而以琴寫之，作《醉翁吟》一調，惜不以傳人者五六年矣。去年冬，予奉使契丹，沈君會予恩冀之間，夜闌酒半，出琴而作之。予既嘉君之好尚，又愛其琴聲，乃作歌以贈之。〔註117〕

其《醉翁吟》序所述與此大致彷彿，僅改上文「醉翁吟一調」為「《醉翁吟》三疊」，其說亦可由《贈沈遵》篇中詩句「宮聲三疊何泠泠」

〔註117〕　歐陽修《贈沈遵》序，《歐陽修詩文集校箋》，洪本健校箋，上海古籍出版社，2009 年，161～162 頁。

所證實，故不再贅錄。

　　兩篇詩序均記載，沈遵作此曲的原因是「愛其山水」，但歐陽修
此說未必沒有自謙之意。因爲沈遵的這次遊歷，無疑源於對歐陽修建
亭作記之舉的追慕，也未必沒有受到《醉翁亭記》文意的影響，故其
琴曲不以山水景物名，而特地題以「醉翁」。曲成之後，不以傳人，
直至五六年後與歐陽修相遇，才特地撫琴一曲，珍重之意，可想而知。
歐陽修詩中「醉翁吟，以我名，我初聞之喜且驚」〔註118〕之句，極
是平淡直白，然而千載以下觀之，當時他那且驚且喜的心情亦如在目
前。可見沈遵此曲作得十分高妙，不負歐陽修「爾琴誠工」之譽，其
中抒寫的情緒，也堪與歐陽修「醉翁」之號相得。

　　歐陽修本人工於琴藝，「六一居士」一號的由來，其中即有「一
張琴」。前文所引的論琴之作《送楊寘序》是他在慶曆七年（1047）
所作，那時他已經學琴有成，數年後與沈遵相遇時，對琴樂的感悟與
鑒賞能力當更爲精湛。以詩筆繪琴音，寥寥數句，已神韻全出：「宮
聲三疊何泠泠，酒行暫止四坐傾。有如風輕日暖好鳥語，夜靜山響春
泉鳴。坐思千岩萬壑醉眠處，寫君三尺膝上橫。」曾經乘興扶醉，寄
情其間的那片滁州山水，十年之後再度因這一曲琴音而神會，「沈夫
子，恨君不爲醉翁客，不見翁醉山間亭。翁歡不待絲與竹，把酒終日
聽泉聲。有時醉倒枕溪石，青山白雲爲枕屛。花間百鳥喚不覺，日落
山風吹自醒」，筆致如飛泉直瀉，盡寫當時的山水清趣。「恨君不爲醉
翁客」一句，更是歐陽修心悅神會，相見恨晚的知音之歎。

　　此外，沈遵這一曲《醉翁吟》，也是對謫居滁州，十年顛沛的歐
陽修的慰藉。歐陽修號醉翁時不過四十歲，正值壯盛之年，「我昔被
謫居滁山，名雖爲翁實少年」〔註119〕，濟世之志，不得其所，只能

─────────

〔註118〕　歐陽修《贈沈遵》，《歐陽修詩文集校箋》，洪本健校箋，上海古籍
　　　　　出版社，2009 年，162 頁下同。
〔註119〕　歐陽修《贈沈博士歌》，《歐陽修詩文集校箋》，洪本健校箋，上海
　　　　　古籍出版社，2009 年，181～182 頁。

空號醉翁，寄情山水，這種悵惘，十年之後仍不能息。「爾來憂患十年間，鬢髮未老嗟先白。滁人思我雖未忘，見我今應不能識」，便是其寫照。

　　至嘉祐二年（1057），沈遵通判建州，臨別之際，歐陽修又作《贈沈博士歌》。此題雖一作《醉翁吟》，但詩中對滁州山水的回憶裏，更多的是雲荒石老，歲月侵尋的死生聚散之思，與「國恩未報慚祿厚，世事多虞嗟力薄」的歎息。通觀全篇，乃是自抒胸臆，兼以贈別的歌行體詩篇，即便以《醉翁吟》爲題，也不能視作琴曲歌辭。

　　惟有在嘉祐元年與《贈沈遵》同時所作的《醉翁吟》，才眞正是爲這首琴曲所寫的歌辭，歐陽修自述「有其聲而無其辭，乃爲之辭以贈之」〔註120〕。此篇也成爲兩宋《醉翁吟》歌辭傳寫的濫觴：

　　　　始翁之來，獸見而深伏，鳥見而高飛。翁醒而往兮，醉而歸。朝醒暮醉兮，無有四時。鳥鳴樂其林，獸出遊其蹊。咿嚶喁唶於翁前兮，醉不知。有心不能以無情兮，有合必有離。水潺潺兮，翁忽去而不顧；山岑岑兮，翁復來而幾時？風嫋嫋兮山木落，春年年兮山草菲。嗟我無德於其人兮，有情於山禽與野麋。賢哉沈子兮，能寫我心而慰彼相思。〔註121〕

通篇騷體，體現出宋代琴曲歌辭在體式上對高古的追求，錯落的句式則更可視爲歌辭對琴曲音韻的依合。更有甚者，《醉翁吟》堪稱爲歐陽修量身定制的琴曲，與之相稱的琴曲歌辭，其本事也就是歐陽修在滁州切實經歷之事，由他親自作辭，自然更是身臨其境，情韻交融。這首琴曲歌辭淡遠清幽，以疏宕的敘事和清雅的繪景交織而成，尤其是「風嫋嫋兮山木落，春年年兮山草菲」兩句，遙想別後山水之姿，筆淡而致遠，極是動人。辭中偶而的抒情也是相當節制的，「有心不

─────────────────

〔註120〕　歐陽修《醉翁吟》序，《歐陽修詩文集校箋》，洪本健校箋，上海古籍出版社，2009年，486頁。
〔註121〕　歐陽修《醉翁吟》，《歐陽修詩文集校箋》，洪本健校箋，上海古籍出版社，2009年，486頁。

能以無情兮，有合必有離」，將世間不可違之理淡淡道出，今昔之感尤爲強烈。此外，「嗟我無德於其人兮」的歡惋，則是士大夫責任感的自然流露，在原本清幽飄逸的山水之樂中，也雜入了一絲誠摯的人間之思。

知音之會，一時佳話。歐陽修在滁州修亭作記，自號「醉翁」，這一林泉雅事本就傳於當時，而歐陽修和沈遵憑藉一曲《醉翁吟》的知音之遇，相惜之情，更合於歷代文人所追尋的高山流水的風雅之思。故而沈遵此曲一經歐陽修贈詩作辭，風靡於當時著名文人之間，更成爲傳寫一時的琴曲歌辭題目：「當是時，功名震天下，流風餘韻，藹然被於淮壖楚甸間。一時巨儒宗公、高人勝士聲氣相求，大篇傑句，發於遐想。如富鄭公、韓康公、王荊公，皆賦《醉翁吟》。」〔註122〕

富弼、韓絳、王安石所作《醉翁吟》，雖已不傳，然而與歐陽修交好的梅堯臣尙有《醉翁吟》傳世，作於嘉祐元年，當與歐陽修《醉翁吟》同時；劉敞雖未就此題創作琴曲歌辭，也有一首《同永叔贈沉博士》以紀其事；此外，與王安石結交甚密的王令作有《效醉翁吟》，應該是受王安石所賦《醉翁吟》的影響。這些知名詩人在歐陽修《醉翁吟》引領下的唱和，初步奠定了《醉翁吟》一題作爲琴曲歌辭的創作模式，並以歐陽修醉翁亭事跡爲主要書寫對象。以琴曲歌辭的書寫傳統看，這便是本事的確立。

如梅堯臣《醉翁吟》：

> 翁來，翁來，翁乘馬。何以言醉，在泉林之下。日暮煙愁谷暝，蹄聾足音響原野。月從東方出照人，攬暉曾不盈把。酒將醒，未醒又把玉斝向身瀉，翁乎醉也。山花炯兮，山木挺兮，翁酩酊兮。禽鳴右兮，獸鳴左兮，翁魁鵝兮。蟲蜩嚗兮，石泉嘈兮，翁酕醄兮。翁朝來以暮往，田

〔註122〕 孫覿《滁州重建醉翁亭記》，《鴻慶居士集》卷二十二，清文淵閣四庫全書本。

　　叟野父徒倚望兮。翁不我搔，翁自陶陶。翁舍我歸，我心
　　依依。博士慰我，寫我意之微兮。〔註123〕

「翁朝來以暮往」以下一段，明顯出自歐陽修《醉翁吟》末句，「嗟我
無德於其人兮，有情於山禽與野麋。賢哉沈子兮，能寫我心而慰彼相
思」，其中「我」是歐陽修本人，「彼」則是他所懷念的滁州父老。梅
堯臣以此爲由，在卒章之際入滁州人的視角：「翁舍我歸，我心依依。
博士慰我，寫我意之微兮」，刻畫歐陽修去後滁州人民對他的深深懷
念，而這也是謀篇佈局用意之所在。不似歐陽修雖明言「翁」，其實是
夫子自道，以第三人稱視角作第一人稱的抒情，梅堯臣開篇即以旁觀
者的視角，詳寫醉翁乘馬而來，灑然醉於山間之貌，也著重渲染周遭
花木粲然，鳥獸和鳴的風景。較之歐陽修原作的淡遠，此篇的風格更
爲清拔灑脫，字裏行間，都是一派對醉翁風神的贊慕。這贊慕並不只
是梅堯臣的，也融入了卒章出現的滁州民眾之所見所感，沈遵這一曲
《醉翁吟》「慰彼相思」之意，也被發揮得更加淋漓盡致。
　　王令的《效醉翁吟》中也同樣運用了滁州民眾的敘事視角來書寫
此事：

　　山岩岩兮谷幽幽，水無人兮自流。始與誰兮樂此，昔
　　之遊者兮今非是。清吾樽兮潔吾罇，欲御以酒兮誰宜壽者。
　　山麓春兮野鹿遊，亭無人兮飛鳥下。喜公有遺兮樂相道語，
　　從人以遊兮告以其處。高公所望兮卑公所遊，公爲廬兮燕
　　笑以休。摭山果以侑酒，登溪魚而供羞。仰春木以搴華，
　　俯秋泉而漱流。公朝來兮暮去，肩乘輿兮馬兩御。來與我
　　民兮不間以處，誰不此留兮公則去遽。花垂實兮樹生枝，
　　我公之去兮今忽幾時。知來之不可望兮，悔去而莫追。人
　　皆可來兮公何不歸，青山宛宛兮誰爲公思。〔註124〕

〔註123〕　梅堯臣《醉翁吟》，《梅堯臣集編年校注》，朱東潤校注，上海古籍
　　　　　出版社，1980年，882頁。
〔註124〕　王令《醉翁吟》，《王令集》，沈文倬校點，上海古籍出版社，1980
　　　　　年，17頁。

開篇寫滁州清幽的風景，已渲染出物是人非的氛圍，徒有美酒佳器，
也已不知當敬獻何人。值此相思之際，歐陽修所建的醉翁亭便成爲了
懷念的寄託，「喜公有遺兮樂相道語，從人以遊兮告以其處。高公所
望兮卑公所遊，公爲廬兮燕笑以休」。懷著思念的民衆來至醉翁亭前，
不禁想起昔日從歐陽修遊山時，上下無間，其樂融融之況，「來與我
民兮不間以處，誰不此留兮公則去邊」，如今對著同樣的青山花樹，
卻再不可得見其人，這種思念之情惟有越發深厚。

　　雖同樣都是騷體古辭，但這三首《醉翁吟》的章句結構皆不相
類，如果據歐陽修所言，其詩乃是爲琴曲配辭的話，則梅堯臣與王
令的作品多半難以與琴曲相諧，而是單純就醉翁本事加以發揮的徒
詩。梅堯臣作於嘉祐二年的《送建州通判沈太博》云：「昔聞醉翁吟，
是沈夫子所作。今聽醉翁吟，是沈夫子所彈。」〔註125〕可見嘉祐元
年梅堯臣作《醉翁吟》時，僅知其事，而沒有聽過琴曲。富弼、王安
石等所作《醉翁吟》雖已失傳，然而根據與歐陽修交好的劉敞詩句：
「我不識醉翁亭，又不聞醉翁吟。但見醉翁詩，愛彼絕境逢良琴」
〔註126〕而言，他們作詩時也未必聽過《醉翁吟》，而更有可能是因歐
陽修之詩，作一時之唱和。

　　《醉翁吟》一題的傳寫也受到《琴操》傳統的影響，即以賢德高
士爲吟詠之寄託。宋代新作琴曲雖多，卻並非每一首都能被文人爭相
傳寫，由曲題立爲詩題。比如同是沈遵所作的另兩首琴曲《晚鶯啼》
與《隱士遊》〔註127〕，便只是單純的琴曲，目前文獻中並不見相關
詩篇歌辭傳世。《醉翁吟》雖同爲新曲，然而歐陽修身爲一代文壇領
袖，事跡卓著，「醉翁」之形象是兩宋文人傳寫不輟的事典之一，如
蘇唐卿爲《醉翁亭記》刻石作篆，便作詩云：「醉翁亭記醉翁堂，遠

〔註125〕　梅堯臣《送建州通判沈太傅》，《梅堯臣集編年校注》，朱東潤校注，
　　　　　上海古籍出版社，1980 年，948 頁。
〔註126〕　劉敞《同永叔贈沈博士》，《全宋詩》，北京大學出版社，1998 年，
　　　　　第 9 冊，5766 頁。
〔註127〕　題目見明張大命《太古正音琴經》卷四，明萬曆刻後印本。

取琅邪近費鄉。高世雄文刊翠琰，老山孤幹負虹梁」〔註128〕。《醉翁吟》一題所包涵的明確的本事寄託，遠非一般琴曲可比。

　　若以歐陽修《醉翁吟》歌辭爲立題之作，則梅堯臣等人的作品，便是以醉翁本事爲淵源，對這一題材的再度書寫，詩中時而可見《醉翁亭記》的影響，也並不特別重視合樂。這樣的做法，與宋人對《琴操》傳統的繼承更爲相類，也符合宋代琴曲歌辭的整體創作趨勢。然而不同於已有範式的《琴操》古題，《醉翁吟》作爲新聲，定位仍不分明，在流傳過程中也出現了倚聲爲辭之作。

二、倚聲爲辭與體式的固化：蘇軾《醉翁操》的影響

　　《醉翁吟》既成爲對歐陽修這一雅事的紀念，且被傳寫一時，其琴曲也就此流傳開來，兩宋都頗有彈者。然而就在這個流傳過程中，出現了《醉翁吟》與《醉翁操》的題名區別。前者如王洋「琅邪山下醉翁吟，分明撥向琴中調」〔註129〕，王之道「我有醉翁吟，試從徽外彈」〔註130〕，楊萬里則記載，劉敏叔攜琴「爲予作《流水》、《高山》，申之以《易水》，終之以《醉翁吟》」〔註131〕。後者如吳則禮《無著以東坡西湖觀月聽琴詩示予再用前韻》：「更彈醉翁操，洗我蒲團昏」〔註132〕，李光《敘遊二十韻呈亨叔列之》：「初彈醉翁操，再鼓南風曲」〔註133〕，韓駒《遊定林

〔註128〕　《唐卿既篆歐公侍郎滁州琅邪山醉翁亭記上石詫思莫能致之滁上因斧官之隙地眾材堪棟樑者枝其檿栯構堂於廨舍西偏高三仞植記於中楹若屏然圖悠久也因成長句五十六字以詩其名兼寄獻歐公侍郎》，《全宋詩》，北京大學出版社，1998 年，第 12 冊，8348 頁。

〔註129〕　王洋《聽琴贈遠師》，《全宋詩》，北京大學出版社，1998 年，第 30 冊，18947 頁。

〔註130〕　王之道《聞蟬和彥時兄》，《全宋詩》，北京大學出版社，1998 年，第 32 冊，20141 頁。

〔註131〕　楊萬里《遞鍾小序》，《楊萬里集箋校》，辛更儒箋校，中華書局，2007 年，第 6 冊，3357 頁。

〔註132〕　吳則禮《無著以東坡西湖觀月聽琴詩示予再用前韻》，《全宋詩》，北京大學出版社，1998 年，第 21 冊，14276 頁。

〔註133〕　李光《敘遊二十韻呈亨叔列之》，《全宋詩》，北京大學出版社，1998 年，第 25 冊，16389 頁。

寺》：「是夜琴彈醉翁操，笑呼明月作知音」〔註134〕等。

琴曲題名雖有變化，在宋代文人心目中，《醉翁操》一題所承仍是歐陽修本事，當無疑義。如唐庚《六一堂》：「我思六一翁，羽化四十年。雖不及摳衣，每願爲執鞭。手彈醉翁操，目睹廬陵編。床頭五代史，屏間七交篇」〔註135〕，即將《醉翁操》與《新五代史》、歐陽修詩文集等並稱，作爲歐陽修事跡的代表。

而由《醉翁吟》到《醉翁操》的題名變化，最初肇端於蘇軾。其《醉翁操》序云：

> 琅邪幽谷，山水奇麗，泉鳴空澗，若中音會。醉翁喜之，把酒臨聽，輒欣然忘歸。既去十餘年，而好奇之士沈遵聞之，往遊焉。以琴寫其聲，曰《醉翁操》，節奏疏宕而音指華暢，知琴者以爲絕倫。然有其聲而無其辭，翁雖爲作歌，而與琴聲不合。又依楚辭作《醉翁引》，好事者亦倚其辭以製曲，雖粗合均度，而琴聲爲辭所繩約，非天成也。後三十餘年，翁既捐館舍，而遵亦歿久矣。有廬山玉澗道人崔閑，特妙於琴，恨此曲之無詞，乃譜其聲，而請於東坡居士以補之云。〔註136〕

但蘇軾本人畢竟未預當日的《醉翁吟》酬唱，所記細節與歐陽修所述有幾處重要出入。首先，根據歐陽修本人的記錄，沈遵先遊滁州作琴曲，十年後與歐陽修相遇時彈奏此曲，而非如蘇軾所述，十年後方作此曲。其次，沈遵琴曲題目本爲《醉翁吟》，蘇軾卻稱之爲《醉翁操》。再者，歐陽修所作楚辭體實爲《醉翁吟》，且此前梅堯臣、劉敞諸人記載，也都僅稱《醉翁吟》，蘇軾卻稱其爲《醉翁引》。

對於歐、蘇二人所記的差異，呂肖奐已有分析：「『翁雖作歌』指

〔註134〕 韓駒《遊定林寺》，《全宋詩》，北京大學出版社，1998 年，第 25冊，16609 頁。

〔註135〕 唐庚《六一堂》，《全宋詩》，北京大學出版社，1998 年，第 23 冊，15035 頁。

〔註136〕 蘇軾《醉翁操》序，《蘇文忠公全集》，《東坡後集》卷八，明成化本。

的顯然是《贈沈遵》和《贈沈博士歌》，這兩首詩歌是酬贈之作，本非爲琴曲塡辭，所以自然『與琴聲不合』……現存的歐陽修別集中，並沒有《醉翁引》，而只有《醉翁吟》……且這首《醉翁吟》又正是楚辭體」，從而得出「《醉翁引》其實應該就是《醉翁吟》」〔註137〕的結論，並認爲或是「蘇軾不滿歐陽修給《醉翁吟》的塡辭，卻不便直說，而編造了《醉翁吟》」，又或是「不知道歐陽修的《醉翁吟》就是給琴曲《醉翁吟》塡的辭」〔註138〕，才會有這一段二者記載相異的公案。

　　然而此說仍有可商榷之處。首先，觀歐陽修《醉翁吟》小序中「有其聲而無其辭，乃爲之辭以贈之」之句，即可知《醉翁吟》實是他爲沈遵琴曲所塡的歌辭，而又與《贈沈遵》作於同時，則蘇軾所謂「翁雖作歌，而於琴聲不合」，其中的「歌」究竟是指《贈沈遵》和《贈沉博士歌》這兩篇歌行體，還是楚辭體《醉翁吟》本身，仍在未知。其次，歐陽修爲沈遵《醉翁吟》作辭，梅堯臣、富弼、韓絳、王安石等都援筆相和，「聲氣相求，大篇傑句，發於遐想」，當屬一時之盛事，蘇軾作《醉翁操》時，距這一番《醉翁吟》酬唱僅過了三十年，對此不應一無所知。最後，既然《醉翁引》就是《醉翁吟》，那麼歐陽修《醉翁吟》既已有沈遵琴曲相配，好事者又何必再爲其度曲，且更名爲《醉翁引》？

　　姑且回過頭來，從琴曲歌辭的入樂方面考察。蘇軾作《醉翁操》，是因崔閑「恨此曲之無辭」，向他求取歌辭。這便與歐陽修自述爲《醉翁吟》琴曲作辭相矛盾。然崔閑本爲沈遵之客，其《醉翁操》傳自沉遵《醉翁吟》聲譜當無疑問。而崔閑「恨此曲之無詞」，可見在從沈遵到崔閑的傳承過程中，歐陽修所作的《醉翁吟》並未獲得作

〔註137〕呂肖奐《〈醉翁吟〉與〈醉翁操〉》，《紀念辛棄疾逝世800週年學術研討會論文匯編》，3頁。
〔註138〕呂肖奐《〈醉翁吟〉與〈醉翁操〉》，《紀念辛棄疾逝世800週年學術研討會論文匯編》，4頁。

爲倚聲歌辭的認可。這也與蘇軾「翁雖爲作歌，而於琴聲不合」的敘述相合：歐陽修雖自言作辭，但以沈遵、崔閑等眞正琴師的眼光看來，其作對於琴曲《醉翁吟》而言，並非聲律諧和的歌辭。如此，則好事者又爲歐陽修楚辭體的《醉翁吟》倚辭爲聲，另成一曲，便也可以解釋得通。

另外，「遵之子爲比丘，號本覺法眞禪師」〔註139〕，與《醉翁吟》自然也淵源匪淺。蘇軾寫給他的《書士琴二首·書醉翁操後》云：「二水同器，有不相入，二琴同手，有不相應。今沈君信手彈琴，而與泉合，居士縱筆作詩，而與琴會。此必有眞同者矣。」〔註140〕首先是對其《醉翁操》歌辭源自沉遵《醉翁吟》的旁證。其次，蘇軾在寫給沈遵之子的文字中大膽地肯定自己的《醉翁操》歌辭「與琴會」、「有眞同」，則《醉翁操》必爲倚聲合節之作可知。

以上述兩點觀之，當時實應有名目相類的二曲。其一是沈遵《醉翁吟》原曲，歐陽修爲之作《醉翁吟》歌辭，然而與琴曲聲律不合，至蘇軾、崔閑之時，這一琴曲被稱爲《醉翁操》。其二是因歐陽修《醉翁吟》不能入樂，好事者爲此歌辭另作的新曲，姑且從蘇軾稱其爲《醉翁引》。崔閑向蘇軾請詩者，並非指時人另製，「非天成也」的《醉翁引》，而是「知琴者以爲絕倫」的沈遵《醉翁吟》，也就是後世所稱的《醉翁操》。如江少虞在《新雕皇朝類苑》中所記：

> 太常博士沈遵，好奇之士，聞而往遊。愛其山水秀絕，
> 以琴寫其聲，爲《醉翁吟》，蓋宮聲三疊。後會公河朔，遵
> 援琴作之，公歌以遺遵，並爲《醉翁引》以敘其事。然詞
> 不主聲，爲知琴者所惜。後三十餘年，公薨，遵亦歿，其
> 盧山道人崔閑，遵客也，妙於琴理，常恨此曲無詞，乃譜
> 其聲，請於東坡居士蘇子瞻，以補其闕。然後聲詞皆備，

〔註139〕 江少虞《宋朝事實類苑》卷三十四，霍濟蒼點校，上海古籍出版社，1981年，434頁。

〔註140〕 蘇軾《書醉翁操後》，《蘇軾文集》，孔凡禮點校，中華書局，1986年，2249頁。

　　　　遂爲琴中絕妙。〔註141〕

這一記載乃是歐陽修、蘇軾分別敘其事的雜糅，雖未確實提及《醉翁操》之名，卻肯定了歐陽修《醉翁吟》歌辭的「詞不主聲」，以及蘇軾爲《醉翁吟》琴曲作辭後的「聲詞皆備」，或也可爲一旁證。

　　自蘇軾變《醉翁吟》之名爲《醉翁操》後，此後的記載，也多以《醉翁操》爲題。如北宋末年孫覿已經寫道：「東陽沈遵不遠千里援琴聽泉，寫其聲爲《醉翁操》，而蘇東坡爲之辭」〔註142〕。此外，崔閑也經常彈奏《醉翁操》琴曲，如程俱《送崔閑歸廬山四首》其二：「琅然醉翁操，發自玉澗翁」〔註143〕，李綱《過玉澗道人草堂》：「道人妙彈琴，能作醉翁操」〔註144〕所記。於是《醉翁操》既有蘇軾作合樂之辭，又經由崔閑傳播，更加廣爲人知。此後的記載中，不獨好事者所作的《醉翁引》就此銷聲匿跡，就是最初的《醉翁吟》之名，也被蘇軾重題的《醉翁操》所取代。

　　下面試看崔閑求得的「聲詞皆備」的蘇軾《醉翁操》：

　　　　琅然，清圜。誰彈，響空山。無言，惟翁醉中知其天。
　　　月明風露娟娟，人未眠。荷蕢過山前，曰有心也哉此賢。
　　　醉翁嘯詠，聲和流泉。醉翁去後，空有朝吟夜怨。山有時
　　　而童顛，水有時而回川。思翁無歲年，翁今爲飛仙。此意
　　　在人間，試聽徽外三兩弦。〔註145〕

這首琴曲歌辭並非騷體，句法也不同於一般古風詩作，然爲合於琴律之故，亦頗錯落。詩中雖也以「醉翁」爲主要描繪對象，但不同於敘事性明顯，文氣貫通的歐、梅諸作，蘇軾此詩的節奏更爲跳蕩，也愈

〔註141〕　江少虞《宋朝事實類苑》卷三十四，霍濟蒼點校，上海古籍出版社，
　　　　　　1981年，434頁。
〔註142〕　孫覿《滁州重建醉翁亭記》，《鴻慶居士集》卷二十二，清文淵閣四
　　　　　　庫全書本。
〔註143〕　程俱《送崔閑歸廬山四首》其二，《全宋詩》，北京大學出版社，1998
　　　　　　年，第25冊，16245頁。
〔註144〕　李綱《過玉澗道人草堂》，《全宋詩》，北京大學出版社，1998年，
　　　　　　第27冊，17666頁。
〔註145〕　蘇軾《醉翁操》，《蘇文忠公全集》，《東坡後集》卷八，明成化本。

發空靈。詩中遣字命句，並不會令人聯想到《醉翁亭記》，而更多是地借醉翁這一形象，抒發山水高逸的襟懷。對醉翁的懷念，也由原本「翁朝來以暮往，田叟野父徒倚望兮」〔註146〕，「人皆可來兮公何不歸，青山宛宛兮誰爲公思」〔註147〕的人間之思，開始轉爲「思翁無歲年，翁今爲飛仙」的高曠，成爲一種更爲遙遠而清冷的追想，憑藉對本事的拋離，走向文人之「雅」的極致。

蘇軾《醉翁操》的創作，在當時的影響較歐陽修等《醉翁吟》更大，甚至直接增廣了《醉翁操》曲調的流傳。黃庭堅記載：「余舊得東坡所作《醉翁操》善本，嘗對元道之，元欣然曰：『往嘗從成都通判陳君顗得其譜，遂促琴彈之，詞與聲相得也。蜀人由是有《醉翁操》。」〔註148〕元師，即與黃庭堅交好的榮州祖元大師。據「詞與聲相得」的敘述，所傳當是蘇軾記載中崔閑「譜其聲」而向他求詩的《醉翁操》曲調。

同時，蘇軾此作也是對琴曲歌辭《醉翁操》體式的確立。雖然蘇軾自言「居士縱筆作詩，而與琴會」，仍將《醉翁操》定位爲詩，但其後的郭祥正、樓鑰諸作，從句法到字數，皆與蘇軾此作相合，形成了通篇 91 字，章法固定，連斷句之處都相同的《醉翁操》體式。這種固化現象，爲直至宋代的琴曲歌辭擬作中所僅見，也不同於一般古體樂府詩的擬作，反而更近似於依譜填詞。

蘇軾《醉翁操》的創作，是琴曲歌辭《醉翁吟》發展中一個至關重要的轉折點。黃庭堅《跋子瞻醉翁操》：「人謂東坡作此文，因難以見巧，故極工，余則以爲不然。彼其老於文章，故落筆皆超軼絕塵

〔註146〕 梅堯臣《醉翁吟》，《梅堯臣集編年校注》，朱東潤校注，上海古籍出版社，1980 年，882 頁。

〔註147〕 王令《效醉翁吟》，《王令集》，沈文倬校點，上海古籍出版社，1980 年，17 頁。

〔註148〕 黃庭堅《元師自榮州來追送余於瀘之江安綿水驛因復用舊所賦此君軒詩韻贈之並簡元師從弟周彥公》，《黃庭堅全集》，劉琳等校點，四川大學出版社，2001 年，第 3 冊，1456～1457 頁。

耳。」〔註149〕以聲詞皆備而言，蘇軾此篇更可稱高妙，以至稱於一時。在琴曲歌辭的傳寫方面，此詩在兩宋甚至壓過歐梅之作，以至於變《醉翁吟》本題爲《醉翁操》，蘇軾所確立的句法結構也成爲其後此題惟一的書寫範式。但這種倚聲的書寫，畢竟受到琴曲本身的制約，章句雖然錯落，卻不夠靈活，失去了古體詩原本隨意揮灑的長處，反而宛若塡詞。聲詞相諧的精巧，卻要付出敘事與抒情兩方面的流暢感作爲代價，這對於其後以此爲規模的擬作是十分不利的。

　　此外，宋代琴曲歌辭創作雖追求古雅，卻更重寄託。但蘇軾此作純以造境爲事，將醉翁的形象提煉爲月明風露、高山流泉中的一個隱逸者的符號，與滁州相關的意象也變成最爲普遍的山水之思，不獨淡化了歐陽修《醉翁吟》篇中「寫我心而慰彼相思」的塵世之思，也成爲對《醉翁吟》本事的消解。故而，這篇琴曲歌辭的超逸絕塵，只是基於蘇軾的才氣，方能渾然天成；後世無此才者，僅據其章法結構再度擬作，便難以再行發揮。

　　如當時郭祥正對《醉翁操》的擬作，其序云：「予甥法眞禪師以子瞻內相所作《醉翁操》見寄，予以爲未工也，倚其聲和之，寫呈法眞，知可意否。」〔註150〕對蘇軾《醉翁操》「未工」的批評究竟源於何處，郭祥正並未明言，但以「倚其聲和之」而觀，或許仍在聲律細節方面，可惜已不可證。下面試看其詩：

　　　　泠泠，潺潺。寒泉，瀉雲間，如彈。醉翁洗心逃區寰，
　　　自期猿鶴俱閒。情未闌，日暮向深源，異芳誰與搴，忘還。
　　　瓊樓玉闕，歸去何年。遺風餘思，猶有猿吟鶴怨。花落溪
　　　邊蕭然，鶯語林中清圓。空山春又殘，客懷文章仙。度曲
　　　響涓涓，泛商回微星斗寒。〔註151〕

〔註149〕黃庭堅《跋子瞻醉翁操》，《黃庭堅全集》，劉琳等校點，四川大學出版社，2001年，第2冊，659頁。
〔註150〕郭祥正《醉翁操》，《全宋詩》，北京大學出版社，1998年，第13冊，8806頁。
〔註151〕此詩《全宋詩》第13冊，8806頁。已有點校：「泠泠潺潺，寒泉。瀉雲間，如彈。醉翁洗心逃區寰，自期猿鶴俱閒。情未闌，日暮向

字數仍爲九十一字，韻腳與蘇軾之作完全相同，句法也大致相似，倚聲之說，當屬切實。詩中渲染的山水之清冷，醉翁之蕭然，也與蘇軾詩中的隱逸情懷並無二致。從形式到內容，都可謂對蘇軾《醉翁操》的全盤模擬。雖然批評蘇詩「未工」，卻又肯定了其倚聲作辭的創作方式，甚至將蘇軾對《醉翁吟》本事的消解也照單全收。這種重視音樂，追求聲詞相諧的態度，進一步奠定了以體式聲律爲主的《醉翁操》創作模式；同時，詩中對山林野興的極力渲染，也反映出宋代文人對琴所象徵的「雅音」的另一種追求：不同於《琴操》傳統的崇古重德，而是對更爲純粹的林泉之趣、隱逸之思的渴慕。

三、餘韻：琴曲歌辭向詞調的轉變

蘇軾和郭祥正的倚聲之作，突出《醉翁操》一題作爲入樂歌辭的特點，與詞的創作是十分類似的。兩宋之際，孫覿門人李祖堯注《內簡尺牘》，以《醉翁吟》爲「當日諸公因歐公醉翁亭度爲曲，蓋詞調也」〔註152〕，表明《醉翁吟》的創作經蘇軾變更爲《醉翁操》，確立聲譜格式之後，在時人的認知中已經具備了詞調的特色。

但在宋人觀念中，此題基本仍屬詩歌範疇。擬騷體的《醉翁吟》諸題自不必說，《醉翁操》在《蘇文忠公全集》中仍被收錄於琴操類，呂祖謙《宋文鑒》從之，都是依循樂府琴曲歌辭的傳統。另據清代吳虞刻《東坡樂府》凡例，「詩集互見……《醉翁操》，元本毛本所無，竹垞《詞綜》始錄之。案稼軒擬《醉翁操》編入詞集，白石歌曲亦有《古怨》，坡詞自可據補」〔註153〕，則以蘇軾《醉翁操》錄入詞集，乃是明清人依辛詞所爲，與宋人對《醉翁操》的定位無涉。蘇軾《醉

深源。異芳誰與賽，忘還。瓊樓玉闕，歸去何年。遺風餘思，猶有猿吟鶴怨。花落溪邊，蕭然。鶯語林中清圓，空山。春又殘，客懷文章仙。度曲響涓涓，泛商回徵星斗寒。」較蘇詩斷句更爲細密，然而畢竟是後人所點，不可援以爲證。故文中仍取《青山集》原詩，依韻腳點斷，以觀大略。

〔註152〕 李祖堯《內簡尺牘編注》卷九，清乾隆刻本。
〔註153〕 《東坡樂府》凡例，吳虞《蜀十五家詞》，清宣統刻本。

翁操》在兩宋爲詩作，當無疑義。

《醉翁操》一題，在南宋有樓鑰的兩首擬作。樓鑰有詩云「少待庭柯蟬噪靜，爲師更作醉翁吟」〔註 154〕，可知必然是接觸過《醉翁吟》琴曲的。然而他的兩首歌辭書寫，題名體例全從蘇軾《醉翁操》，可知乃是純粹的擬題之作，也未必沒有倚聲而歌的用意。如《七月上浣遊裴園醉翁操》：

> 茫茫，蒼蒼。青山，遠千頃。波光，新秋露風荷吹香。悠揚心地脩然，生清涼。古岸搖垂楊，時有白鷺飛來雙。隱君如在，鶴與翺翔。老先何處，尚有流風未忘。琴與君兮宮商，酒與君兮杯觴。清歡殊未央，西山忽斜陽。欲去且徜徉，更將霜鬢臨滄浪。〔註 155〕

通篇與蘇軾、郭祥正的《醉翁操》格式完全一致。詩題前半「七月上浣遊裴園」具備敘事性詩題的特點，表明此詩已經不是純粹的琴曲歌辭擬作，而是一篇即景紀遊之作；後半綴以「醉翁操」，則是對詩篇所循體例、聲譜的說明，而與《醉翁吟》一題的本事毫不相關。

樓鑰另一篇同題詩作乃是《和東坡醉翁操韻詠風琴》：

> 冷然，輕圓。誰彈，向屋山。何言，清風至陰德之天。悠揚餘響嬋娟，方晝眠。迥立八風前，八音相宣知孰賢。有時悲壯，鏗若龍泉。有時幽杳，彷彿猿吟鶴怨。忽若巍巍山巓，蕩蕩幾如流川。聊將娛暮年，聽之身欲仙。絃索滿人間，未有逸韻如此絃。〔註 156〕

風琴即簷間所懸疏鐵，因風以成音：「古人殿閣簷棱間有風琴、風箏，皆因風動成音，自諧宮商。」〔註 157〕可見此作乃是純粹的詠物詩。

〔註 154〕　樓鑰《洛社老僧聽琴》，《全宋詩》，北京大學出版社，1998 年，第47 冊，29424 頁。

〔註 155〕　樓鑰《七月上浣遊裴園醉翁操》，《全宋詩》，北京大學出版社，1998年，第 47 冊，29406 頁。

〔註 156〕　樓鑰《和東坡醉翁操韻詠風琴》《全宋詩》，北京大學出版社，1998年，第 47 冊，29406 頁。

〔註 157〕　楊愼《升菴詩話箋證》，王仲鏞箋證，上海古籍出版社，1987 年，539 頁。

因是全步蘇軾之韻，詞句相類之處亦頗多，除詠風琴一事新巧之外，並無特色。

通觀樓鑰的擬作《醉翁操》，已與最初的《醉翁吟》擬作全不相干，只是偶有所見所感，依聲譜填入歌辭之作。惟其風格雅致清幽，尚能與文人士大夫觀念中琴曲之「雅音」特質貼合。但樓鑰二作，《攻媿集》中也列爲古體詩，不失琴曲歌辭的傳統。

兩宋之間，惟一一位以《醉翁操》作爲詞調寫作的文人，乃是辛棄疾。其《醉翁操》詞作於淳熙十六年（1189）：

> 長松，之風。如公，肯余從，山中。人心與吾分誰同？
> 湛湛千里之江，上有楓。噫送子于東，望君之門分九重。
> 女無悦己，誰適爲容？　　不龜手藥，或一朝分取封。昔
> 與遊分皆童，我獨窮分今翁。一魚分一龍，勞心分忡忡。
> 噫命與時逢。子取之食分萬鍾。〔註158〕

這首詞乃是辛棄疾送別友人范廓之之作。辛棄疾自序云：「廓之應仕矣。將告諸朝，行有日，請予作詩以贈。屬予避謗，持此戒甚力，不得如廓之請。又念廓之與予遊八年，日從事詩酒間，意相得歡甚，於其別也，何獨能恝然。顧廓之長於楚詞而妙於琴，輒擬《醉翁操》，爲之詞以敘別。」〔註159〕明確表示了因避謗不能作詩，轉而以《醉翁操》聲譜填詞的態度。至於在詞中融入騷體筆法，也是因爲范廓之「長於楚辭」，辛棄疾才別出心裁，以詩爲詞。

另外，辛詞過片處，考諸蘇軾至樓鑰諸作，或「醉翁嘯詠，聲和流泉。醉翁去後，空有朝吟夜怨」，又或「有時悲壯，鏗若龍泉。有時幽杳，彷彿猿吟鶴怨」等，兩句之間皆氣韻流暢，不宜從中斷爲兩片。惟辛詞於此另行換頭，更是將之作爲詞調來書寫的明證。

〔註158〕辛棄疾《醉翁操》，《稼軒詞編年箋注》，鄧廣銘箋注，上海古籍出版社，2006 年，271 頁。

〔註159〕辛棄疾《醉翁操》序，《稼軒詞編年箋注》，鄧廣銘箋注，上海古籍出版社，2006 年，271 頁。

　　辛棄疾與樓鑰所處年代彷彿，然而爲同一曲調作辭，卻一以爲詩，一以爲詞，這反映了宋人樂府觀的模糊之處，即對單純倚聲爲辭，不涉本事的作品，有時在詩詞之間難以定位。然而以《醉翁操》爲詞調，在宋代是獨此一家的個例，《醉翁操》眞正列入詞譜，更是清人據辛詞所爲。故《醉翁吟》的整體書寫軌跡，仍當納入擬琴曲歌辭的範疇。

　　樂府詩整體的流變過程，乃是由入樂到不入樂，這一趨勢受到古樂亡佚，題材演變的共同影響。但沈遵《醉翁吟》是本朝新曲，其歌辭創作也難免會受到當時「聲詞相諧」的音樂文學觀念影響，導致體式的固化，甚至最終演爲詞調；另外，作爲新曲，雖以醉翁之事爲依託，但終不過是逸事之流，不似《琴操》諸題的本事一般分量十足，不容更易，因而也更容易在傳寫中迅速消解。歐陽修、梅堯臣等人書寫的滁州醉翁形象，在其後的傳寫中被蘇軾新立的，作爲隱逸符號的醉翁形象所取代，使得整個題目最終蛻變爲配合琴曲對林泉逸興的書寫，而不再具備歐陽修等人詩作即事抒懷的功能；甚至連文體都發生了變化，由古雅的騷體變成更近似於詞調的長短句格式。由此看來，《醉翁吟》一題的書寫變化，實可視作樂府舊題流變的一個縮影。

結　語

　　通過對宋代樂府詩的初步考察，可知宋代樂府較前代有幾個重要的變化：以才學爲詩風氣的顯現，士人精神的強化與市民精神的融入，崇古與求新、重雅與趨俗的並行不悖。這些新變相輔相成，交織成宋代樂府詩多姿多彩的時代特色，從中也可揭示樂府文體發展的規律。

　　在宋代社會轉型的背景之下，雅俗文學形成前所未有的交匯，文學與社會生活的關聯愈發緊密。而樂府詩美刺並重，宜敘宜諷的文體特質，令其在宋代文人筆下呈現出對社會生活的普遍關注。這一轉變與士大夫主體意識的彰顯密切相關。在上縈時政，下繫民生的淑世情懷與使命感影響下，宋代士大夫的樂府詩創作，跨越廟堂、市井、鄉土三個空間，在樂府即事傳統的繼承與延伸之中，從不同的角度對宋代社會生活形成立體多方位的觀照。身爲執政者，他們在讚頌時世，諷喻弊政，關注民生，全盤履行自己的政治職責的同時，也將目光轉向市井與鄉村，汲取其中生活化的氣息，瞭解與接受一般鄉民與新興市民階層的日常關注與趣味，形成自上而下的，關切與包容兼具的創作視野，表現出鮮明的現實主義精神。

　　樂府文本與音樂的揮別，以及宋代普遍將樂府作爲徒詩對待的

創作傾向，則令宋代樂府詩完成了由經部樂類文獻到文人詩的轉化，成爲一種範疇更加明晰的文體。在創作中，宋代文人擬樂府形成崇古與求新並重的局面。其崇古主要體現在體裁、風格等方面對古樂府的模擬，求新則集中體現在樂府詩的題材選擇、旨趣發揚等方面。在宋人重義、尚雅的樂府觀影響下，宋代樂府詩展現出向義理、教化等內容的回歸，樂府詩原本的美刺、宏志功能也得到新的發揮。較之前代，宋代樂府文體的包容度更高，文人自騁其意，不拘一格的書寫，令樂府詩於宋人成爲一種更加日常化、現實化的廣泛表達。

在文人擬樂府全面徒詩化的文學史背景下，惟有郊廟朝會歌辭、祠祀樂歌等類目，包括一些琴曲歌辭仍保留著入樂的傳統與功能。這些音樂傳統的傳承中也顯示出宋代樂府詩的社會意義與價值。在復古尚雅，重整禮樂的時代背景之下，宋人對雅樂功能的推重，令郊廟朝會歌辭文本的儀式特質得到進一步凸顯。郊廟儀制的完善影響到地方祠祀的全面規範，文人士大夫自覺創作祠祀樂歌，既是關切民生，宣揚風化的個人行爲，也從中體現了王朝對地方祠祀的控制與認可。至於對琴曲歌辭擬作的格外重視，也出自文人士大夫群體對雅正之音的偏愛，成爲他們尋求治國之道與培育心性情操的途徑。

整體而言，宋代樂府詩雖不乏新變，也確實存在衰微的因素。當今學界認爲樂府詩在宋代趨於衰落，主要是就其文本與音樂疏離，開始全面徒詩化的特質而言。而部份宋代文人堅持全面遵循樂府詩文體的寫作傳統和美學規範之舉，確實一定程度地導致樂府詩題材與風格的固化，形成一部份徒具樂府之體，而缺乏時代精神與現實意義的作品。這種兩極分化的創作趨勢，在本文中因篇幅所限，尚未能全盤涉及，當在日後對宋代樂府詩作文學史梳理之際，再對其文體特徵作深入探討。至於宋代樂府詩對元明清三朝樂府徒詩的影響與傳承，也留待日後再作研究。

參考書目

一、經部、史傳及資料彙編

1. 《毛詩正義》，（漢）毛亨傳，（漢）鄭玄箋，（唐）孔穎達等正義，北京：北京大學出版社，1999 年。

2. 《禮記正義》，（漢）鄭玄注，（唐）孔穎達等正義，北京：北京大學出版社，1999 年。

3. 《春秋左傳注》，楊伯峻編著，北京：中華書局，2009 年。

4. 《十三經注疏》，（清）阮元校刻，北京：中華書局，1980 年。

5. （宋）陳暘《樂書》，影印文淵閣四庫全書本。

6. （清）劉因《四書集義精要》，影印文淵閣四庫全書本。

7. （漢）司馬遷《史記》，北京：中華書局，1995 年精裝版

8. （漢）劉向《列女傳譯注》，張濤譯注，濟南：山東大學出版社，1990 年。

9. （漢）班固《漢書》，北京：中華書局，1995 年精裝版

10. （漢）劉知幾《史通》，黃壽成校點，瀋陽：遼寧教育出版社，1997 年。

11. （宋）范曄《後漢書》，北京：中華書局，1995 年精裝版

12. （梁）沈約《宋書》，北京：中華書局，1974 年點校本。

13. （梁）蕭子顯《南齊書》，中華書局，1972 年點校本。

14. （唐）姚思廉《陳書》，北京：中華書局，1972 年點校本。

15. （唐）房玄齡等《晉書》，北京：中華書局，1974 年點校本。

16. （唐）長孫無忌等《隋書》，北京：中華書局，1973 年點校本。

17. （後晉）劉昫等《舊唐書》，北京：中華書局，1985 年點校本。

18. （宋）歐陽修等《新唐書》，北京：中華書局，1975 年點校本。

19. （元）脫脫修《宋史》，北京：中華書局，1985 年點校本。

20. （元）脫脫等《金史》，北京：中華書局，1975 年點校本。

21. （宋）司馬光《資治通鑑》，北京：中華書局，1956 年點校本。

22. （宋）李燾《續資治通鑑長編》，北京：中華書局，1985 年點校本。

23. （宋）徐夢莘《三朝北盟會編》，上海：上海古籍出版社，1987 年點校本。

24. （宋）陳均《皇朝編年備要》，宋紹定刻本。

25. （宋）李心傳《建炎以來繫年要錄》，北京：中華書局，1988 年點校本。

26. （宋）李壁《十三處戰功錄》，藕香零拾本，北京：中華書局，1999 年影印版。

27. （宋）鄭樵《通志二十略》，王樹民點校，北京：中華書局，1995 年。

28. （宋）江少虞編《宋朝事實類苑》，上海：上海古籍出版社，1981 年。

29. （宋）歐陽修《太常因革禮》，清廣雅書局叢書本。

30. （宋）李祖堯《內簡尺牘編注》，清乾隆刻本。

31. （元）馬端臨《文獻通考》，北京：中華書局，1986 年。

32. （明）陳邦瞻《宋史紀事本末》，北京：中華書局，1977 年點校本。

33. （明）陳霆《唐餘記傳》，明嘉靖刻本。

34. （清）徐松輯《宋會要輯稿》，北京：中華書局，1957 年影印本。

35. （清）王先謙《漢書補注》，北京：中華書局，1983 年點校本。

36. （清）沈欽韓《後漢書疏證》，清光緒二十六年浙江官書局刻本。

37. （清）畢沅《續資治通鑑》，北京：中華書局，1957 年點校本。

38. 《宋大詔令集》，司義祖整理，北京：中華書局，1962 年。

39. 《宋朝諸臣奏議》，北京大學中國中古史研究中心校點整理，上海：上海古籍出版社，1999 年。

40. 《歷代名臣奏議》，臺北：臺灣國立中央圖書館，1964 年影印本。

41. 昌彼得等編《宋人傳記資料索引》，北京：中華書局，1998 年。

42. 李國玲編《宋人傳記資料索引補編》，成都：四川大學出版社，1994 年。

43. 丁傳靖輯《宋人軼事彙編》，上海：中華書局，1981 年。

44. 周雷、周義敢編《梅堯臣資料彙編》，北京：中華書局，2007 年。

45. 洪本健編《歐陽修資料彙編》，北京：中華書局，1995 年。

46. 四川大學中文系唐宋文學研究室編《蘇軾資料彙編》，北京：中華書局，1994 年。

47. 李震編《曾鞏資料彙編》，北京：中華書局，2009 年。

48. 周義敢、周雷編《張耒資料彙編》，北京：中華書局，2007 年。

49. 湛之編《楊萬里范成大資料彙編》，北京：中華書局，1964 年。

二、詩文總集

1. （宋）朱熹《楚辭集注》，蔣立甫校點，上海：上海古籍出版社，2001 年。

2. （梁）蕭統編《文選》，（唐）李善注，上海：上海古籍出版社，1996 年。

3. （梁）徐陵編《玉臺新詠》，北京：人民文學出版社，2010 年影印明小宛堂覆宋本。

4. （梁）徐陵編《玉臺新詠箋注》，（清）吳兆宜注，北京：中華書局，1985 年。

5. （宋）李昉編《文苑英華》，北京：中華書局，1982 年。

6. （宋）姚鉉編《唐文粹》，長春：吉林人民出版社，1998 年。

7. （宋）楊億編《西崑酬唱集注》，王仲犖注，北京：中華書局，1980 年。

8. （宋）郭茂倩編《樂府詩集》，北京：人民文學出版社，2010 年影印傅增湘藏宋本。

9. （宋）郭茂倩編《樂府詩集》，北京：中華書局，1979 年。

10. （宋）呂祖謙編《宋文鑑》，上海：上海古籍出版社，1994 年。

11. （宋）陳思編《兩宋名賢小集》，（元）陳世隆補，影印文淵閣四庫全書本。

12. （元）左克明編《古樂府》，影印文淵閣四庫全書本。

13. （清）彭定求等編《全唐詩》，北京：中華書局，1960 年校點本。

14. （清）沈德潛選注《唐詩別裁集》，上海：上海古籍出版社，1979 年。

15. （清）厲鶚輯《宋詩紀事》，上海：上海古籍出版社，1983 年。

16. （清）吳虞編《蜀十五家詞》，清宣統刻本。

17. 鄭文《漢詩選箋》，上海：上海古籍出版社，1986 年。

18. 《全宋詩》，北京大學古文獻所編，北京：北京大學出版社，1998 年。

19. 彭黎明、彭勃編《全樂府》，上海：上海交通大學出版社，2011 年。

20. 錢鍾書選注《宋詩選注》，北京：人民文學出版社，1958 年。

21. 張鳴選注《宋詩選》，北京：人民文學出版社，2004 年。

三、詩文別集

1. （三國）曹操《曹操集》，北京：中華書局，1974 年。

2. （魏）曹植《曹子建詩注》，黃節注，北京：人民文學出版社，1957 年。

3. （唐）王維《王維集校注》，陳鐵民校注，北京：中華書局，1997 年。

4. （唐）李白《李太白全集》，（清）王琦注，北京：中華書局，1977 年。

5. （唐）杜甫《杜詩詳注》，（清）仇兆鰲注，北京：中華書局，1979 年。

6. （唐）元稹《元稹集》，冀勤點校，北京：中華書局，1982 年。

7. （唐）白居易《白居易集箋校》，朱金城箋校，上海：上海古籍出版社，1988 年。

8. （唐）劉禹錫《劉禹錫集》，卞孝萱校訂，北京：中華書局，1990 年。

9. （唐）韓愈《韓昌黎詩繫年集釋》，錢仲聯集釋，上海：上海古籍出版社，1984 年。

10. （唐）柳宗元《柳宗元集》，北京：中華書局，1979 年。

11. （唐）盧仝《玉川子詩注》，（清）孫之騄注，濟南：齊魯書社，1997 年。

12. （唐）張籍《張籍集繫年校注》，徐禮節、余恕誠校注，北京：中華書局，2011 年。

13. （唐）王建《王建詩集校注》，王宗堂校注，鄭州：中州古籍出版社，2006 年。

14. （唐）李賀《李賀詩歌集注》，（清）王琦等注，上海：上海人民出版社，1977 年。

15. （唐）李商隱《李商隱詩歌集解》，劉學鍇、余恕誠著，北京：中

華書局，1998 年。

16. （唐）李商隱《李商隱詩集疏注》，葉蔥奇疏注，北京：人民文學出版社，1998 年。

17. （唐）貫休《貫休歌詩繫年箋注》，胡大濬箋注，北京：中華書局，2011 年。

18. （宋）徐鉉《徐公文集》，四部叢刊本。

19. （宋）石介《徂徠石先生文集》，陳植鍔點校，北京：中華書局，1984 年。

20. （宋）趙湘《南陽集》，叢書集成初編本。

21. （宋）張詠《乖崖集》，影印文淵閣四庫全書本。

22. （宋）楊億《武夷新集》，徐德明等點校，福建省文史研究館編，福州：福建人民出版社，2007 年。

23. （宋）釋契嵩《鐔津文集》，四部叢刊本。

24. （宋）余靖《武溪集》，影印文淵閣四庫全書本。

25. （宋）范仲淹《范仲淹全集》，李勇先、王蓉貴校點，成都：四川大學出版社，2007 年。

26. （宋）蘇舜欽《蘇舜欽集》，沈文倬校點，上海：上海古籍出版社，2011 年。

27. （宋）尹洙《河南先生集》，四部叢刊本。

28. （宋）王珪《華陽集》，叢書集成初編本。

29. （宋）陳襄《古靈集》，影印文淵閣四庫全書本。

30. （宋）周敦頤《周敦頤集》，陳克明點校，北京：中華書局，2011 年。

31. （宋）張載《張載集》，章錫琛點校，北京：中華書局，2010 年。

32. （宋）司馬光《司馬光集》，李文澤等校點，成都：四川大學出版社，2010 年。

33. （宋）李覯《直講李先生文集》，四部叢刊初編本。

34. （宋）劉敞《公是集》，叢書集成初編本。

35. （宋）劉攽《彭城集》，叢書集成初編本。

36. （宋）文同《丹淵集》，四部叢刊本。

37. （宋）梅堯臣《梅堯臣集編年校注》，朱東潤校注，上海：上海古籍出版社，2006 年。

38. （宋）文彥博《潞公文集》，影印文淵閣四庫全書本。

39. （宋）徐積《節孝集》，影印文淵閣四庫全書本。

40. （宋）歐陽修《歐陽修詩文集校箋》，洪本健校箋，上海：上海古籍出版社，2009 年。

41. （宋）張方平《張方平集》，鄭涵點校，鄭州：中州古籍出版社，2000 年。

42. （宋）王安石《王文公文集》，上海：上海人民出版社，1974 年。

43. （宋）王令《王令集》，沈文倬點校，上海：上海古籍出版社，1980 年。

44. （宋）蘇軾《蘇軾詩集》，（清）王文誥輯注，孔凡禮點校，北京：中華書局，1982 年。

45. （宋）蘇軾《蘇軾文集》，孔凡禮點校，北京：中華書局，1986 年。

46. （宋）蘇軾《蘇文忠公詩編注集成總案》，（清）王文誥輯注，成都：巴蜀書社，1985 年影印本。

47. （宋）蘇轍《欒城集》，曾棗莊等校點，上海：上海古籍出版社，1987 年。

48. （宋）孔慶仲、孔武仲、孔平仲《清江三孔集》，影印文淵閣四庫全書本。

49. （宋）黃庭堅《黃庭堅全集》，劉琳等校點，成都：四川大學出版社，2001 年。

50. （宋）黃庭堅《黃庭堅詩集注》，（宋）任淵等注，北京：中華書局，2003 年。

51. （宋）張耒《張耒集》，李逸安等點校，北京：中華書局，1990 年。

52. （宋）陳師道《後山詩注補箋》，任淵注，冒廣生補箋，中華書局，1995 年。

53. （宋）郭祥正《青山集》，影印文淵閣四庫全書本。

54. （宋）郭祥正《青山續集》，影印文淵閣四庫全書本。

55. （宋）晁說之《景迂生集》，影印文淵閣四庫全書本。

56. （宋）黃裳《演山集》，影印文淵閣四庫全書本。

57. （宋）李之儀《姑溪居士全集》，叢書集成初編本。

58. （宋）孫覿《鴻慶居士集》，影印文淵閣四庫全書本。

59. （宋）呂南公《灌園集》，影印文淵閣四庫全書本。

60. （宋）李復《潏水集》，影印文淵閣四庫全書本。

61. （宋）賀鑄《慶湖遺老詩集》，影印文淵閣四庫全書本。

62. （宋）晁補之《雞肋集》，四部叢刊本。

63. （宋）晁說之《嵩山文集》，四部叢刊續編本。

64. （宋）王銍《雪溪集》，影印文淵閣四庫全書本。

65. （宋）李綱《梁溪集》，影印文淵閣四庫全書本。

66. （宋）曹勳《松隱集》，影印文淵閣四庫全書本。

67. （宋）胡寅《斐然集》，容肇祖點校，北京：中華書局，1993 年。

68. （宋）陳與義《陳與義集校箋》，白敦仁校箋，上海：上海古籍出版社，1990 年。

69. （宋）李新《跨鼇集》，影印文淵閣四庫全書本。

70. （宋）薛季宣《浪語集》，影印文淵閣四庫全書本。

71. （宋）王庭珪《盧溪文集》，影印文淵閣四庫全書本。

72. （宋）周紫芝《太倉稊米集》，清文淵閣四庫全書補配清文津閣四庫全書本。

73. （宋）辛棄疾《稼軒詞編年箋注》，鄧廣銘箋注，上海：上海古籍出版社，2006 年。

74. （宋）朱熹《朱子全書》，朱傑人等編，上海：上海古籍出版社、安徽教育出版社，2010 年。

75. （宋）朱熹《晦庵先生朱文公文集》，四部叢刊初編本。

76. （宋）張孝祥《於湖居士文集》，四部叢刊初編本。

77. （宋）程珌《洺水集》，明刻本。

78. （宋）崔敦禮《宮教集》，影印文淵閣四庫全書本。

79. （宋）王楙《野客叢書》，明刻本。

80. （宋）樓鑰《樓鑰集》，顧大朋注，杭州：浙江古籍出版社，2010 年。

81. （宋）范成大《范石湖集》，富壽蓀點校，上海：上海古籍出版社，2006 年。

82. （宋）陸游《劍南詩稿校注》，錢仲聯校注，上海：上海古籍出版社，2005 年。

83. （宋）陸游《陸游集》，北京：中華書局，1976 年。

84. （宋）周必大《文忠集》，影印文淵閣四庫全書本。

85. （宋）楊萬里《楊萬里集箋校》，辛更儒箋校，北京：中華書局，2007 年。

86. （宋）張元幹《蘆川歸來集》，影印文淵閣四庫全書本。

87. （宋）林光朝《艾軒集》，影印文淵閣四庫全書本。

88. （宋）洪咨夔《平齋文集》，四部叢刊本。

89. （宋）姜夔《白石道人詩集》，叢書集成初編本。

90. （宋）姜夔《白石道人歌曲》，陳思疏證，遼海叢書本。

91. （宋）姜夔《姜白石詞箋注》，陳書良箋注，北京：中華書局，2009年。

92. （宋）趙文《青山集》，影印文淵閣四庫全書本。

93. （宋）劉克莊《劉克莊集箋校》，辛更儒箋校，北京：中華書局，2011年。

94. （宋）劉克莊《後村集》，四部叢刊本。

95. （宋）劉辰翁《須溪集》，影印文淵閣四庫全書本。

96. （宋）文天祥《文天祥全集》，北京：中國書店1985年。

97. （宋）汪元量《湖山類稿》，孔凡禮增訂，北京：中華書局，1984年。

98. （宋）謝翱《晞髮集》，影印文淵閣四庫全書本。

99. （清）陳文述《頤道堂集》，清嘉慶十二年刻道光增修本。

100. （清）汪琬《堯峰文鈔》，四部叢刊本。

101. （清）阮元編《兩浙輶軒錄補遺》，清嘉慶刻本。

四、詩話、筆記、小說、樂類

1. （梁）劉勰《文心雕龍注》，范文瀾注，北京：人民文學出版社，1958年。

2. （唐）吳兢《樂府古題要解》，北京：中華書局，1983年版《歷代詩話續編》本。

3. （唐）段安節《樂府雜錄》，叢書集成初編本。

4. （宋）彭叔夏《文苑英華辯證》，影印文淵閣四庫全書本。

5. （宋）劉攽《中山詩話》，明津逮秘書本。

6. （宋）張表臣《珊瑚鉤詩話》，百川學海本。

7. （宋）周紫芝《竹坡詩話》，北京：中華書局，1981年《歷代詩話》本。

8. （宋）李塗《文章精義》，影印文淵閣四庫全書本。

9. （宋）何溪汶《竹莊詩話》，北京：中華書局，1984年。

10. （宋）王灼《碧雞漫志》，叢書集成初編本。

11. （宋）張戒《歲寒堂詩話》，叢書集成初編本。

12. （宋）曾季狸《艇齋詩話》，清光緒綝琅密室叢書本。

13. （宋）嚴羽《滄浪詩話校釋》，郭紹虞校釋，北京：人民文學出版社，1983 年。

14. （宋）劉克莊《後村詩話》，王秀梅點校，北京：中華書局，1983 年。

15. （宋）周密《浩然齋雅談》，叢書集成初編本。

16. （宋）魏慶之《詩人玉屑》，上海：上海古籍出版社，1978 年。

17. （明）楊慎《升菴詩話箋證》，王仲鏞箋證，上海：上海古籍出版社，1987 年。

18. （宋）胡仔《苕溪漁隱叢話》，廖德明校點，北京：人民文學出版社，1981 年。

19. （宋）阮閱編《詩話總龜》，北京：人民文學出版社，1987 年。

20. （宋）計有功編《唐詩紀事》，上海：上海古籍出版社，1987 年。

21. （清）郎庭槐《師友詩傳錄》，清學海類編本。

22. （清）厲鶚輯《宋詩紀事》，胡道靜、吳玉如點校，上海：上海古籍出版社，1983 年。

23. （清）何文煥輯《歷代詩話》，北京：中華書局，1981 年。

24. 丁福保輯《歷代詩話續編》，北京：中華書局，1983 年。

25. 孔凡禮輯《宋詩紀事續補》，北京：北京大學出版社，1987 年。

26. 吳文治主編《宋詩話全編》，南京：鳳凰出版社，1988 年。

27. 程毅中主編《宋人詩話外編》，北京：國際文化出版公司，1996 年。

28. 張伯偉編校《稀見本宋人詩話四種》，南京：江蘇古籍出版社，2002 年。

29. 陶秋英編選《宋金元文論選》，北京：人民文學出版社，1984 年。

30. 蔡景康編選《明代文論選》，北京：人民文學出版社，1993 年。

31. 王鎮遠、鄔國平編選《清代文論選》，北京：人民文學出版社，1999 年。

32. （唐）徐堅編《初學記》，北京：中華書局，1962 年。

33. （宋）歐陽修《歸田錄》，李偉國點校，北京：中華書局，1981 年。

34. （宋）司馬光《涑水記聞》，鄧廣銘、張希清點校，北京：中華書局，1989 年。

35. （宋）孫光憲《北夢瑣言》，鄭州：大象出版社，2008年。

36. （宋）蘇軾《東坡志林》，王松齡點校，北京：中華書局，1981年。

37. （宋）蘇轍《龍川略志》，俞宗憲點校，北京：中華書局，1982年。

38. （宋）蘇轍《龍川別志》，俞宗憲點校，北京：中華書局，1982年。

39. （宋）文瑩《湘山野錄　續錄》，鄭世剛點校，北京：中華書局，1984年。

40. （宋）文瑩《玉壺清話》，楊立揚點校，北京：中華書局，1984年。

41. （宋）范成大《吳船錄》，影印文淵閣四庫全書本。

42. （宋）葉夢得《石林燕語》，侯忠義點校，北京：中華書局，1984年。

43. （宋）張邦基《墨莊漫錄》，孔凡禮點校，北京：中華書局，2002年。

44. （宋）周去非《嶺外代答校注》，楊武泉校注，北京：中華書局，1999年。

45. （宋）周密《齊東野語》，張茂鵬點校，北京：中華書局，1983年。

46. （宋）羅燁《醉翁談錄》，上海：古典文學出版社，1957年。

47. （宋）林駉《源流至論》，影印文淵閣四庫全書本。

48. （宋）汪元量《增訂湖山類稿》，孔凡禮輯校，北京：華書局，1984年。

49. （元）高德基《平江記事》，清墨海金壺本。

50. （清）秦嘉謨《月令粹編》，清嘉慶十七年秦氏琳琅仙館刻本。

51. （清）陳僅《竹林答問》，清鏡瀯草堂抄本。

52. 《漢魏六朝筆記小說大觀》，上海：上海古籍出版社，1999年。

53. 《宋元筆記小說大觀》，上海：上海古籍出版社，2001年。

54. 《全宋筆記》，鄭州：大象出版社，2008、2012年。

55. 李劍國輯注《新輯搜神記》，，北京：中華書局，2007年。

56. 程毅中編《古題小說鈔·宋元卷》，北京：中華書局，1995年。

57. 程毅中輯注《宋元小說家話本集》，濟南：齊魯書社，2000年。

58. （漢）蔡邕《琴操》，清平津館叢書本。

59. （宋）朱長文《琴史》，北京：中華書局，2010年。

60. （宋）釋居月《琴曲譜錄》，說郛本。

61. （宋）釋居月《琴苑要錄》，說郛本。

62. （明）張大命《太古正音琴經》卷四，明萬曆刻後印本。

63. 《琴曲集成》，北京：中華書局，1980～1994 年。

五、類書、方志、書目

1. （宋）李昉編《太平御覽》，北京：中華書局，1994 年影印本。

2. （宋）王應麟輯《玉海》，揚州：廣陵書社，2007 年影印本。

3. （宋）祝穆編《新編古今事文類聚》，影印文淵閣四庫全書本。

4. （宋）謝維新編《古今合璧事類備要》，影印文淵閣四庫全書本。

5. （宋）潘自牧編《記纂淵海》，影印文淵閣四庫全書本。

6. （明）解縉等編《永樂大典》，中華書局，1986 年影印本。

7. （清）潘永因編《宋稗類鈔》，劉卓英點校，北京：書目文獻出版社，1985 年。

8. （北魏）酈道元《水經注校證》，陳橋驛校證，北京：中華書局，2007 年。

9. （唐）陸廣微《吳地記》，曹林娣校注，南京：江蘇古籍出版社，1999 年。

10. （唐）李吉甫《元和郡縣圖志》，賀次君點校，北京：中華書局，1983 年。

11. （宋）歐陽忞《輿地廣記》，影印文淵閣四庫全書本。

12. （宋）祝穆《方輿勝覽》，施和金點校，中華書局，2003 年。

13. （宋）王象之《輿地紀勝》，揚州：江蘇廣陵古籍刻印社，1991 年。

14. （宋）梁克家《淳熙三山志》，影印文淵閣四庫全書本。

15. （宋）施宿等《嘉泰會稽志》，影印文淵閣四庫全書本。

16. （宋）潛說友《咸淳臨安志》，影印文淵閣四庫全書本。

17. （宋）范成大《吳郡志》，陸振岳校點，南京：江蘇古籍出版社，1999 年。

18. （清）阮元《廣東通志》，清刻本。

19. 《中國歷史地圖集》，譚其驤主編，北京：中國地圖出版社，1982 年。

20. （宋）晁公武《郡齋讀書志校證》，孫猛校證，上海：上海古籍出版社，2011 年。

21. （宋）陳振孫《直齋書錄解題》，上海：上海古籍出版社，1987

年。

22. （清）永瑢等《四庫全書總目》，北京：中華書局，1965 年。

23. 《現存宋人別集版本目錄》，四川大學古籍所編，成都：巴蜀書社，1989 年。

24. （元）陶宗儀等《說郛三種》，上海：上海古籍出版社，1990 年影印涵芬樓版。

六、論著、論文

1. 林庚《中國文學簡史》，北京：北京大學出版社，1995 年。

2. 羅宗強《隋唐五代文學思想史》，北京：中華書局，1999 年。

3. 程千帆、吳新雷《兩宋文學史》，上海：上海古籍出版社，1991 年。

4. 孫望、常國武主編《宋代文學史》，北京：人民文學出版社，1996 年。

5. 曾棗莊、吳洪澤《宋代文學編年史》，南京：鳳凰出版社，2010 年。

6. 劉揚忠主編《中國古代文學通論・宋代卷》，瀋陽：遼寧人民出版社，2004 年。

7. 王運熙、顧易生主編《中國文學批評通史》，上海：上海古籍出版社，1996 年。

8. 顧易生、蔣凡、劉明今《宋金元文學批評史》，上海：上海古籍出版社，1996 年。

9. 蕭滌非《漢魏六朝樂府文學史》，北京：人民文學出版社，1984 年。

10. 羅根澤《樂府文學史》，北京：東方出版社，1996 年。

11. 王輝斌《唐後樂府詩史》，合肥：黃山書社，2010 年。

12. 陸侃如《樂府古辭考》，北京：商務印書館，1926 年。

13. 王易《樂府通論》，上海：中國文化服務社，1948 年。

14. 王運熙《樂府詩述論》，上海：上海古籍出版社，2006 年。

15. 孫尚勇《樂府文學文獻研究》，北京：人民文學出版社，2007 年。

16. 羅根澤《羅根澤古典文學論文集》，上海：上海古籍出版社，1985 年。

17. 黃節《漢魏樂府風箋》，北京：中華書局，2008 年。

18. 葛曉音《漢唐文學的嬗變》，北京：北京大學出版社，1990 年。

19. 秦序《六朝音樂文化研究》，北京：文化藝術出版社，2009 年。

20. 任半塘《唐聲詩》，上海：上海古籍出版社，1982 年。

21. 王昆吾《隋唐五代燕樂雜言歌辭研究》，北京：中華書局，1996 年。

22. 薛天緯《唐代歌行論》，北京：人民文學出版社，2006 年。

23. 劉永濟輯錄《宋代歌舞劇曲錄要》，上海：上海古典文學出版社，1957 年。

24. 楊曉靄《宋代聲詩研究》，北京：中華書局，2008 年。

25. 祝尚書《宋代文學探討集》，鄭州：大象出版社，2007 年。

26. 陳元鋒《北宋館閣翰苑與詩壇研究》，北京：中華書局，2005 年。

27. 沈松勤《北宋文人與黨爭》，北京：人民出版社，1998 年。

28. 韓文奇《張耒及其詩歌創作研究》，蘭州：蘭州大學出版社，2007 年。

29. 李方元《宋史·樂志研究》，上海：上海音樂學院出版社，2004 年。

30. 康瑞軍《宋代宮廷音樂制度研究》，上海：上海音樂學院出版社，2009 年。

31. 鄭俊暉《朱熹音樂著述及思想研究》，北京：人民教育出版社，2010 年。

32. 趙敏俐編《中國詩歌與音樂關係研究》，北京：學苑出版社，2005 年。

33. 程毅中《宋元小説研究》，南京：江蘇古籍出版社，1998 年。

34. 程毅中《古代小説史料漫話》，瀋陽：遼寧教育出版社，2001 年。

35. 凌郁之《走向世俗——宋代文言小説的變遷》，北京：中華書局，2007 年。

36. 余英時《士與中國文化》，上海：上海人民出版社，2003 年。

37. 蕭慶偉《北宋新舊黨爭與文學》，北京：人民文學出版社，2001 年。

38. 閻步克《士大夫政治演生史稿》，北京：北京大學出版社，1996 年。

39. 皮慶生《宋代民眾祠神信仰研究》，上海：上海古籍出版社，2008 年。

40. 錢鍾書《談藝錄》，北京：三聯書店 2001 年。

41. 許健《琴史新編》，北京：中華書局，2012 年。

42. 王水照《〈屈騷與宋代愛國文學〉序》，《中國文學研究》2003 年 03 期，59～60 頁。

43. 孫尚勇《郭茂倩〈樂府詩集〉的編輯背景與刊刻及校理》，《傅增湘藏宋本〈樂府詩集〉》影印本前言，北京：人民文學出版社，2010 年。

44. 喻意志《宋人對樂府詩所作的總結》，《天津音樂學院學報》2009 年 04 期，32～35 頁。

45. 楊曉靄《郭茂倩的聲詩觀與〈樂府詩集〉的編纂》，《西北師大學報》（社會科學版）2006 年 01 期，26～31 頁。

46. 朱我芯《郭茂倩〈樂府詩集〉關於唐樂府分類之商榷》，《北京大學

學報》2002 年專刊，111～119 頁。

47. 王曾瑜《開拓宋代史料的視野與〈三言〉、〈二拍〉》，四川大學學報（哲學社會科學版），2005 年 01 期，90～103 頁。

48. 葛曉音《初盛唐七言歌行的發展——兼論歌行的形成及其與七古的分野》，《文學遺產》1997 年 05 期，47～61 頁。

49. 呂肖奐《〈醉翁吟〉與〈醉翁操〉》，《紀念辛棄疾逝世 800 週年學術研討會論文匯編》，1～6 頁。

50. 葛曉音《盛唐清樂的衰落與古樂府詩的興盛》，《社會科學戰線》1994 年 04 期，209～218 頁。

51. 葛曉音《關於詩型與節奏的研究——松浦友久教授訪談錄》，《文學遺產》2002 年 04 期，131～135 頁。

52. 曾智安《中晚唐人對吳越神絃歌的接受與楚騷精神的復蘇》，《樂府學》第二輯，北京：學苑出版社，2007 年，169～186 頁。

53. 張德恒、沈文凡《韓愈樂府歌詩創作芻論——以〈琴操〉十首為詮解對象》，中山大學學報（社會科學版）2011 年 02 期，16～23 頁。

54. 卞東波《〈永樂大典〉殘卷所載詩選〈詩海繪章〉考釋》，《中國韻文學刊》2007 年 02 期，103～108 頁。

55. 蔣寅《馮班與清代樂府觀念的轉向》，《文藝研究》2007 年 08 期，46～53 頁。

56. 蔣竹山《宋至清代的國家與祠神信仰研究的回顧與討論》，《新史學》第 8 卷第 2 期。

57. 葉世昌《王安石變法後的錢荒》，忻州師範學院學報，2002 年 03 期，36～37 頁。

後　記

　　二零零九年，一個冬天的午後，和老師在師生緣裏談起這個題目。面前的咖啡已冷，窗外天色漸暗，卻都渾然不覺。在那個時候，我並沒有意識到它的複雜與難度，而只是憑藉此前對樂府詩的興趣，大膽地想要做下去。然後不知不覺就是三年多。其間雖也不乏蹉跌困擾，卻都堅持著絕不回頭。

　　如果按照同門間的玩笑之語來說，或許這就是與我有緣的題目。

　　那一日所窺見的，大理石裏的那匹馬始終存在。我所能做的，就是以自身爲斧鑿，日復一日地雕琢、打磨，使手下的材料慢慢接近理想中的形狀。縱然此刻它仍不完美，但仍然存在的那些遺憾，也會激勵我日後在求索的路上更進一步。

　　寫作這篇博論時，我的生活又不僅僅是在一方書齋之中。跟隨夫子和師母，與眾同門一道行萬里路，用雙腳丈量前人曾經踏過的土地時，伊洛山川，章貢草木，都有了別樣的面貌風神。而那一路行來的言笑晏晏，每令人有「浴乎沂，風乎舞雩，詠而歸」之樂。

　　精彩光陰，一朝回首，惟有感謝二字可言。而這兩個字背後的諸多溫暖，無論耗費多少筆墨都無法言說。

感謝我的恩師張鳴老師。是老師引領我走上宋代文學研究這條道路，從此如師如父，付出的心血有目共睹。最後一年裏，老師深爲眼疾所苦，對我文章的批閱卻仍細緻如初，第一章初稿上的密字紅批，力透紙背，每看一次都覺得心下震動，惟有深深低首。也同樣感謝親愛的師母，爽朗的話語與笑容，還有親手烹製的可口美食，每每令我有歸家之感，心生另一種意義上的敬慕。

感謝劉勇強、李簡、潘建國、夏曉虹、李鵬飛、漆永祥、楊鑄等諸位老師。老師們都參加過我的中期、開題等考核，對我有直接的教誨之德。至今翻看當時的記錄，都令我在慚愧之餘又覺受益良多。

感謝劍之，在各自埋首論文的日子裏和我以電話相互慰藉。感謝世中，在畢業的諸多事宜中多加奔忙。感謝青青，在忙碌中爲我的英文摘要提出修改意見。感謝路柯每每成爲文章片段的第一讀者。還有我不及一一寫下名字的諸位同門和友人，感謝你們的每一次微笑與問候。

感謝臺灣花木蘭文化出版社的楊嘉樂編輯，令這本書能在海峽對岸獲得初次出版的機會。在此還要再度感謝我一生的導師張鳴老師，我的博論得以艱難成稿並在三年後的此時終於付梓，皆賴於老師的多方教導與督促，最後聯繫花木蘭文化出版社的機會，亦是拜恩師所賜。

最後，謹將這本小書獻給我的父母。感謝你們多年來的養育與教導，摯愛與寬容，以及你們始終給予我的平等和自由。在我的人生和學術道路上，你們亦是良師，亦是益友。

同樣地把它送給外子黃濤，感謝你一路攜手，風雨無悔，鼓勵陪伴我走過這段時光。

2016 年 9 月 19 日